HEYNE BÜCHER

Als Heyne-Anthologie ist
u. a. erschienen:

Das erste Buch des Horrors · Band 01/8175

DAS ZWEITE BUCH DES HORRORS

Herausgegeben von Joachim Körber

Originalausgabe

WILHELM HEYNE VERLAG
MÜNCHEN

HEYNE ALLGEMEINE REIHE
Nr. 01/8302

Printed in Germany 1991
Umschlagillustration: Mauritius/Bach, Mittenwald
Umschlaggestaltung: Atelier Ingrid Schütz, München
Satz: IBV Satz- und Datentechnik GmbH, Berlin
Druck und Bindung: Elsnerdruck, Berlin

ISBN 3-453-04904-7

Inhalt

Vorwort 7

Stefan Grabinski
Der Blick (1922) 11

Jean Ray
Die Weiße Bestie (1925) 29

Seabury Quinn
Der Poltergeist (1927) 39

H. P. Lovecraft
Cthulhus Ruf (1928) 73

Frank Belknap Long
Die Dämonen von Tindalos (1929) 121

Lady Cynthia Asquith
Gebe Gott, daß sie in Frieden ruht (1931) 145

David H. Keller
Das Ding im Keller (1932) 197

Clark Ashton Smith
Teichlandschaft mit Erlen und Weide (1933) 209

Robert Bloch
Das Grauen von den Sternen (1935) 241

August Derleth
Jenseits der Schwelle (1941) 259

Anhang I
Zur weiteren Lektüre empfohlen 303

Anhang II
Quellen- und Rechtenachweis 315

Vorwort

Das erste Buch des Horrors dokumentierte die Entwicklung der modernen Horror-Literatur. Stand dieser erste Band ganz im Zeichen von Stephen King, der das Gesicht der modernen Schauergeschichte nachhaltig verändert hat, so kreist dieser zweite Band vornehmlich um H. P. Lovecraft, den man – sicher ohne Übertreibung – als den einflußreichsten Horror-Schriftsteller nach Edgar Allan Poe bezeichnen kann.

Dieses vorliegende *Zweite Buch des Horrors*, die zweite Station unserer Zeitreise zurück zu den Ursprüngen der Literatur der Angst, stellt gewissermaßen einen ersten entscheidenden Wendepunkt dar – und zwar weil wir hier einerseits sozusagen die Geburtsstunde der modernen Horror-Literatur erleben, andererseits aber auch erste ältere Traditionen deutlich werden, vornehmlich die der englischen Gespenstergeschichte, einem wichtigen Vorläufer des Genres.

1926 erschien die erste Ausgabe der amerikanischen Literaturzeitschrift *Weird Tales* – ›Unheimliche Geschichten‹ –, die sich ausschließlich der unheimlichen Literatur widmete. In diesem Magazin wurden auch die Geschichten von H. P. Lovecraft veröffentlicht. Lovecrafts großes Verdienst ist, daß er als erster eine neue Ästhetik des Schreckens formulierte, gewissermaßen einen ›existentialistischen‹ Horror, indem er den Menschen als ohnmächtige, winzige Kreatur in ein geschlossenes Universum stellte, das von monströsen Gottheiten aus äonenalter Vergangenheit bevölkert ist, die einst von der irdischen Ebene verbannt wurden und seither unablässig versuchen, wieder in unsere Welt zurückzukehren. Dieser ›Cthulhu-Mythos‹ (benannt nach einer der Gottheiten, die in Lovecrafts dunklem Pantheon eine Hauptrolle spielen) faszinierte und beeinflußte viele Schriftsteller aus Lovecrafts Freundeskreis so sehr, daß sie nach seinem Tod (und teilweise auch schon zu seinen Lebzeiten) weitere Geschichten dazu verfaßten und Lovecrafts Universum so erweiterten und fortführten. Heute berühmte Schriftsteller wie Robert Bloch oder Ramsey Campbell haben als Nachahmer Lovecrafts angefangen und später zu einem eigenständigen Stil gefunden.

Den amerikanischen Magazinen der zwanziger und dreißiger Jahre sind viele schroffe Vorwürfe gemacht worden – vor allem, daß sie mit ihrer Etikettierung bestimmter Genres die Unterhaltungsliteratur in Ghettos geführt haben, so daß man heute zwischen ›Schriftstellern‹ und ›Genre-Schriftstellern‹ unterscheidet und letztere sich meistens gegenüber ihren Kollegen des literarischen Mainstream benachteiligt fühlen. Das mag zutreffend sein, und bis heute sind die Verlage sicher allzu schnell mit einem griffigen Etikett bei der Hand, wenn es darum geht, einen Autor zu vermarkten; aber man sollte nicht vergessen, daß gerade Magazine wie *Weird Tales* einen fruchtbaren Nährboden lieferten und Schriftstellern des Unheimlichen die Möglichkeit gaben, ungehindert von Restriktionen eine eigenwillige neue Literatur zu begründen. Man kann sich heute schwer vorstellen, wo Lovecraft anderswo einen Markt für seine Visionen des kosmischen Grauens gefunden haben könnte, und tatsächlich erlebte er zu Lebzeiten nur die Veröffentlichung eines einzigen

Buches, des Kurzromans ›The Shadow Over Innsmouth‹, der ebenfalls dem Cthulhu-Mythos angehört. Nach Lovecrafts Tod gründete sein Bewunderer August Derleth zusammen mit Donald Wandrei den Verlag Arkham House, um Lovecrafts Werk in Buchform herauszubringen. Die beiden Bücher *The Outsider and Others* (1939) und *Beyond the Wall of Sleep* (1943), die in kleiner Auflage erschienen, sind heute gesuchte Raritäten und werden unter Horror-Sammlern zu exorbitanten Preisen gehandelt.

Weird Tales ist die Wiege der modernen Horror-Literatur, und H. P. Lovecraft sozusagen ihr Wegbereiter. Aus diesem Grund nehmen die Geschichten aus diesem Magazin einen so breiten Raum in diesem Buch ein. Leider wurden die Anfänge dieser literarischen Entwicklung hierzulande bisher nicht in dem Maße gewürdigt, wie sie es verdient hätten. Ich habe mich aus diesem Grund bemüht, eine kleine Auswahl von Geschichten des Cthulhu-Mythos als deutsche Erstveröffentlichungen zu präsentieren, darunter natürlich Lovecrafts grundlegende Erzählung ›The Call of Cthulhu‹ selbst.

Daneben sind mit Jean Ray / John Flanders und Stefan Grabinski zwei bedeutende europäische Erzähler der unheimlichen Fantastik vertreten, während Cynthia Asquith ein Beispiel für die klassische Gespenstergeschichte bietet, die im vorigen Jahrhundert sich größter Beliebtheit erfreute (was Gegenstand eines künftigen *Buches des Horrors* sein wird), in neuerer Zeit aber von der erwähnten modernen Prägung der Horror-Literatur verdrängt wurde.

Ich möchte mich an dieser Stelle abschließend für die zahlreichen Zuschriften bedanken, die mich nach Erscheinen des *Ersten Buchs des Horrors* erreicht haben. Ich hoffe, dieser zweite Band macht Ihnen ebensoviel Spaß wie der erste, und ich hoffe, wir sehen uns wieder, wenn wir mit dem *Dritten Buch des Horrors* eine weitere Etappe zurück in die Vergangenheit reisen und uns dann schwerpunktmäßig der deutschsprachigen Fantastik widmen, die sich zwischen 1900 und 1920 größter Popularität erfreute.

Mein herzlichster Dank gilt Robert N. Bloch, Kalju Kirde und Hermann Urbanek, die mir Texte zur Verfügung gestellt und mich auf die eine oder andere wichtige Geschichte hingewiesen haben, die sonst vielleicht meiner Aufmerksamkeit entgangen wäre.

Joachim Körber

STEFAN GRABINSKI

Der Blick

Der Pole Stefan Grabinski (1887–1936), der zahlreiche Bände mit unheimlich-fantastischen Kurzgeschichten und Romane veröffentlicht hat, gilt als einer der herausragenden europäischen Erzähler des Fantastischen seiner Zeit. Er beschreibt häufig den Einfluß, den verlassene Orte oder ausrangierte Errungenschaften der modernen Technik auf die Menschen haben können, und damit sind seine Erzählungen sicher auch Meilensteine auf dem Weg zur zeitgenössischen unheimlichen Fantastik. Die nachfolgende Geschichte zeigt sehr schön, wie man Unbehagen erzeugen kann, indem man dem Leser bewußt verschweigt, was eigentlich vor sich geht – eine Technik, die sich im Zeitalter von ›Monstern in Großaufnahme und unbarmherziger Darstellung von Blut und Eingeweiden‹ leider keiner sehr großen Beliebtheit mehr erfreut.

Karol Irzykowski gewidmet

Es begann schon damals, vor vier Jahren, an jenem seltsamen, schrecklich seltsamen Septembernachmittag, als Jadwiga zum letztenmal sein Haus verließ...

Sie war damals irgendwie anders als sonst, nervöser, als wartete sie auf etwas. Leidenschaftlicher als je hatte sie sich an ihn geschmiegt.

Dann hatte sie sich plötzlich schnell angezogen, ihren unvergleichlich schönen venezianischen Schal über den Kopf geworfen, sie hatte ihn fest auf den Mund geküßt und war gegangen. Noch einmal leuchtete an der Tür der

Saum ihres Kleides auf und die schlanke Kontur ihres Schuhs, dann war alles für immer zu Ende...

Eine Stunde später war sie unter den Rädern des Zuges umgekommen. Odonicz hatte nie erfahren, ob dieser Tod ein Werk des Zufalls gewesen oder ob Jadwiga sich selbst vor die heranrasende Lokomotive geworfen hatte. Sie war ja unberechenbar gewesen, diese schlanke, schwarzhaarige Frau.

Doch nicht darum ging es, nicht darum. Der Schmerz, die Verzweiflung, das Leid – das alles war in diesem Fall ja so natürlich, so selbstverständlich. Nicht darum also ging es.

Etwas ganz anderes stimmte nachdenklich, etwas lächerlich Unwichtiges, höchst Zweitrangiges... Jadwiga hatte, als sie ihn zum letztenmal verließ, die Tür hinter sich nicht geschlossen.

Er erinnert sich, wie er gestolpert war, während er sie durch das Zimmer begleitete, und sich ärgerlich herabgebeugt hatte, um die Ecke des Teppichs zu richten. Als er danach den Blick wieder gehoben hatte, war Jadwiga nicht mehr im Zimmer gewesen. Sie war gegangen und hatte die Tür offengelassen. Warum hatte sie sie nicht hinter sich geschlossen? Sie, die gewöhnlich so konzentrierte, manchmal so pedantisch konzentrierte Frau?

Er erinnert sich an den unangenehmen, den überaus unangenehmen Eindruck, den die sperrangelweit offenstehende Tür damals auf ihn gemacht hatte; sie glich mit ihren schwarzen polierten Flügeln einer im Wind flatternden Trauerfahne. Diese unruhige Bewegung, die ihm den kleinen, in der Nachmittagssonne glühenden Platz vor dem Haus abwechselnd verdeckte und wieder enthüllte, hatte ihn gereizt.

Damals war ihm plötzlich der Gedanke gekommen, Jadwiga habe ihn für immer mit einem verwickelten Problem allein gelassen, dessen sinnlicher Ausdruck jene offene Tür war...

Von einer unheilverkündenden Vorahnung getroffen, stürzte er hinzu und sah hinaus hinter den sich öffnenden Türflügel nach rechts in die Richtung, wohin sie wahrscheinlich gegangen war. Nichts. Vor ihm dehnte sich der leere Platz, der in der Sommerhitze glühte, und hinten am Rand des Horizonts erhob sich der Bahndamm. Nichts, nur diese goldene, sonnenüberflutete Fläche. Später der lange, monatelange dumpfe Schmerz und die taube, reißende Verzweiflung über den Verlust. Später... war alles vorbei, irgendwie verflogen, in die Ecke gedrängt...

Und dann kam das Problem. Heimlich, unmerklich, aus dem Nirgendwo, wie von ungefähr. Das Problem der offenen Tür... Ein Problem! Lächerlich, in der Tat! Das Problem der nicht geschlossenen Tür.

Ganze Nächte lang geisterte ihm diese Tür als hartnäckiger Alptraum durch das Gehirn, sie erschien ihm tagsüber, sobald er für einen Moment das Augenlid schloß, sie tauchte bei hellem, nüchternem Wachsein irgendwie in der Ferne als quälendes Hirngespinst auf.

Aber jetzt öffnete sie sich nicht mehr unter dem Druck des Windes wie damals, zu jener unseligen Stunde, sondern entfernte sich langsam, ganz langsam von ihrem Rahmen. Genauso, als ob jemand draußen, auf der anderen, unsichtbaren Seite, die Klinke gefaßt hätte und die Tür vorsichtig, sehr vorsichtig bis zu einem bestimmten Winkel öffnete...

Gerade diese Vorsicht, diese besondere Behutsamkeit der Bewegung ging ihm durch Mark und Bein. Als fürchtete man sich, der Öffnungswinkel könnte zu groß, die Tür könnte zu weit geöffnet werden. Es sah so aus, als neckte man ihn, ohne ihm vollends zeigen zu wollen, was sich hinter diesem verfluchten Türflügel versteckte. Man enthüllte ihm nur ein Eckchen des Geheimnisses, man gab ihm zu verstehen, daß dort, auf der anderen Seite, hinter der Tür ein Geheimnis existierte, doch die näheren Einzelheiten wurden eifersüchtig verheimlicht...

Odonicz wehrte sich gegen diesen wahnwitzigen Refrain mit allen Kräften. Tausendmal am Tag überzeugte er sich, daß es hinter der Eingangstür nichts Beunruhigendes gab, daß niemals hinter der Tür etwas lauerte oder sich verbarg. Alle Augenblicke riß er sich von der selbstauferlegten Arbeit los, eilte mit schnellen, raubtierhaften Schritten der Reihe nach zu allen Türen des Zimmers, öffnete sie, riß sie beinahe aus den Angeln und ließ seinen hungrigen Blick in den Raum dahinter schweifen. Selbstverständlich immer mit demselben Ergebnis: kein einziges Mal stellte er etwas Verdächtiges fest; vor seinen Augen lag immer entweder der leere Platz oder ein banales Stück Korridor oder die ein für allemal festgelegte, ruhige Einrichtung des benachbarten Schlafzimmers oder Bades.

Scheinbar beschwichtigt, kehrte er an den Schreibtisch zurück, um einige Minuten später wieder dem Gedanken zu erliegen, der ihn verfolgte. Schließlich ging er zu einem der besten Neurologen und ließ sich behandeln. Er reiste ein paarmal an die See, er nahm kalte Bäder, er begann ein liederliches Leben zu führen...

Nach einiger Zeit schien es, als wäre alles vergangen. Das hartnäckige Bild der geöffneten Tür verblaßte allmählich, erlosch gleichsam und verwehte am Ende.

Und Odonicz wäre mit sich völlig zufrieden gewesen,

hätten sich nicht Erscheinungen gezeigt, die ein paar Monate nach dem Verschwinden jenes Alpdrucks auftraten.

Sie kamen irgendwie plötzlich, unerwartet, in der Öffentlichkeit auf der Straße...

Er befand sich gerade am Ende der St.-Johannes-Straße und näherte sich der Kreuzung mit der Feldstraße, als ihn genau an der Ecke, fast an der Hausecke des letzten Gebäudes, plötzlich ein furchtbarer Schreck durchfuhr. Er kam aus einem Winkel gestürzt und packte ihn an der Kehle: Geh nicht weiter, mein Lieber, keinen Schritt weiter!

Odonicz hatte ursprünglich vorgehabt, am Ende des erwähnten Gebäudes, dessen Fenster auf beide Straßen herabschauten, in die Feldstraße einzubiegen, als er in sich diesen Widerstand spürte. Er wußte nicht warum, aber der Winkel, mit dem die Straßen sich schnitten, kam ihm für seine Nerven zu stark vor. Unvermittelt war die Furcht in ihm erwacht, dort hinter der Ecke, an der Einbiegung könne er etwas Unverhofftem begegnen.

Das Eckhaus, um das er fast im rechten Winkel herumgehen mußte, um in die Feldstraße einzubiegen, schützte ihn vorläufig vor dieser unerfreulichen Möglichkeit, indem es mit seiner mächtigen, mehrstöckigen Masse den Blick zur anderen Seite verdeckte. Doch die Wand mußte schließlich irgendwann einmal enden und plötzlich, erschreckend plötzlich enthüllen, was sich links von der Hausecke befand. Die Plötzlichkeit, diese Heftigkeit des Übergangs von einer Straße in die seinen Augen bisher fast ganz verborgene andere Straße, erfüllte ihn mit grenzenloser Angst. Odonicz wagte nicht, dem ›Unbekannten‹ zu begegnen. Er wählte den Kompromiß, schloß unmittelbar vor der Ecke die Augen, berührte mit der Hand die Hausmauer, um nicht zu fallen, und bog langsam in die Feldstraße ein.

Auf diese Weise schob er sich ein paar Schritte voran, seine Finger glitten über die Wand, und als er die vorstehende Hauskante gestreift hatte, spürte er, daß die Ecke glücklich hinter ihm lag und er in den Bereich der anderen Straße eingetreten war. Trotzdem wagte er immer noch nicht, die Augen zu öffnen, sondern ging, weiterhin mit der Hand die Hauswände ertastend, die Feldstraße hinunter.

Erst nach einigen Minuten dieser Wanderschaft, als er gewissermaßen das ›Bürgerrecht‹ des neuen Bereichs erworben hatte, als er endlich spürte, daß man hier von seiner Anwesenheit wußte, erkühnte er sich und öffnete die geschlossenen Lider. Er schaute sich um und stellte erleichtert fest, daß nichts Verdächtiges drohte. Alles war gewöhnlich und normal, wie es sich für eine Großstadtstraße gehörte: Droschken fuhren vorbei, Autobusse eilten blitzschnell dahin, Fußgänger kamen ihm entgegen. Odonicz bemerkte nur einige Schritte von sich entfernt einen Gaffer, der, die Hände in den Hosentaschen und eine Zigarette im Mundwinkel, ihn anscheinend schon seit einer Weile neugierig beobachtete und dabei boshaft grinste.

Auf diese Weise tauchte ein neues Problem auf: ›an der Straßenecke‹.

Von diesem Zeitpunkt an verlor Odonicz seine Selbstsicherheit und Bewegungsfreiheit an öffentlichen Orten. Da er nicht ohne das Gefühl geheimer Angst von einer Straße in die andere einbiegen konnte, umging er die Einmündung von nun an in weitem Bogen. Das war zwar höchst unbequem, weil sich sein Weg dadurch sehr verlängerte, doch vermied er auf diese Weise das scharfe Einbiegen und milderte den Schnittwinkel der Straßen erheblich. Jetzt brauchte er an den Eckhäusern die Augen nicht mehr zu schließen. Alle Überraschungen, die sich hinter der Hausecke versteckten, hatten nun Zeit genug, sich vor ihm zu ›maskieren‹. Jenes nicht näher bestimmte, ganz und gar heterogene, wildfremde ›Etwas‹, dessen Anwesenheit jenseits der Einbiegung er durch seine Haut hindurch spürte, konnte sich jetzt in Ruhe, ohne von seinem plötzlichen Erscheinen an der Ecke der anderen Straße überrascht zu werden, für einige Zeit verbergen. Denn daß dort etwas war, etwas grundsätzlich ›anderes‹ – daran zweifelte er nicht im geringsten.

Auf jeden Fall wünschte sich Odonicz zu diesem Zeitpunkt ganz und gar nicht, ›dem da‹ Auge in Auge zu begegnen. Im Gegenteil, er wollte ihm aus dem Weg gehen und ihm die rechtzeitige ›Maskierung‹ erleichtern. Die Angst, die ihn schon bei dem Gedanken an unerwartete Enthüllungen, Offenbarungen und Überraschungen durchfuhr, bestätigte ihn in der Überzeugung, es handle sich tatsächlich um eine ernste Gefahr.

Um die Meinung anderer Leute in dieser Angelegenheit kümmerte er sich nicht. Er war der Ansicht, jeder müsse ›damit‹ selbst zu Rande kommen, sofern es für andere eine solche Möglichkeit überhaupt gab.

Odonicz war sich darüber im klaren, daß vielleicht nur er auf der ganzen Welt ›darauf‹ achtete. Er nahm sogar an, die Mehrheit seiner Nächsten würde ihm frech ins Gesicht lachen, wenn er es wagen sollte, einem von ihnen seine Zweifel anzuvertrauen. Deshalb schwieg er hartnäckig und rang allein mit dem ›Unbekannten‹.

Seitdem ihn jener innere Widerstand an der Ecke der

Feldstraße so unverhofft überfallen hatte, erfüllte ihn eine prinzipielle Abscheu gegen alle Wände und Verschläge, besonders aber gegen zeitweilige und provisorische ›Schirme‹, die nur für eine gewisse Spanne verdecken, was hinter ihnen ist. Überhaupt war er der Ansicht, alle Wandschirme seien verderbliche, ja sogar unmoralische Erfindungen, weil sie das gefährliche Versteckspiel erleichterten und dabei oft dort Mißtrauen und Angst weckten, wo es vielleicht gar keine Spur des Unheimlichen gab. Wozu Dinge verbergen, die keine Geheimhaltung verdienen? Wozu unnötig Verdacht erregen, als wäre ›dort‹ wirklich etwas zu verbergen?

Odonicz wurde zum entschiedenen Befürworter heller Perspektiven, breiter Plätze, großer, offener, in weite Ferne reichender Räume. Dagegen konnte er die Zweideutigkeit dunkler Winkel, im Halblicht verräterisch lauernder Flure, die Heuchelei großstädtischer Querstraßen und gewundener Sackgassen nicht ertragen, die den einsamen Fußgänger ständig zu bedrohen scheinen. Wenn es nach ihm gegangen wäre, hätte er die Städte nach einem völlig neuen Plan gebaut, nach dem Prinzip der Schlichtheit und Offenheit; es gäbe dort sehr, sehr viel Sonne und weite Flächen.

Deshalb ging er auch am liebsten außerhalb der Stadt spazieren, auf breiten, nur mit wenigen Häusern bebauten Straßen oder am Spätnachmittag vor der Stadt auf der Weide, die sich sanft im Dunst der Ferne verlor...

Auch Odonicz' Wohnung erfuhr zu dieser Zeit radikale Veränderungen. Gemäß seinem Prinzip der Schlichtheit und Offenheit entfernte er alles, was nach der Manie der ›Schutzhüllen und Bedeckungen‹ riechen könnte.

Also verschwanden die alten Perserteppiche und die

schalldämpfenden Läufer vom Fußboden und die faltigen Vorhänge und Draperien von den Wänden. Er entfernte die diskreten Gardinen von den Fenstern und warf die seidenen Wandschirme hinaus. Sogar der Paravent aus grünem Samt, den Jadwiga so geliebt hatte, beschattete nicht mehr mit seinem dreifachen Flügel das Schlafzimmer. Auch Schränke erwiesen sich als verdächtige Möbelstücke. So ließ er sie auf den Dachboden schaffen und begnügte sich mit gewöhnlichen Kleiderhaken und -ständern.

Die dermaßen umgestaltete Wohnung nahm den Charakter einer seltsamen, an Armut grenzenden Schlichtheit an. Zwar machten ihn seine wenigen Bekannten auf die übertriebene Primitivität der Einrichtung aufmerkam und munkelten von einem Krankenhaus- und Kasernenstil, doch Odonicz nahm diese Bemerkungen nachsichtig lächelnd auf und ließ sich nicht überzeugen. Im Gegenteil, er fand von Tag zu Tag mehr Gefallen an seinem Interieur, das er immer seltener verließ. Auf diese Weise ging er den draußen lauernden ›Überraschungen‹ aus dem Weg. Er liebte seine stille, geradlinige Wohnungseinrichtung, wo er sich vor keinem Hinterhalt zu fürchten brauchte, wo alles klar und offen war. Hier verbarg sich nichts hinter Hüllen, nichts hinter überflüssigen Möbeln. Hier gab es kein stimmungsvolles Halbdunkel oder Halblicht, keine unvollendeten Sätze und kein problematisches Verschweigen. Alles lag offen.

Tagsüber wurde die Wohnung von den Strahlen der kerngesunden Sonne durchflutet, und kaum ließ sich die Abenddämmerung spüren, leuchteten elektrische Glühbirnen auf. Die Augen des Hausherrn konnten frei und unbehindert über glatte Wände wandern, es hingen dort keine Draperien mehr. Nichts konnte ihn hier überraschen, nichts konnte sich unbemerkt hinter einen Vorsprung kauern.

Wie auf freiem Feld, dachte Odonicz manchmal, während sich sein Blick an der Offenheit der Umgebung labte. Mein Haus ist ganz bestimmt kein Terrain für das Versteckspiel.

Es schien, als hätten die durchgeführten Vorsichtsmaßnahmen den gewünschten Erfolg. Odonicz beruhigte sich merklich und fühlte sich zu dieser Zeit sogar relativ glücklich. Und nichts hätte seine Ruhe getrübt, wären da nicht gewisse Kleinigkeiten, übrigens ziemlich unschuldiger Natur, wären da nicht gewisse, lächerliche, geringfügige Kleinigkeiten gewesen...

Eines Abends saß Odonicz einige Stunden lang ohne Pause an der Vollendung einer größeren wissenschaftlichen Arbeit, die er in naher Zukunft drucken lassen wollte. Das zum Bereich naturwissenschaftlicher Studien gehörende Werk bekämpfte bestimmte neue biologische Hypothesen, indem es ihre Ratlosigkeit gegenüber den Phänomenen nachwies, die im Leben von Geschöpfen an der Grenze zwischen Tier- und Pflanzenwelt zu beobachten sind.

Von der längeren Gedankenanstrengung ermüdet, legte er für eine Weile die Feder weg, zündete sich eine Zigarette an, ließ den Kopf auf die Sessellehne sinken, legte die Rechte auf den Schreibtisch und streckte die vom Schreiben erstarrten Finger.

Da zuckte er zusammen, weil er unter den Fingern etwas Weiches und Nachgiebiges gespürt hatte. Unwillkürlich zog er die Hand zurück und warf einen aufmerksamen Blick auf die rechte Seite des Schreibtisches, wo gewöhnlich ein schwerer, massiver Briefbeschwerer aus Porphyr lag. Zu seiner Verwunderung bemerkte er statt des Steins ein trockenes, kleinporiges Stück Schwamm.

Er rieb sich die Augen und berührte den Gegenstand mit der Hand. Es war ein Schwamm! Ein typischer, hellgelber Schwamm, *spongia vulgaris*.

»Was, zum Teufel?« murmelte er halblaut und drehte ihn mit den Fingern auf alle Seiten. »Wo kommt denn der her? Ich reibe mich doch nie mit einem Schwamm ab. Außerdem ist er dafür zu klein. Hm, merkwürdig... Doch wo ist der Briefbeschwerer hingeraten? Er hat doch seit Jahren hier an derselben Stelle gelegen.«

Odonicz begann, ihn auf dem Schreibtisch zu suchen, er blickte in die Schublade, unter den Tisch – vergebens, der Stein war spurlos verschwunden. An seiner Stelle lag der Schwamm, ein einfacher, gewöhnlicher Schwamm... Eine Sinnestäuschung oder was sonst? Er stand auf und ging nervös im Zimmer hin und her.

Warum ein Schwamm? überlegte er beunruhigt. Warum ausgerechnet ein Schwamm? Genausogut könnte es ein Bügeleisen oder ein Stück Zaunpfahl sein.

Mit Verlaub, mein Lieber, ließ sich plötzlich eine ungebetene Stimme in ihm vernehmen, das ist nicht dasselbe. Auch solche Erscheinungen sind entsprechend bedingt. Du vergißt, daß du dich seit Stunden fast ausschließlich in der Welt der Polypen, Seerosen, Schwämme und ähnlicher Hohltiere aufhältst. Und gerade das Leben des Schwamms hat dich besonders interessiert. Das wirst du doch wohl nicht bestreiten, wie?

Odonicz blieb mitten im Zimmer stehen, getroffen von dieser Ausführung.

»Hm«, murmelte er, »tatsächlich, das beschäftigt meine

Gedanken schon seit einigen Stunden. Aber was hat das damit zu tun, zum Teufel?« schrie er plötzlich aus Leibeskräften. »Das ist doch kein Grund!«

Und wieder warf er einen Seitenblick auf den Schreibtisch. Doch zu seinem unbegreiflichen Erstaunen entdeckte er statt des Schwamms den vermißten Briefbeschwerer. Er lag dort still und ruhig auf dem ihm seit Jahren ein für allemal bestimmten Platz, als wäre nichts passiert. Odonicz fuhr sich mit der Hand über die Stirn, rieb sich erneut die Augen und überzeugte sich, daß er nicht träumte: Auf dem Schreibtisch lag der Briefbeschwerer, der Briefbeschwerer aus Porphyr mit dem glatten gedrehten Knopf. Von dem Schwamm keine Spur, als wäre er nie dagewesen.

»Eine Einbildung«, entschied er. »Eine Halluzination unter dem Einfluß zeitweiliger Überarbeitung.«

Und setzte sich wieder an den Schreibtisch. Doch irgendwie bekam er in dieser Nacht keinen einzigen Satz mehr zustande. Die Einbildung ließ ihm keine Ruhe, und trotz aller Bemühungen konnte er sich nicht auf die Arbeit konzentrieren.

Die Geschichte mit dem Schwamm war sozusagen das Vorspiel zu anderen ähnlichen Erscheinungen, die ihn von nun an immer häufiger heimsuchten. Binnen kurzem bemerkte er, daß auch andere Gegenstände im Zimmer für einige Zeit vor seinen Augen verschwanden, um nach einer Weile an derselben Stelle wiederaufzutauchen. Umgekehrt entdeckte er mehrfach auf seinem Schreibtisch verschiedene Dinge, die dort zuvor nicht gewesen waren.

Das Interessanteste daran war jedoch, daß die Phänomene gekoppelt waren mit seinem zeitweiligen Interesse für diese Gegenstände vor dem Augenblick ihres Verschwindens oder Auftauchens. Fast jedesmal hatte er vorher allzu intensiv an sie gedacht.

Es genügte, daß er mit einer bestimmten Dosis innerer Überzeugung dachte, er habe zum Beispiel ein Buch verloren, um gleich darauf tatsächlich sein Fehlen im Bücherschrank zu konstatieren. Und ebenso, stellte er sich möglichst plastisch das Vorhandensein eines Gegenstandes auf dem Tisch vor, so konnte er sich in Kürze mit eigenen Augen davon überzeugen, daß dieser wie gerufen dort erschienen war.

Diese Phänomene beunruhigten ihn in hohem Grade und weckten ernstlichen Verdacht. Wer weiß, ob das kein neuer Hinterhalt ist. Zeitweilig hatte er den Eindruck, als wäre das wieder ein Angriff des ›Unbekannten‹, nur aus einer anderen Richtung und in anderer Form. Langsam drängten sich bestimmte Schlüsse auf, mit unerbittlicher Eindringlichkeit formte sich ein bestimmtes Weltbild.

»Existiert die Welt um mich herum überhaupt? Und falls sie tatsächlich existiert, ist sie nicht das Erzeugnis des formenden Gedankens? Aber vielleicht ist alles nur die Fiktion eines tief in Gedanken versunkenen Ichs? Dort irgendwo im Jenseits denkt jemand fortwährend, seit unendlichen Zeiten, und die ganze Welt und zusammen mit ihr das arme Menschenvolk ist ein Produkt dieses ewigen Sinnens!«

Ein anderes Mal verfiel Odonicz in einen egozentrischen Wahn und zweifelte an jeder Existenz außer der seiner selbst. Nur er denkt unablässig, er, Dr. Tomasz Odonicz, und alles, was er sieht und wahrnimmt, ist nur ein Erzeugnis seiner Kontemplation.

Der Zeitpunkt, an dem er zum erstenmal zu diesem Extrem gelangt war, belastete ihn in fataler Weise. Mit einem

Schauder unheimlicher Angst fühlte sich Odonicz plötzlich furchtbar allein.

Und wenn hinter dieser Hausecke tatsächlich nichts ist? Wer bürgt dafür, daß hinter der sogenannten Wirklichkeit überhaupt etwas anderes existiert? Hinter dieser Wirklichkeit, deren Schöpfer wahrscheinlich ich selbst bin? Solange ich mich bis zum Hals in ihr befinde, genügt sie mir als solche. Aber wenn ich eines Tages den Wunsch haben sollte, mich aus diesem sicheren Milieu hinauszulehnen und mich außerhalb seiner Grenzen umzuschauen?

Hier spürte er eine scharfe Kälte, die Mark und Bein durchdrang, gewissermaßen die eisige, polare Atmosphäre der ewigen Nacht. Vor seinem aufgerissenen Auge erschien die Vorstellung einer Leere ohne Boden und Ende...

Als er sich eines Tages vor seinem großen Handspiegel rasierte, widerfuhr Odonicz ein besonderer Eindruck: Es schien ihm plötzlich, als sähe der Teil des Zimmers, der hinter ihm lag, jetzt im Spiegel ›irgendwie anders‹ aus.

Er legte das Rasiermesser beiseite und begann, die Widerspiegelung des hinteren Teils des Schlafzimmers zu studieren. In der Tat, alles dort hinter ihm stellte sich anders als gewöhnlich dar. Doch worin diese Veränderung bestand, hätte er nicht näher beschreiben können. Eine spezifische Modifikation, eine eigenartige Verschiebung der Proportionen, irgend etwas in dieser Art.

Interessiert legte er den Spiegel auf den Tisch und blickte nach hinten, um die Wirklichkeit zu kontrollieren. Doch er entdeckte nichts Verdächtiges, alles war wie sonst.

Beruhigt schaute er von neuem in den Spiegel. Das Zimmer sah jetzt wieder normal aus; die besondere Modifikation war spurlos verschwunden.

Eine Überempfindlichkeit der Sehzentren, weiter nichts, beruhigte er sich mit einem schnell zusammengebastelten Terminus.

Doch es gab Folgen. Odonicz empfand von nun an eine Angst vor dem, was hinter ihm war. Deshalb hörte er auf, sich umzublicken. Hätte ihn jemand auf der Straße mit seinem Vornamen angerufen, er hätte sich um keinen Preis umgedreht. Daher kam es auch, daß er jede Rückkehr nur auf einem Umweg vollzog und fast nie auf derselben Straße heimkehrte, auf der er fortgegangen war. Wenn er sich unbedingt umwenden mußte, tat er es äußerst vorsichtig und in möglichst langsamem Tempo, aus Furcht, er könne bei einem schnellen Frontwechsel ›dem‹ Auge in Auge gegenüberstehen. Durch seine langsame, allmähliche Bewegung sollte er ›dem‹ Zeit lassen, sich zurückzuziehen oder zur früheren, unschuldigen Haltung zurückzukehren.

Diese Vorsicht trieb er schließlich so weit, daß er, wenn er sich umschauen wollte, vorher ›warnte‹. Sooft er vom Schreibtisch in die Tiefe des Zimmers gehen mußte, stand er zunächst unter ostentativ lautem Zurückschieben des Stuhls auf und sagte dann mit erhobener Stimme, damit man es ›hinten‹ auch gut hörte:

»Jetzt drehe ich mich um.«

Erst nach dieser Ankündigung, der er eine Weile des Abwartens folgen ließ, drehte er sich wirklich in die beabsichtigte Richtung.

Unter solchen Umständen wurde sein Leben binnen kurzem zu einer wahren Marter. Bei jedem Schritt von tausend Ängsten beeinflußt, unablässig eine auf ihn lauernde Gefahr witternd, führte Odonicz ein bedauernswertes Dasein.

Und dennoch gewöhnte er sich auch daran. Nach einiger Zeit wurde ihm dieses ständige Achtgeben im Zustand angespannter Nerven zur zweiten Natur. Das Gefühl für das ihn unablässig umlagernde Geheimnis warf einen düsteren Zauber auf seinen grauen Lebensweg. Langsam begann er, dieses Versteckspiel gern zu haben. Jedenfalls schien es ihm anziehender als die Banalität gewöhnlicher menschlicher Erlebnisse. Er begeisterte sich sogar für das Verfolgen unheimlicher Spuren, und es wäre ihm schwergefallen, ohne die Welt der Rätsel auszukommen.

Schließlich reduzierte er die quälenden Zweifel auf folgendes Dilemma: Entweder ist dort hinter mir etwas anderes, etwas prinzipiell von der bekannten Wirklichkeit Verschiedenes – oder nichts, völlige Leere.

Hätte jemand gefragt, welcher der beiden Möglichkeiten er auf jener Seite lieber begegnen würde, Odonicz hätte keine entschiedene Antwort zu geben vermocht.

Zweifellos wäre das Nichts, die unbedingte, grenzenlose Leere etwas Entsetzliches; andererseits ist jedoch das Nichts vielleicht sogar besser als eine schreckliche Wirklichkeit anderer Ordnung. Denn wer kann wissen, wie jenes ›etwas‹ wirklich ist?

Dieses Schweben zwischen den Extremen wurde zur Hefe eines Kampfes zwischen zwei widersprüchlichen Tendenzen: Einerseits würgte ihn die Angst vor dem Unbekannten, andererseits trieb ihn eine von Tag zu Tag wachsende Neugier in die Arme des Geheimnisvollen. Eine vorsichtige, erfahrene Stimme warnte ihn zwar vor einem gefährlichen Entschluß, doch Odonicz tat ihre Ratschläge mit einem nachsichtigen Lächeln ab.

Eines Herbstabends, als er über einem offenen Buch

saß, spürte er plötzlich hinter seinem Rücken ›das‹. Irgend etwas geschah hinter ihm. Geheimnisvolle Kulissen schoben sich zur Seite, Vorhänge wurden gehoben, die Falten von Draperien öffneten sich...

Da entstand in ihm unvermittelt der rasende Wunsch, sich umzudrehen und einen Blick hinter sich zu werfen, dieses eine, dieses einzige Mal nur. Es genügte, den Kopf ohne die übliche Warnung schnell zu wenden, ein Blick genügte, ein kurzer, sekundenkurzer Blick...

Odonicz wagte diesen Blick. Mit einer Bewegung, rasch wie ein Gedanke, wie ein Blitz, drehte er sich um und blickte hin. Da löste sich von seinen Lippen ein unmenschlicher Schrei des Grauens und der grenzenlosen Angst. Seine Hand griff krampfhaft nach dem Herzen, und wie vom Donner gerührt stürzte er leblos auf den Fußboden des Zimmers.

Aus dem Polnischen von
Klaus Stremmler

JEAN RAY

Die Weiße Bestie

Jean Ray ist das Pseudonym des belgischen Schriftstellers Johannes Raymondus de Kremer, der auch unter dem Namen John Flanders veröffentlichte. Ray (1887–1964) war ein überaus produktiver Autor (manche Kritiker schrecken vor dem Wort ›Vielschreiber‹ nicht zurück), dessen gesamtes literarisches Werk bis heute nicht vollständig gesichtet worden ist. Er gilt als der bedeutendste fantastische Erzähler Belgiens, und seinen Roman Malpertuis *(der mit Orson Welles verfilmt wurde) bezeichnen viele als einen Meilenstein der Fantastik.*

Wir erzählten einander vertrauliche Geschichten. Tamarin, der Mann mit den zehn oder zwölf Millionen, hatte sich wortlos die hundert wahren oder erfundenen Abenteuer angehört, die man sich in den behaglichen Stunden bei Zigarren und Likören erzählt.

Plötzlich erklang seine etwas heisere Stimme, von nervösen Hustenanfällen unterbrochen, als fiele es ihm schwer, uns seine Geschichte zu erzählen.

»Ihr glaubt also«, sagte er, »ich hätte mein Vermögen in den Goldminen von Klondyke erworben?

Gewiß, ich habe in der weißen Eishölle des Äußersten Nordens gelebt. In Dawson bekam ich bei einer Schlägerei einen Messerstich ab. Ich sah meine Gefährten aus dem *rush* im gewaltigen Wüten der Stürme auf dem Chilcoot-Paß sterben. Fast wäre ich beim Aufgehen des Eisstoßes auf dem Yukon umgekommen. Ich habe das weiße Schweigen, die gespenstischen Karibus im Nebel kennengelernt.

Ich habe dort sogar Gold gefunden und es in den Händen der *dancing girls*, der Kneipenwirte und der Spieler gelassen.

Mein Vermögen aber, das habe ich hier gemacht, ganz nahe von uns: in den Ardennen oder irgendwo in deren Nähe...

Ich hatte noch von meinen Reisen her eine Abneigung gegen Städte; als ich daher auf der vierten Seite eines Provinzblättchens eine Anzeige las, wonach ein kleiner Besitz mitten im Wald zu verkaufen sei, verlor ich keine Zeit und begab mich an Ort und Stelle.

Ich hatte ein wenig Geld – oh, nicht viel – aber ich wurde, durch eine schlaue Verbindung von Lebensversicherungen und Schuldverschreibungen Besitzer eines recht gewöhnlichen kleinen Bauernhauses aus grauem Stein, mitten im Wald, und von zwei Hektar drittklassigen, an einen gewaltigen räudigen Felsen angelehnten Buschholzes, aus dem eine Quelle mit eiskaltem Wasser hervorsprudelte.

Obgleich der Preis lächerlich gering war, machte mich der Notar ehrlicherweise darauf aufmerksam, daß es sich da um kein gutes Geschäft handelte, denn der Besitz würde mir keine fünf Franken jährlichen Einkommens bringen.

Dennoch kaufte ich ihn, und als ich meine Unterschrift unter den Notariatsakt setzte, zog der Amtsschreiber die Schultern hoch und sprach die lapidaren Worte des Pontius Pilatus aus.

Ich war aber eigentlich ganz glücklich. Die gewaltige Stimme des Windes in den Bäumen, das unsichtbare Flüchten der Kleintiere im Gestrüpp, das Abtröpfeln der Wasseruhr in meiner Quelle, all das webte um mich das pulsierende Leben der Einsamen, das die Kühnen für ihren Mut entschädigt und für das sie bisweilen mit ihrem eigenen Leben zahlen.

Ich aß wunderbares Ragout aus wilden Tauben und braunen Steinpilzen; an Schlemmerabenden bereitete ich nach geheimnisvollen indianischen Rezepten herrliche Forellen zu, die ich im Schatten der großen bemoosten Steinblöcke inmitten tobender Wildbäche gefangen hatte.

An Hungertagen nährte ich mich von dem scharfschmeckenden spärlichen Fleisch der Häher und von stärkenden Rabensuppen.

Im Sommer machte ich den Touristenführer. Ich hatte stets einen kleinen verborgenen Winkel bereit, etwas ›Neues‹ – ein Panorama oder eine dunkle Schlucht –, die ich den Freigebigeren zeigte; damit bezahlte ich meine Patronen, meinen Tabak und mein Gläschen Rum.

Eines Abends im Winter ertönte in der völligen Dunkelheit während eines heftigen Sturmwinds in den hohen Zweigen der Bäume nebenan ein klagender Schrei.

»Das ist der Uhu, der mir eine meiner Wildtauben abschlachtet«, brummte ich.

Tatsächlich fand ich am nächsten Tag in der Nähe meines Hauses die blutigen Federn einer Wildtaube.

Ich ärgerte mich über diesen ungebetenen Gast in meiner mageren Speisekammer und beschloß, bei der ersten Gelegenheit den Raubvogel, von dem ich wußte, daß er an der Spitze des großen Felsens nistete, zu töten.

Am nächsten Abend ertönte im Jungwald ein gräßliches Geschrei, das mit einem langgezogenen Klageruf endete.

Mein Hund Snow, ein gewaltiger Neufundländer, der mich bei meinen Wanderungen im Hohen Norden begleitet hatte, und von dem ich nicht das Herz gehabt hatte, mich zu trennen, bellte wütend, offenbarte jedoch keinerlei Verlangen hinauszulaufen, was mich sehr verwunderte.

Am frühen Morgen fand ich die Uhuleiche, grausam zerfetzt, im Gestrüpp.

»Snow«, sagte ich, »welche verdammte Bestie hat denn das Herz, sich an dem stinkenden Rumpf eines häßlichen Felsenuhus gütlich zu tun?«

Da benahm sich Snow ganz seltsam: Er lief zum Felsen, schnüffelte, stieß ein klagendes Heulen aus und flüchtete mit hängenden Ohren und eingezogenem Schwanz zu mir. Snow, den ich einen grauen Alaskawolf würgen sah, Snow, der den Grizzly in den Bergen angriff, Snow hatte Angst.

Seit mehreren Tagen hatte sich der Sturm im Wald nicht gelegt, und an jenem Abend tobte er sich nach Herzenslust aus. Es herrschte ein prächtiges Gepolter von Ästen, die wie Glas zerbrachen, dazu das unheimliche Krachen der Birken, die der Sturm zu Boden riß; in der Ferne röhrte ein geängstigter Hirsch.

Ich war dabei, bei meinem Reisigfeuer eine Axt zu schleifen, da stieß Snow ein entsetzliches Geheul aus und drängte sich, auf die Gefahr hin, sich an meiner Axt zu verletzen, zwischen meine Beine.

Ich blickte hoch, und ich glaube, auch ich schrie, zutiefst erschrocken, auf.

Im dunklen Fensterrahmen war plötzlich ein grausiges Gesicht zu sehen.

Ein menschenähnlicher Kopf, ein gräßliches dreihundertjähriges Greisengesicht, weiß wie Schnee, mit ungeheuren grünflammenden, tagblinden Augen, die im Schein des Feuers blinzelten.

Der Mund öffnete sich zu einem ungeheuren, stummen Lachen mit schrecklichen schwarzen Zähnen.

Die Vision verschwand mit einem Geräusch von geknickten Zweigen, doch ich hatte Zeit genug gehabt, um sie zu erkennen.

»Sie ist es, Snow«, rief ich aus: »die Bestie. Die Weiße Bestie!«

Die Weiße Bestie! Das geheimnisvolle Untier der unergründlichen Höhlen im Land des weißen Schweigens.

Die Sitki-Indianer sprechen von ihm ganz leise in ihren Zelten aus Karibuleder.

Die gleichmütigen Gesichter der Eskimos, die im äußersten Norden kampieren, bekommen, wenn man im Iglu mit seinen dicken Schneewänden seinen Namen nennt, eine häßliche, fahle Färbung.

Tollkühne Bergleute, die sich in die dunklen Abgründe hinabwagten, an deren Grund Ströme donnerten, um dort Quarz oder Goldadern zu suchen, sind nie wieder nach oben gekommen.

Manchmal fanden andere Forscher ihre Leichen, deren Kehlen gräßlich zerfetzt waren. Es war die Bestie, die Weiße Bestie, die das getan hatte, das unbekannte Scheusal, das eine Vorsehung mit unerforschlichen Absichten vielleicht zum Hüter der unterirdischen Schätze bestellt hat.

Ein deutscher Professor, ein drolliger Kauz mit Gehrock und Brillen, der nicht das gelbe Metall suchte, sondern sich mit albernen Kieseln ohne Wert und mit unnützen Pflanzen begnügte, erzählte uns einmal von seltsamen bleichen Kreaturen, mit Katzenaugen oder völlig blind, die in den Tiefen wohnen, wo die Sonne niemals ihr Licht oder ihre Wärme erstrahlen läßt. Eines Tages fand man

Pickel und den Goerz-Feldstecher des Professors am Eingang einer Grotte, doch er wurde nicht mehr gesehen.

Was zum Teufel aber suchte dieses Höllengeschöpf hier, Tausende und Abertausende Meilen von den Eiswüsten Alaskas entfernt?

Ich stellte Nachforschungen bei den Felsen an und entdeckte bald eine schmale Spalte von etwa Mannshöhe, die ich mich nicht entsinnen konnte, je zuvor gesehen zu haben.

Aus der Spalte drang der kühle Höhlenwind nach außen, und ich beschloß, die Höhle zu erkunden.

Ich füllte meine Laterne mit Öl und trat ins Innere.

Die Höhle war tief, und ich folgte lange einem schmalen Gang, der sich allmählich zu einer ziemlich weiträumigen Grotte mit matten, rußigen Wänden erweiterte.

Seit einiger Zeit drang ein undeutlicher Lärm zu mir, in dem ich das Sprudeln rasch fließenden Wassers zu erkennen glaubte.

Der aus feinem Sand bestehende Boden war stark abschüssig. Und plötzlich hatte ich den Abgrund vor mir. Ich beugte mich vor und hielt meine Lampe vor mich, doch ihr schwacher gelber Schein drang nicht weiter als zwanzig Schritt in das Dunkel der Kluft.

Schwaden eisiger Feuchtigkeit stiegen herauf: Dort unten floß in schwindelnder Tiefe ein schneller Strom, ein donnernder Wasserlauf, ein Fluß der ewigen unterirdischen Nacht.

Ich ließ einen großen Stein hinunterrollen und wartete; Sekunden vergingen, ehe ich ein leises, fernes ›Platsch‹ hörte.

Eine grobe Rechnung, bei der ich ungefähr die Geschwindigkeit des freien Falls und die des Schalls einrechnete, brachte mich auf mehr als dreihundert Meter.

Ich wich zurück, fast hätte mich der Schwindel gepackt. Ich wollte wieder zurückgehen, da fiel mir ein wohlbekanntes Glitzern ins Auge.

Ich glaube, ich wankte und schrie auf.

Das war Gold!

Ein Goldklumpen in der Form einer Mandel. Und groß, sehr groß!

Doch in dem bröckligen Felsgestein leuchteten noch mehr gelbe Punkte. Ich stürzte mich darauf... Meine Finger bluteten; ich riß Klumpen los, und noch andere, die nur leicht im bräunlichen Ganggestein der Wand steckten.

Als ich wieder ans Tageslicht kam, war ich im Besitz von zweiundzwanzig Goldklumpen, die zusammen zwei Pfund wogen.

Dann begann eine fieberhafte Ausbeutung. Der Pickel legte eine Ader nach der anderen frei, deren jede mehr oder weniger reich an Goldklumpen war.

An manchen Tagen sammelte ich bis zu fünfzig Pfund des gelben Metalls!

Es war, glaube ich, am achtundzwanzigsten Tag nach meiner Entdeckung, als mir unangenehm auffiel, daß in dem Gang ein übler Geruch herrschte. Bald wurde er so widerlich, daß mir schlecht wurde. Dann plötzlich stand ich vor der Bestie.

Sie grinste fürchterlich, ihre Schnauze war kaum mehr als einen Meter von meinem Gesicht entfernt.

Ich konnte mich nicht rühren: Sie war über mir.

Oh! Grauenerregend, unbeschreiblich war dieser Kontakt!

Stellen Sie sich vor, daß eine schlaffe, weiche, schleimige Leiche von zweifelhafter Konsistenz, von beißenderer Kälte als Eis, Sie mit der Kraft einer Boa constrictor umfaßt hält.

Warum dachte ich in jener tödlichen Stunde an eine arme Leiche, die ich einst in einer Schlucht neben dem Chilcoot-Paß gefunden hatte?

Ah ja, das mußte es sein: Der Geruch, der gräßliche Gestank weichen, verwesten Fleisches! Das war die Pestilenz, welche die Bestie um sich verbreitete und die mir in die Lunge drang, mich erstickte, mich tötete.

Das Ungeheuer bewegte sich unbeholfen, und ich merkte, daß das Licht meiner Lampe, die in der Felswand festgeklemmt war, es blendete.

Ich führte einige Schläge mit dem Pickel gegen die Bestie, die aber an deren gummiartigem Fleisch keine Wirkung zeigten.

Plötzlich stieß ich einen verzweifelten Schrei aus; das Licht der Laterne entfernte sich, als ob eine teuflische Hand sie mit größter Schnelligkeit fortzöge.

Ich erkannte, daß ich auf dem Abhang schnell nach unten glitt, umschlungen von der Bestie, die von Sekunde zu Sekunde den Vorteil nutzte, zu dem ihr die Dunkelheit über mich verhalf.

Aus dem Grunde der Nacht drang das Tosen des Abgrunds zu mir.

Und ich rollte weiter, immer weiter!

Wie viele Meter trennten mich noch vom endgültigen Absturz? Zwanzig, zehn, ein einziger?

Ich flehte zu Gott und strengte mich furchtbar an.

Ich hatte den Eindruck, daß alle meine Muskeln gesprengt wurden, und löste mich aus der Umarmung.

Rund um mich nur dunkle Nacht; und die Bestie sah mich, während ich blind war.

Mein Gott! Nein, ich sah doch, denn vor mir leuchteten zwei schreckliche Leuchtkäfer auf: die Augen des höllischen Unholds!

Zum Glück hatte ich meinen Pickel nicht losgelassen. Ich nahm all meine Kräfte zusammen und führte einen wütenden Schlag zwischen die beiden grünen Lichter.

Da plötzlich erscholl ein ungeheurer Schmerzensschrei, eine menschliche Klage, eine verzweifelt flehende Stimme; sie flehte in einer unbekannten Sprache, es war die Wehklage einer verwundeten Frau, die mir zu Herzen ging und mich rühren sollte.

O dieses Schluchzen, diese fast melodische Stimme, die unverstandene Sprache, die aber süße Worte, vielleicht Versprechungen schluchzte...

War das eine neue, eine letzte Waffe dieser Höllenkreatur?

Noch glänzten die Feuerblicke, jedoch schwächer, mit schönem, gold-violettem Schillern... Ich knirschte mit den Zähnen und schlug nochmals zu mit dem Eispickel.

Die Augen erloschen, ein trauriger Klageschrei entschwand, immer weiter, dann wurde es still, und endlich ertönte in der Ferne, im Dunkel ein ›Platsch‹.

Ich befand mich zwei Meter vom Abgrund entfernt.

Als ich zu mir kam, leckte Snow meine Wangen.

Wie war ich aus der Höhle ins Freie gelangt? Ich weiß es nicht.

Ein fahler Wintersonnenstrahl fiel mir ins Auge.

Wie schön doch das Leben war, rosig, voll großer Freuden!

Ich hatte eine reichliche Goldernte gesammelt und beschloß, nicht mehr in die ›Mine‹ zurückzugehen; man soll die Wesen der unterirdischen Nacht nicht versuchen.

Einige Dynamitpatronen verschlossen für immer die rätselhafte Felsspalte und versperrten endgültig den Zugang zu den unterirdischen Schätzen, indem sie zugleich den Ungeheuern der Finsternis den Weg in die sonnige Welt verlegten.

Aus dem Französischen von
Willy Thater

SEABURY QUINN

Der Poltergeist

Der Schriftsteller Seabury Quinn gehört zu den produktivsten Autoren des Magazins Weird Tales. *Er hat Hunderte Kurzgeschichten geschrieben, darunter dreiundneunzig über den Detektiv des Okkulten, Jules de Grandin, einen Franzosen in Amerika, der in der Kleinstadt Harrisonville (die ein garstiger Kritiker einmal die Stadt mit der größten Ungeheuer-Dichte der Welt genannt hat), der mit seinem Assistenten Dr. Samuel Trowbridge (beide sind allzu deutlich nach ihren berühmteren Vorbildern Sherlock Holmes und Dr. Watson modelliert) gegen übernatürliche Schrecken kämpft. Der literarische Wert von Quinns Arbeiten ist sicher gering, dennoch habe ich mich entschieden, ein Abenteuer von Jules de Grandin in diesen Band mit aufzunehmen, weil Quinns Geschichten exemplarisch Stärken und Schwächen der sogenannten Pulp-Literatur zeigen. Man sollte freilich nicht verschweigen, daß es gerade Quinns ungeheure Popularität bei den Lesern war, die dem Magazin* Weird Tales *häufig über finanzielle Durststrecken hinweggeholfen hat. Und abschließend möchte ich anmerken, daß Quinn ein glühender Bewunderer der Stories von H. P. Lovecraft war, während dieser Quinns Geschichten von ganzem Herzen verabscheute.*

»Und so, Dr. de Grandin«, schloß unser Besucher, »ist dies ein Fall für Ihre außergewöhnlichen Fähigkeiten.«

Jules de Grandin wählte eine neue Zigarette aus seinem motorbetriebenen Silberetui, klopfte sie nachdenklich auf seinem säuberlich manikürten Daumennagel fest und musterte den Besucher mit dem ihm eigenen, beunruhigend durchdringenden Blick. »Habe ich das so zu verstehen, daß alle Versuche, eine Heilung herbeizuführen, fehlgeschlagen sind, Monsieur?« fragte er schließlich.

»Ohne Ausnahme. Wir haben alles Menschenmögliche versucht – und noch einiges darüber hinaus«, erwiderte Captain Loudon. »Wir haben einige der besten Neurologen konsultiert, wir haben Geistheiler und spirituelle Medien verpflichtet, alles ohne Erfolg. All die Ärzte, all die Okkultisten und Quacksalber haben versagt; nun...«

»Nun, ich schätze es nicht, mit Quacksalbern auf eine Stufe gestellt zu werden, Monsieur«, gab der Franzose frostig zurück. »Hätten Sie mich gemeinsam mit einem akkreditierten Arzt konsultiert...«

»Aber das ist es ja gerade«, fiel ihm der Captain ins Wort. »Jeder Arzt, den wir zu Rate gezogen haben, war überzeugt, ein Heilmittel zu finden, doch sie haben alle versagt. Julia ist ein liebreizendes Mädchen – ich sage das nicht nur, weil sie meine Tochter ist, es ist eine Tatsache – und sollte in diesem Herbst vermählt werden. Doch nun ist sie in den Klauen dieser Erkrankung gefangen, und es zerstört ihr Leben. Robert – Lieutenant Proudfit, ihr Verlobter – und ich wissen nicht mehr ein noch aus, und soweit es meine Tochter betrifft, ich fürchte, sie wird noch den Verstand verlieren und sich etwas antun, wenn nicht *irgend jemand* in der Lage ist, ihr zu *helfen!*«

»Ah?« Der kleine Franzose zog die dünnen, schwarzen Augenbrauen hoch, die in einem so lebhaften Kontrast zu seinem blonden Haar und Schnurrbart standen. »Warum haben Sie das nicht gleich gesagt, *Monsieur le Capitaine?* Es handelt sich also nicht nur um die Heilung einer nervösen jungen Frau, um die Sie mich ersuchen, sondern auch um die Erfüllung einer Romanze, die ich herbeiführen soll?

Bien, gut; ich nehme an. Wenn Sie ebenso meinen guten Freund Trowbridge in Ihre Dienste nehmen wollen, so daß auch ein örtlich approbierter und angesehener Arzt an dem Fall beteiligt ist, dann stehen meine Fähigkeiten, die Sie die Güte hatten, als bemerkenswert zu bezeichnen, ganz zu Ihrer Verfügung.«

»Ausgezeichnet!« stimmte Captain Loudon zu und erhob sich. »Somit wäre alles geklärt. Ich kann also erwarten, daß Sie...«

»Einen Augenblick noch, bitte«, unterbrach ihn de Grandin, während er mit seiner schlanken weißen Hand um Stille bat. »Wollen wir bitte ein *precis* des Falles erstellen, bevor wir beginnen.« Er zog einen Notizblock und einen Bleistift zu sich heran, während er fortfuhr:

»Ihre Tochter, Mademoiselle Julia, wie alt ist sie?«

»Neunundzwanzig.«

»Ein ganz bezauberndes Alter.« Er machte eine Notiz. »Und sie ist Ihr einziges Kind?«

»Ja, Sir.«

»Nun, diese Manifestationen des *outré*, diese so ungewöhnlichen Geschehnisse, sie haben vor etwa sechs Monaten begonnen?«

»So ungefähr; ich kann kein genaues Datum nennen.«

»Egal. Sie haben verschiedene rätselhafte Formen angenommen? Sie hat die Nahrung verweigert, sie hatte Visionen, sie schreit, sie singt unvermittelt, sie spricht mit einer Stimme, die ihr selbst fremd ist – bei Zeiten verfällt sie in eine totengleiche Trance, und aus ihrer Kehle dringen fremde Stimmen, Männerstimmen oder die Stimmen anderer Frauen, selbst die Stimmen von kleinen Kindern?«

»So ist es, Sir.«

»Andere, scheinbar unerklärliche Dinge geschehen.

Stühle, Bücher, Tische, selbst so schwere Möbelstücke wie ein Klavier bewegen sich von ihrem angestammten Platz fort, wenn sie in der Nähe ist, und Schmuckstücke und andere kleine Gegenstände werden durch die Luft geschleudert?«

»Ja, und es ist sogar noch schlimmer: Ich habe gesehen, wie Nadeln aus ihrem Handarbeitskorb flogen und sich in ihre Wangen und Arme bohrten«, unterbrach der Captain. »Seit kurzem wird sie von Narben geplagt – Narben, deren Ursache unsichtbar bleibt. Vor meinen Augen sind breite Kratzer wie von den Krallen eines wilden Tieres auf ihren Armen und ihrem Gesicht erschienen. In der Nacht bin ich von ihren Schreien geweckt worden, und wenn ich dann in ihr Zimmer stürme, finde ich die Abdrücke langer, dürrer Finger an ihrem Hals. Es ist zum Verrücktwerden, Sir; einfach schrecklich. Würde ich an derartige Spielarten des Übernatürlichen glauben, so würde ich es für einen Fall von dämonischer Besessenheit halten, wie man ihn in der Bibel findet.«

»Ähm«, de Grandin schaute von seinem Block hoch, auf dem er sich geschäftig Notizen gemacht hatte. »Es gibt, mein Freund, auf der Welt oder darüber hinaus nichts, das übernatürlich wäre. Der weiseste Mensch von heute vermag nicht zu sagen, wo die Kräfte und Fähigkeiten der Natur beginnen oder enden. Wir sagen: ›Dies und das liegt außerhalb der Grenzen unserer Erfahrung‹, doch liegt es dadurch auch zwangsläufig außerhalb der Grenzen der Natur? Ich denke nein. Ich selbst habe Dinge gesehen, die so unglaublich waren, daß man mich, sollte ich je davon berichten, einen Lügner nennen würde, und mein guter, fantasieloser Freund Trowbridge hat Wundern beigewohnt, die sich kein Schriftsteller getrauen würde, jemals zu Papier zu bringen, und dennoch erkläre ich, daß wir niemals das gesehen haben, was ich das Übernatürliche nennen würde.

Doch wir vergeuden die Zeit. Lassen Sie uns zu Ihrem Haus eilen; ich werde Mademoiselle Julia gern ein paar Fragen stellen und mit eigenen Augen einige ihrer so bemerkenswerten Zustände sehen.

Merken Sie sich«, er richtete, während wir in der Halle unsere Mäntel anlegten, seinen starren, durchdringenden Blick auf Captain Loudon, »merken Sie sich bitte, Monsieur, daß ich keiner jener Quacksalber bin, die Sie so bitterlich enttäuscht haben. Ich behaupte nicht, Ihre Tochter heilen zu können. Ich kann nur versprechen, es zu versuchen. Haben Sie das verstanden? *Très bon.* Wir werden sehen, was wir sehen werden. Lassen Sie uns nun aufbrechen.«

Robert Beauregard Loudon war ein pensionierter Kapitän zur See, ein Witwer mit mehr als ausreichenden finanziellen Mitteln, um seine epikureischen Vorlieben zu befriedigen, und besaß eins der elegantesten Häuser in dem vornehmen Vorort auf der Westside. Die Möbel zeugten bei näherer Betrachtung nicht nur von Reichtum; sie ließen jenes unbestimmte und doch spürbare Etwas erkennen, daß man ›Stil‹ nennt und das nur durch Generationen von Vorfahren ebenso nobler Herkunft erlangt werden kann. Mahagoni-Originale von Sheraton und Chippendale und den Brüdern Adam, Familienportraits von der Hand Benjamin Wests, Tafelsilber in der feinsten Tradition der Silberschmiede aus dem frühen achtzehnten Jahrhundert, selbst der würdevoll reservierte, ältliche schwarze Butler kündeten davon, daß der Vater unserer Patientin in jeder Beziehung des Wortes ein Offizier und Gentleman war.

»Wenn Sie Ihre Mäntel bitte Hezekiah geben mögen«, sagte Captain Loudon und deutete mit einem Kopfnicken auf den ernsten alten Neger, »dann werde ich inzwischen meiner Tochter mitteilen, daß Sie hier sind. Ich weiß, daß sie zutiefst erfreut sein wird, Ihnen...«

Ein klapperndes, schepperndes Geräusch wie von einer Blechdose, die am Schwanz eines glücklosen Hundes festgebunden war, unterbrach ihn. Noch während wir uns erstaunt zu der breiten Treppe am Ende der Halle umwandten, wurde das Geräusch lauter, beinahe ohrenbetäubend. Dann verstummte es ebenso unvermittelt wie es begonnen hatte, und ein junges Mädchen kam langsam um den Treppenabsatz herum auf uns zu.

Sie war von etwas mehr als mittlerer Größe, rank und zart wie eine Weidengerte, und sie bewegte sich mit der Grazie und Haltung einer jungen Prinzessin. Ein reizendes, wenn auch beinahe unmodisch langes Gewand aus weißem Satin und Chiffon umspielte mit seinem unebenen Saum ihre Knöchel, und um ihre schlanken Schultern und Arme lag ein reichbestickter Schal aus chinesischer Seide. Eine Hand ruhte auf dem Mahagonigeländer der Balustrade, als diente sie ihr sowohl als Stütze sowie als Führung. Dies alles offenbarte uns ein erster Blick, doch unser zweiter Blick blieb wie gefesselt an ihrem lieblichen, bleichen Gesicht hängen.

In seiner Länglichkeit war es beinah unschön; bleich in jener üppigen, milchigen Färbung, die das Geburtsrecht mancher Frauen ist und nicht das Ergebnis von Krankheit, und ihre blutroten Lippen schienen durch die Blässe ihrer Wangen noch leuchtender. Zuerst schien es mir, als wäre ihr Blick auf die Stufen vor ihr gerichtet, und daß sie jede Bewegung mit größter Achtsamkeit ausführte, um nicht aus Schwäche oder nervöser Erschöpfung zu fallen, doch im nächsten Augenblick wurde ich gewahr, daß sie, ob nun in natürlichem Schlaf oder in einer übernatürlichen Trance befangen, die Treppe mit geschlossenen Augen hinabschritt.

»La pauvre petite«, stieß de Grandin leise aus. *»Grand Dieu*, Freund Trowbridge, ist sie nicht eine Schönheit? Warum bin ich nicht schon früher hierhergekommen?«

Ein Schwall spöttischen, irrsinnigen Gelächters, das seinen Ursprung in Luft gut sechs Fuß über dem Kopf des Mädchens zu haben schien, antwortete ihm, und aus dem schweren Teppichboden auf der Treppe erhob sich plötzlich abermals der scheppernde Lärm, den wir gehört hatten, bevor sie erschienen war.

»Hélas« – de Grandin warf dem Vater des Mädchens einen mitleidigen Blick zu, dann sagte er: *»Nom de Dieu!«* Er duckte den Kopf in einer schnellen Ausweichbewegung. An der wohl zwanzig Fuß entfernten Wand hing eine Sammlung von Waffen, ein oder zwei Schwerter, ein Speer und mehrere Bolomesser – Trophäen, die der Captain von seiner Dienstzeit auf den Philippinen mitgebracht hatte. Als wäre es von einer unsichtbaren Hand gepackt worden, hatte sich eines der Messer von der Wand gelöst, war durch die Luft geschleudert und hatte sich beinahe einen Zoll tief in die weiße Wandverkleidung hinter dem kleinen Franzosen gebohrt, wobei es seine Wange im Flug nur um Haaresbreite verfehlte.

Der scheppernde Lärm zu Füßen des Mädchens verstummte abrupt. Sie machte einen unsicheren Schritt vorwärts und öffnete die Augen. Sie waren ungewöhnlich länglich, eher purpur als blau, und trugen in sich einen solchen Ausdruck unauslöschlicher Melancholie, wie ich ihn noch nie zuvor bei einem so jungen Menschen gesehen hatte. Es war der Blick eines Menschen, der von einer unheilbaren Krankheit zum Tode verurteilt war.

»Oh«, begann sie, und ihr Gesicht trug den verwirrten Ausdruck eines Menschen, der plötzlich aus dem Schlaf aufgeschreckt war. »Oh – Vater! Ich hatte mich gerade in meinem Zimmer hingelegt, als ich vermeinte, Roberts Stimme zu hören. Ich versuchte aufzustehen, doch ›Es‹ drückte mich nieder, und dann muß ich eingeschlafen sein...«

»Tochter«, Captain Loudons Stimme bebte von der Anstrengung, mit der er sie zu kontrollieren suchte, »dies sind Dr. de Grandin und Dr. Trowbridge. Sie sind gekommen, um...«

»Oh«, das Mädchen machte eine ungeduldige Geste, die dennoch seltsam matt anmutete, »noch mehr Ärzte! Warum hast du sie hierhergebracht, Vater? Du weißt doch, daß sie auch nicht anders sein werden als der Rest von ihnen. Nichts kann mir helfen – nichts vermag etwas auszurichten!«

»Pardonnez-moi, Mademoiselle«, verbeugte de Grandin sich höflich, »ich denke, Sie werden bald feststellen, daß wir nicht so sind wie die anderen. Zuerst einmal sind wir gekommen, um Sie dem Mann zuzuführen, den Sie lieben; und zweitens habe ich ein persönliches Interesse an diesem Fall.«

»Ein persönliches Interesse?« erwiderte sie, während sie seine Verbeugung mit einem recht gleichgültigen Nikken zur Kenntnis nahm.

»In der Tat, Mademoiselle. Hat nicht dieses – dieses Ding, das Sie plagt, ein Bolomesser nach mir geworfen? Mademoiselle, ich versichere Ihnen, daß kein *fantôme,* kein *lutin* ungestraft ein Messer auf Jules de Grandin werfen darf, um sich dann damit bei seinen Geisterkumpanen zu brüsten. Mitnichten.

Und nun, Mademoiselle, müssen wir Sie um Ihre Erlaubnis bitten, einige Fragen an Sie richten zu dürfen«, begann er, als wir in den Salon traten. »Für Sie mag es eine alte Geschichte sein, die Sie schon viel zu oft erzählt haben, doch wir tappen noch völlig im dunkeln, mit Ausnahme jener spärlichen Informationen, die Ihr Vater uns gegeben hat. Sagen Sie uns nun bitte, wenn Sie so freundlich sein möchten, wann diese seltsamen Geschehnisse ihren Anfang nahmen.«

Das Mädchen musterte ihn schweigend. Ihre ernsten pflaumenfarbenen Augen starrten ihn beinahe feindselig an. »Es war vor ungefähr sechs Monaten«, begann sie mit lebloser monotoner Stimme wie ein Kind, das eine auswendig gelernte, doch verhaßte Lektion aufsagte: »Ich war gerade mit Lieutenant Proudfit von einem Ball in New Brunswick heimgekehrt. Es muß so gegen drei Uhr morgens gewesen sein, denn wir hatten die Feier erst nach ein Uhr verlassen und waren auf dem Weg von einem Graupelschauer aufgehalten worden. Lieutenant Proudfit war unser Gast für die Nacht, denn wir sind – das heißt, wir waren – verlobt, und ich hatte ihm schon eine gute Nacht gewünscht und war in mein Zimmer gegangen. Da schien es mir, als hörte ich etwas gegen mein Fenster schlagen und klopfen wie ein Vogel, der vom Licht angezogen worden war oder – ich weiß nicht, wie ich darauf kam, aber ich hatte irgendwie diesen Eindruck – wie eine Fledermaus, die mit ihren Flügeln gegen die Scheiben schlug.

Ich erinnere mich, daß ich zuerst recht verängstigt war, doch dann überkam mich Mitleid mit dem armen Tier, denn es war draußen so bitterkalt und der Schnee peitschte vom Himmel. Ich ging zum Fenster hinüber und öffnete es, um zu sehen, was draußen war. Ich« – sie zögerte einen Augenblick – »ich hatte mich schon zu einem Teil entkleidet, und der kalte Wind, der durch das geöffnete Fenster hereinblies, ließ mich frieren, doch ich beugte mich heraus und hielt Ausschau nach dem Vogel oder der...« Abermals zögerte sie und verstummte dann ganz.

»Fahren Sie fort, Mademoiselle.« De Grandins Stimme war vollkommen tonlos. »Was haben Sie als nächstes getan?«

»Ich schaute hinaus und sagte ›Komm herein, du armes Ding!‹«

»Oh?« Seine Stimme hob sich leicht. »Sie haben also, was immer da draußen war, hereingebeten?« So gleichtönend seine Stimme auch war, es lag doch ein leichter schockierter Tadel darin.

»Natürlich. Ich weiß, daß es kindisch war, so mit einem Vogel zu sprechen, aber Sie wissen ja, daß man oft mit Tieren spricht, als würden sie es verstehen. Jedenfalls hätte ich mir das Frieren auch ersparen können, denn es war nichts dort draußen, und nachdem ich das Fenster wieder geschlossen hatte, hörte ich auch kein weiteres Flattern.«

»Vermutlich nicht«, stimmte er trocken zu. »Was dann, bitte?«

»Nun, gar nichts – jedenfalls nicht gleich. Doch es schien, als wäre das Zimmer nun nicht mehr warm zu bekommen, denn selbst als ich das Fenster geschlossen hatte, war die Luft noch eisig, und ich mußte mich fest in meinen Morgenmantel wickeln, während ich mich zum Schlafengehen bereit machte. Dann...« Sie hielt mit einem unwillkürlichen Schaudern inne.

»Ja? Und dann?« Seine Augen verengten sich, während er sie anschaute, und seine schlanken weißen Finger klopften einen wilden Trommelwirbel auf die Armlehne.

»Dann kam es zu dem ersten seltsamen Geschehnis. Als ich mein Nachthemd überstreifte, spürte ich deutlich, wie eine Hand mich am Oberarm packte – eine lange, dürre Hand, so kalt wie der Tod!« Sie schaute trotzig auf, als erwartete sie einen skeptischen Einwurf, doch dann sah sie ihn voller Erstaunen an. »Sie glauben mir – glauben, daß ich wirklich gespürt habe, wie mich etwas am Arm packte?« fragte sie ungläubig.

»Haben Sie das denn nicht gesagt, Mademoiselle?« erwiderte er ein wenig verärgert. »Bitte, fahren Sie fort.«

»Aber jeder andere Arzt, mit dem ich gesprochen habe, hat mir gesagt, daß ich es nicht *wirklich* gespürt habe – es gar nicht spüren konnte«, beharrte sie.

»Mademoiselle!« Verärgerung verdrängte seine übliche Höflichkeit. »Wir vergeuden unsere Zeit mit nutzlosem Gezänk. Wir reden hier über Ihren Fall, nicht über die anderen Ärzte und ihre Methoden. Gut, Sie sagten gerade...«

»Daß ich eine lange, kalte Hand spürte, die mich am Arm packte, und einen Augenblick später, bevor ich noch schreien oder zurückzucken konnte, begann etwas, meine Haut zu zerkratzen. Es war wie ein stumpfer Fingernagel – ein menschlicher Nagel, nicht die Kralle eines Tieres, verstehen Sie. Doch es war sehr viel Kraft dahinter, und ich konnte sehen, wie auf meiner Haut weiße Striemen erschienen. Dr. de Grandin« – sie beugte sich vor und starrte ihm mit weitaufgerissenen, verängstigten Augen ins Gesicht –, »die Striemen formten *Buchstaben!*«

»Mhh?« Er nickte ohne jegliche Erregung. »Erinnern Sie sich an die Worte?«

»Es waren keine Worte. Es war wie das Kauderwelsch auf einem Ouija-Brett, wenn sich das kleine Brettchen ziellos von Buchstabe zu Buchstabe zu bewegen scheint. Ich konnte ein ungelenkes *D* ausmachen und ein kleineres *r*, dann ein *a* und schließlich ein *c* und *u*. Das war alles. Wie Sie sehen, ergab es überhaupt keinen Sinn.«

De Grandin kauerte auf der äußersten Kante seines Sessels, die Hände um die Armlehnen geklammert, als wollte er jeden Augenblick aufspringen.

»*Dracu*«, wiederholte er leise, dann noch leiser: »*Dieu de Dieu de Dieu de Dieu!* Es ist sehr gut möglich, aber warum?«

»Warum, was war es?« verlangte das Mädchen zu wissen. De Grandins Anspannung spiegelte sich in ihren weitaufgerissenen Augen und ihrem ängstlichen Gesichtsausdruck wieder.

Er schüttelte sich wie ein Cocker-Spaniel, der aus dem Wasser kam. »Nichts, wirklich, Mademoiselle. Ich dachte zuerst, ich würde den Namen kennen, doch ich muß mich geirrt haben. Sie sind sicher, daß das die einzigen Buchstaben waren?«

»Ganz sicher. Nur diese fünf, sonst nichts.«

»Aber ja; und danach?«

»Danach geschahen alle möglichen schrecklichen Dinge. Vater hat Ihnen sicher erzählt, wie sich Stühle und Tische vom Boden erheben, wenn ich in ihre Nähe komme, und wie kleine Gegenstände durch die Luft schweben?«

»Aber natürlich. Und ich selbst habe gesehen, wie ein kleiner Gegenstand durch die Luft flog – ein wenig zu nah für meinen Geschmack. Und diese seltsamen Schlafzustände, die sie haben?«

»Sie kommen zu jeder Tages- und Nachtzeit; meistens,

wenn ich es am wenigsten erwarte. Einmal wurde ich davon überfallen, als ich gerade mit dem Zug aus New York heimkam, und ...« Ihr Gesicht wurde tiefrot ob der Erinnerung. »... und der Schaffner dachte, ich wäre betrunken!«

»*Bête!*« murmelte de Grandin. »Und Sie hören nicht die Stimmen – die Geräusche, die Sie manchmal begleiten, Mademoiselle?«

»Nein, man hat mir davon erzählt, doch ich weiß nichts von dem, was geschieht, während ich einen derartigen Anfall habe. Ich träume nicht einmal; zumindest habe ich keine Träume, an die ich mich später erinnern kann. Ich weiß nur, daß ich jederzeit in tiefen Schlaf fallen kann, und daß ich manchmal umherwandere, während ich bewußtlos bin, und an einem gänzlich anderen Ort erwache. Einmal bin ich schlafend schon den halben Weg in die Stadt gegangen und habe im letzten Augenblick einem Taxi ausweichen können, als ich plötzlich mitten auf der Straße zu mir kam.«

»Welch heimtückische Schurkerei!« rief er aus. »Das ist unerhört; das darf nicht erlaubt werden. *Morbleu*, ich werde es nicht zulassen!«

Etwas von der argwöhnischen Art des Mädchens kehrte zurück, als sie fragte: »Wie wollen Sie es aufhalten? Die anderen sagten alle ...«

»*Chut!* Diese anderen! Wir wollen nicht über sie sprechen, Mademoiselle. Ich bin nicht wie die anderen; ich bin Jules de Grandin!«

»Zuerst, mein Freund«, wandte er sich an mich, »wünsche ich, daß sie die Dienste einer Krankenschwester verpflichten, eine, deren Diskretion so groß ist wie ihr Können. Kennen Sie eine solche? *Treès bien*. Laufen, eilen, fliegen Sie, und bringen Sie sie auf der Stelle hierher. Bitten Sie sie, mit aller gebotenen Eile zu kommen und darauf vorbereitet zu sein, einige Zeit in diesem Hause zu bleiben.

Als nächstes«, sagte er und schrieb ein Rezept auf einen Block, »wünsche ich, daß *Monsieur le Capitaine* dies vom Apotheker holen läßt und augenblicklich eine Dosis, aufgelöst in heißem Wasser, verabreicht. Es handelt sich um Somnol, eine harmlose Mischung verschiedener Drogen, angenehm im Geschmack und in diesem Fall zweifellos von Wirksamkeit. Es wird besser als Chloral sein.«

»Aber ich möchte kein Chloral nehmen«, protestierte das Mädchen. »Ich habe schon genug Schwierigkeiten mit dem Schlafen wie es ist.«

»Mademoiselle«, in seinen Augen lag ein kleines Zwinkern, als er antwortete, »haben Sie nie davon gehört, daß man den Teufel mit Beelzebub austreiben kann? Nehmen Sie die Medizin wie verschrieben. Dr. Trowbridge und ich werden bald zurückkehren; wir werden nicht ruhen, bis wir ein Heilmittel gefunden haben, glauben Sie mir.«

»Dies ist der seltsamste Fall, dem ich je begegnet bin«, gestand ich, während wir in die Stadt fuhren. »Die Symptome des Mädchens deuten alle auf äußerst ausgeprägte Form von Hysterie, doch ich will tot umfallen, wenn ich mir die seltsamen Geräusche erklären kann, die ihr die Treppe hinab gefolgt sind, oder das Gelächter, das wir hörten, als sie am Fuß der Treppe angelangt war...«

»Oder das Bolomesser, das beinahe Jules de Grandins Schädel gespalten hätte?« fügte er mit einem Glucksen hinzu. »Erinnern Sie sich an die alten medizinischen Theorien betreffs Ikterus?«

»Aber natürlich.«

»Sie meinen, daß man es für eine Krankheit und nicht für ein Symptom gehalten hat?«

»Exakt. Vor einhundert, zweihundert Jahren wußte die medizinische Kunst, daß die gelbe Hautfarbe des Patienten auf Gallenflüssigkeit zurückzuführen war, die sich im System verteilt hatte, doch was war der Grund der Diffusion? Ah, diese Frage blieb lange unbeantwortet. So ist es auch im Fall dieses armen Mädchens. Ich erkenne ihre Symptome, einige ihrer Ursachen sind mir klar, doch – zehntausend kleine rote Teufel! – warum? Warum sollte sie solche Qualen erdulden müssen? Man öffnet nicht mitten im Winter das Fenster, um einen nichtexistenten Vogel ins Boudoir einzuladen, nur um dann Opfer solch hundsgemeiner Peinigungen zu werden, wie sie sie seit jener Nacht erleidet. Nein, *mordieu*, es gibt einen Grund dafür, daß das, was an ihre Scheibe klopfte, sich in jener Nacht herumtrieb. Auch die Schrift auf ihrem Arm, die erschien nicht ohne Grund!«

Ich lauschte seiner Tirade mit Staunen, doch eine seiner Aussagen rief eine Erinnerung in mir wach. »Sie haben von der ›Schrift‹ auf ihrem Arm gesprochen«, warf ich ein. »Als sie es beschrieb, war mir, als würden Sie irgendeine Verbindung zwischen dem unvollständigen Wort und ihren Symptomen erkennen. Ist ›dakboo‹ ein vollständiges Wort oder nur der Anfang eines Wortes?«

»Dracu« verbesserte er mich mit einem Grinsen. »Ja, mein Freund, es ist ein Wort. Es ist das rumänische Wort für Teufel oder, genauer, für Dämon. Beginnen Sie, die Verbindung zu sehen?«

»Bei meinem Leben, nein.«

»Ich auch nicht«, gestand er lakonisch ein.

Von der Medizin, die de Grandin verschrieben hatte, in einen falschen Schlaf gelullt, verbrachte Julia Loudon die Nacht in relativer Ruhe und schien bei unserem Eintreffen am nächsten Morgen lebhafter und fröhlicher.

»Mademoiselle«, verkündete er, nachdem der übliche Mummenschanz des Temperaturmessens und des Pulsfühlens beendet war, »der Tag ist schön. Ich verschreibe Ihnen heute morgen eine Ausfahrt, mehr noch, ich rate Ihnen strengstens, Dr. Trowbridge und mich von nun an zu begleiten. Er hat eine Reihe von Hausbesuchen zu machen, und ich wünsche zu sehen, welchen Einfluß die frische Luft auf Sie hat. Man möchte vermuten, daß Sie davon in letzter Zeit nur wenig hatten.«

»Das stimmt«, gestand sie. »Sehen Sie, seit ich damals im Schlaf umhergewandert bin, hatte ich Angst, irgendwo allein hinzugehen, und ich bin sogar davor zurückgeschreckt, mit Vater oder Rob... Lieutenant Proudfit auszugehen. Ich hatte solche Angst, sie durch einen meiner Anfälle in eine peinliche Lage zu bringen. Doch in Gesellschaft von Ihnen und Dr. Trowbridge wird mir nichts geschehen, das weiß ich.« Sie lächelte ihn wehmütig an.

»Mit aller Sicherheit«, stimmte er zu, und zwirbelte die Enden seines kleinen Schnurrbarts.

Sie wandte sich um, um die Treppe hinaufzusteigen. Eine Andeutung von Freiheit und wiederkehrender Gesundheit lag in ihrem federnden Gang, und de Grandin trat ihrem Vater mit einem verwirrten Stirnrunzeln gegenüber. »Der Fall Ihrer Tochter scheint mir einfacher, als ich angenommen hatte«, erklärte er. »Ich bin schon so lange daran gewöhnt, dem, was gedankenlose Menschen als das Übernatürliche bezeichnen, zu begegnen, daß ich wohl etwas voreilig war. Nun, als Mademoiselle Julie mir zum ersten Mal von ihren Erlebnissen berichtete, kam ich zu Schlußfolgerungen, die sich glücklicherweise nicht bestätigt fanden durch das, was wir seitdem beobachtet haben. Medizin ist in den meisten derartigen Fällen hilfreich, doch ich hatte befürchtet...«

Ein wahrliches Pandämonium mißtönender Dissonanzen wie das Plärren einer Jazzband, die plötzlich außer Kontrolle geraten war, unterbrach ihn. Scheppernde Blechdosen, bimmelnde Kuhglocken, das Kreischen gepeinigter Fiedeln und die unharmonischen Schreie von hölzernen Blasinstrumenten schienen sich mit dem Gebrüll wilden, dämonischen Gelächters zu vermischen, als eine bizarre Gestalt am oberen Ende der Treppe auftauchte und halb springend, halb fallend in die Halle hinabstürmte.

Einen Augenblick lang erkannte ich in dem grotesken Ding nicht die hochgeborene Julia Loudon. Ihr üppiges schwarzes Haar hatte sich aus dem Kranz gelöst, zu dem sie es aufgesteckt trug, und fiel ungebändigt über ihre Brust und ihre Schultern; darunter halb verschleiert, halb enthüllt ein Gesicht, aus dem jegliche Spur von Gelassenheit gewichen war und auf dem wie eine Kröte auf einem Thron aus Schwammpilzen ein geiferndes Grinsen – kein anderes Wort vermag es zu treffen – stand, in dem sich Kundigkeit und stupide Dummheit vermischten. Ihre Arme und Beine waren nackt; in der Tat war das einzige Kleidungsstück, das ihren zarten weißen Körper verhüllte, ein spanisches Tuch, das fest um ihre Brust und ihren Torso geschlungen war und dessen mit Fransen verzierte Enden auf dem Boden schleiften, als sie unter der Begleitung infernalischen Lärms wie ein weiblicher Satyr durch die Halle hüpfte.

»Ai, ai, ai-ee!« kreischte sie heiser, während sie zu dem teuflischen Radau einen Veitstanz vollführte. »Siehe mein Werk, du närrischer Mensch; erkenne meine Macht! Narr, der du versucht hast, mir zu entreißen, was mein ist! An diesem Tag wird diese Frau entehrt und zu einem Schandmal für ihre Familie werden; heute nacht werde ich ihr Leben nehmen. *Ai, ai, ai-ee!«*

Für den Bruchteil eines Augenblicks wandte de Grandin mir ein entsetztes Gesicht zu, und ich erwiderte seinen flüchtigen Blick mit einem, der kaum weniger überrascht war, denn die Stimme, die aus der schlanken Kehle des Mädchens drang, war nicht die ihre. Jede einzelne schrille Silbe zeugte von einem anderen Individuum, eine Persönlichkeit erfüllt von boshafter Lebhaftigkeit, wie die ihre erfüllt von Lieblichkeit und Melancholie war.

»Cordieu!« rief er aus, dann hielt er wie erstarrt inne. Wie funkelnde Lichtstrahlen flogen aus jeder Ecke des Raums winzige Metallsplitter auf den Körper des Mädchens zu, und augenblicklich waren ihre Arme, ihre Beine, ihr Hals und ihre Wangen mit glitzernden Nadeln bedeckt, die sich mit den Spitzen in ihre pfirsichgleiche Haut gebohrt hatten wie die Folterinstrumente, die sich die dem Schmerz trotzenden Derwische oder die indischen Fakire in ihr Fleisch trieben. Beinahe schien es, als wäre sie ein starker Elektromagnet, der jeglichen Splitter beweglichen Metalls im Haus angezogen hatte.

Einen Moment lang stand sie bedeckt von den grausamen Nadelspitzen schwankend da, anscheinend ohne Schmerz zu empfinden, dann brach ein wilder, herzzerreißender Schrei aus ihr heraus, und sie riß voller Schrekken und Entsetzen die Augen auf. Augenblicklich erkannten wir, daß sie wieder zu sich gekommen war und sich ihrer Lage, ihrer beinahe vollkommenen Nacktheit und der stechenden, pieksenden Spitzen der unzähligen Nadeln bewußt wurde.

»Schnell, Freund Trowbridge!« rief de Grandin, während er nach vorn stürzte. »Sie darf nicht hinfallen – diese Nadeln würden sie aufspießen, wenn sie fiele.«

Ich hatte das ohnmächtig werdende Mädchen kaum mit meinen Armen umfangen, als der Franzose schon die Nadeln aus ihrem Fleisch sammelte, wobei er kräftig in einer Mischung aus Französisch und Englisch fluchte.

»*Parbleu, cordieu,* verdammt noch mal!« keuchte er, »dies ist ohne Zweifel das Werk des Teufels. Verdammt, ich werde mir diesen abscheulichen *Dracu* vorknöpfen, der Nadeln in junge Damen steckt und mit Messern nach Jules de Grandin wirft!«

Ihm folgend, trug ich das ohnmächtige Mädchen die Treppe hinauf, legte es auf ihr Bett und schaute mich wütend nach der Schwester um. Was hatte sich die Frau wohl dabei gedacht, ihre Patientin in einem solchen Aufzug aus dem Zimmer zu lassen? »Miß Stanton!« rief ich zornig. »Miß Stanton, wo sind Sie?«

Ein erstickter Laut, halb Schrei, halb Stöhnen, und ein schwaches, kaum hörbares Tock-tock an der Tür des Kleiderschranks antworteten mir. Ich riß die Tür auf und fand sie auf dem Boden liegend, halb erstickt von herabgefallenen Kleidern. Sie war mit einem Handtuch geknebelt, und ihre Hände waren auf den Rücken gebunden und ebenso wie die Beine mit verknoteten Seidenstrümpfen verschnürt worden.

»A-ah, oh!« keuchte sie, als ich sie von ihren Fesseln befreite und ihr auf die Füße half. »Es hat mich überfallen, Dr. Trowbridge. Ich war völlig hilflos!«

De Grandin schaute von Julia, um die er sich kümmerte, auf. »Was hat Sie überfallen, Mademoiselle?« fragte er, während er das Tuch von den verletzten Gliedern des Mädchens nahm und sie mit einer geschickten Bewegung unter die Bettdecke schob. »War es Mademoiselle Loudon?«

»Nein!« rief die Schwester, deren Hände immer noch zitterten. »Oh, nein, nicht Miß Loudon, Sir. Ich weiß nicht, was es war. Miß Loudon kam vor ein paar Minuten nach oben und sagte, daß Sie und Dr. Trowbridge sie auf eine Ausfahrt mit dem Wagen mitnehmen würden und daß sie sich umziehen müßte. Sie begann ihr Hauskleid auszuziehen, doch dann fuhr sie mit dem Entkleiden fort, bis sie... bis sie...« Sie zögerte einen Augenblick und schnappte in kurzen, schweren Zügen nach Luft.

»*Mordieu,* ja!« drängte de Grandin. »Wir vergeuden die Zeit, Mademoiselle. Ist es, daß sie ihre Kleider ablegte, bis sie vollkommen nackt war?«

»Ja, Sir«, erwiderte die Schwester. »Ich wollte sie gerade fragen, ob sie *all* ihre Kleider wechseln müsse, als sie sich umdrehte und mich ansah, und ihr Gesicht war wie die Fratze eines Teufels. Dann schien sich plötzlich etwas wie eine nasse Decke über mich zu legen. Nein, es war auch keine Decke. Es klebte an mir und warf mich zu Boden und erstickte mich, doch es war durchsichtig. Ich konnte es fühlen, aber ich konnte es nicht sehen. Es war wie eine – wie eine schreckliche, große Qualle, Sir. Es war kalt und schleimig und stark, so stark wie hundert Männer. Ich versuchte zu schreien, und es lief mir in den Mund – erstickte mich; Pfui!« Sie erschauderte bei der Erinnerung.

»Dann muß ich ohnmächtig geworden sein, denn plötzlich war alles um mich herum dunkel, und Dr. Trowbridge rief nach mir, also habe ich versucht zu antworten, und habe so fest zugetreten wie ich konnte...«

»Wir verstehen«, nickte er. »Es ist nicht verwunderlich, daß sich Ihre Nerven wie ein verschreckter Hase benehmen, Mademoiselle. Sie sind *nerveux. Corbleu,* sind wir das nicht alle? Ich sage verdammt ja!«

»Lauschen Sie mir, Freund Trowbridge«, befahl er. »Bleiben Sie bei Mademoiselle Stanton und der Patientin. Haben Sie ein gutes Auge auf sie, mein Alter. Ich denke, sie bedarf von nun an sorgsamer Aufsicht.«

»Es ist wahrlich abscheulich, meine Freunde«, erklärte er einige Minuten später, als er, Captain Loudon und ich in der Halle zusammenkamen. »Dieser verfluchte Poltergeist, er hat vollkommene Kontrolle über Mademoiselle Julie, und er hat sich auch Mademoiselle Stanton gezeigt. Wenn wir nur wüßten, woher er kam und warum, wären wir vielleicht besser gewappnet, ihn zu bekämpfen; doch wie die Dinge liegen, ist das alles ein Rätsel. Er kommt, er verbreitet Chaos, und er bleibt. Tausend kleine rote Teufel, ich bin wirklich sehr ärgerlich!« Er lief auf dem Teppich hin und her und zwirbelte dabei erst das eine, dann das andere Ende seines kleinen, weizenblonden Schnurrbarts, bis ich glaubte, er würde sich bald alle Haare von der Lippe reißen.

»Wenn wir nur...« begann er und hielt vor einer Anrichte inne, die zwischen zwei niedrigen Fenster stand. »Wenn wir nur – ah? Was – wer ist das, *Monsieur le Capitaine,* bitte?«

Sein schlanker, sorgsam manikürter Zeigefinger deutete auf eine exquisite kleine Miniatur, die in einem goldenen Rahmen auf dem Schränkchen stand.

Über seine Schulter schauend sah ich, daß es das Bild eines jungen Mädchens mit schwarzen Haaren, einem ovalen Gesicht, lilafarbenen Augen und roten Lippen war, die gegen die Blässe ihres Gesichts beinahe wie eine offene Wunde anmuteten. Es unterschied sich leicht und unbestimmbar – mehr im Ausdruck als in den Zügen – vom Original, doch ich erkannte in dem Bild ein sehr gelungenes Portrait von Julia Loudon, wenn es auch, wie ich vermutete, schon vor einigen Jahren gefertigt worden war. »Aber«, rief ich erstaunt über seine Frage aus, »können Sie denn nicht sehen, daß es Miß Loudon ist, de Grandin?«

Ohne sich um meine Bemerkung zu kümmern, hielt er seinen durchdringenden Blick auf Captain Loudon gerichtet. »Diese Dame, bitte, *mon Capitaine*, wer ist sie?«

»Es ist ein Bild meiner Nichte, Julias Cousine«, antwortete Captain Loudon schließlich, dann fügte er hinzu: »Denken Sie nicht, daß wir unsere Zeit besser nutzen können, als sie auf solche Nichtigkeiten zu vergeuden...«

»Nichtigkeiten, Monsieur!« fiel ihm de Grandin ins Wort. »In Fällen wie diesem gibt es keine Nichtigkeiten. Alles, alles ist von Bedeutung. Erzählen Sie mir von dieser jungen Dame, bitte. Sie hat große Ähnlichkeit mit Ihrer Tochter, doch ist ein Blick in ihren Augen, den Mademoiselle Julie nicht hat. Ich möchte alles über sie wissen, bitte.«

»Sie war meine Nichte, Anna Wassilko«, erwiderte der Captain. »Das Bild wurde in Bukarest gemacht, vor dem Krieg.«

»Ah?« Der kleine Franzose strich sich sanft über den Schnurrbart, als wollte er sich für die schlechte Behandlung entschuldigen, die er ihm zuvor hatte angedeihen lassen. »Sie sagten ›war‹, Monsieur. Darf ich daraus schließen, daß sie nicht mehr unter uns weilt?« Er warf einen grübelnden Blick auf das Portrait, dann sagte er: »Und ihr Name, so anders als der Ihre, und doch ist ihr Aussehen dem Ihrer Tochter so ähnlich. Sie können es vielleicht erklären?«

Captain Loudon sah aus, als hätte er dem neugierigen kleinen Mann in diesem Moment mit Freuden den Hals umgedreht. »Meine Frau war eine Rumänin«, erwiderte er. »Ich habe sie vor dem Ersten Weltkrieg kennengelernt, als ich in unserer Gesandtschaft in Bukarest stationiert war. Wir wurden am 1. Juli 1914 getraut, im selben Monat, in dem Franz Ferdinand in Sarajewo ermordet wurde, und eine Woche später hat ihre Zwillingsschwester Zoë Lieutenant Leonidas Wassilko von der Kaiserlichen Russischen Marine geheiratet.

Als der Krieg ausbrach, wurde ich hierher zurückbeordert, und meine Schwägerin und ihr Mann gingen nach Rußland. Als die Russische Revolution ausbrach, sind sie vor den Bolschewisten geflohen und hierhergekommen, wo ihre Tochter am selben Tag wie Julia geboren wurde. Die Kinder waren beinahe von Geburt an unzertrennlich, und als Leonidas 1919 an Tuberkulose starb und Zoë zwei Jahre später von derselben Krankheit dahingerafft wurde, nahmen wir Anna in unser Haus auf. Sie und Julia wuchsen zusammen auf und gingen auf dieselbe Klosterschule in Lakeland.

Als Robert – Lieutenant Proudfit – auftauchte und Julia den Hof machte, schien Anna es als eine Art persönlichen Affront zu betrachten. Anscheinend hatte sie so eine närrische Idee, daß sie und Julia mehr als Cousinen wären und unverheiratet bleiben sollten, um ihr Leben einander zu widmen. Um ehrlich zu sein, habe ich jedoch eher den Eindruck, daß sie selbst eine Schwäche für Proudfit hatte, und als er Julia vorzog – nun, es gefiel ihr wohl nicht sonderlich.«

»Ah?« Ein Aufblitzen, das deutlich von Erregung kündete, zeigte sich in de Grandins Augen. »Und sie ist nun wo, bitte?«

»Sie – starb, das arme Mädchen.«

»Sie nahm sich das Leben?« Die Worte des Franzosen waren so leise, daß wir sie kaum hören konnten.

»Das habe ich nicht gesagt.«

»*Pardonnez-moi, Monsieur le Capitaine,* Sie haben auch nicht das Gegenteil behauptet, und die kleine Pause, bevor Sie von ihrem Tod sprachen, war das nicht mehr als ein Tribut an eine augenblicklich aufkommende Trauer?«

»Hm! Ja, Sie haben recht. Sie hat sich vor etwa sechs Monaten ertränkt.«

»Sechs Monate, sagen Sie! Vor sechs Monaten hat sie sich ertränkt; wann wurde die Verlobung Ihrer Tochter mit Lieutenant Proudfit bekanntgegeben?«

»Ungfähr zur selben Zeit. Nur wenige Tage vorher – doch sehen Sie...« De Grandin verzog den Mund. »Ich sehe, *mon capitaine,* ich sehe. *Parbleu,* ich sehe noch viel weiter! Sechs Monate, sechs Monate, alles geschah vor sechs Monaten! Der Tod von Mademoiselle Anna, die Verlobung von Mademoiselle Julie, das Klopfen an ihrem Fenster, der Beginn all dieser seltsamen Zeichen und Wunder – alles datiert vor sechs Monaten. Mein Freund, ich beginne, Licht zu sehen.« Er drehte sich auf dem Absatz um und erklomm die Treppe, wobei er mir mit einer Geste gebot, ihm zu folgen.

»Mademoiselle – Mademoiselle Julie!« Ohne eine Anstandspause zwischen dem Klopfen und dem ›Herein‹ der Schwester zu lassen, stürmte er in das Zimmer des Mädchens. »Sie haben mir nicht alles gesagt, Mademoiselle; nein, nicht einmal annähernd. Diese Mademoiselle Anna, wer war sie, und welche Beziehung bestand zwischen Ihnen beiden? Eilen Sie, sprechen Sie schnell; es ist von größter Wichtigkeit!«

»Nun«, sagte Miß Loudon und schaute ihn erstaunt an, »sie war meine Cousine.«

»Aber ja, soviel weiß ich schon. Was ich zu erfahren hoffe, ist, ob es zwischen Ihnen beiden irgendeine besonders enge Bindung gab, einen geheimen Treueschwur?«

Das Mädchen starrte ihn einen Augenblick lang eindringlich an, dann sagte es so flüsternd, das wir es kaum hören konnten: »Ja, Sir; die gab es. Anna liebte mich; nicht wie eine Cousine oder gar eine Schwester, sondern mehr wie eine besitzergreifende Mutter – oder vielleicht, als wäre sie ein Mann anstatt ein Mädchen. Sie sagte, sie könnte den Gedanken nicht ertragen, daß ich sie ›verließ‹, um jemanden zu heiraten, und drohte, sich an dem Tag, an dem ich Robert ehelichte, das Leben zu nehmen. Ich versuchte, einen Scherz daraus zu machen und erklärte ihr eines Tages: ›Wenn du dir das Leben nimmst, dann werde ich es auch tun, und dann sind wir beide tot und niemand hat etwas davon.‹«

Der Blick das Franzosen wich nicht von ihr. »Und dann?«

»Sie musterte mich mit diesem seltsamen, durchdringenden Blick, der ihr eigen war, und ihre Augen füllten sich mit Tränen, als sie erwiderte: ›Vielleicht werde ich dich noch einmal an dieses Versprechen erinnern, Cousine. *Jizn kopyeka* – das Leben ist eine Kopeke – vielleicht mag es so kommen, daß wir sie gemeinsam ausgeben, du und ich.‹ Das war alles, was sie damals sagte, doch zwei Monate später, kurz nachdem Robert und ich unsere Verlobung bekanntgegeben hatten, fand ich eines abends eine Nachricht von ihr auf meiner Kommode. Darin stand: ›*Ich bin fortgegangen, um meine Kopeke auszugeben. Erinnere dich deines Versprechens, und tue es mir nach*‹.

Am nächsten Morgen...«

»Ja, Mademoiselle, am nächsten Morgen?«

»Am nächsten Morgen zog man sie aus der Bucht – ertrunken.«

»A-a-a-ah!« Er stieß die zischende Silbe langsam zwischen den Zähnen hervor. »Ich denke, ich verstehe endlich, Mademoiselle.«

»Sie meinen...«

»*Parbleu*, nichts anderes meine ich. Heute nacht, hat sie gesagt? Nun gut. Dann soll es heute nacht sein. Wir werden sehen, was wir sehen werden. Ja, zweifellos.«

»Bleiben Sie hier, Freund Trowbridge, bitte«, ordnete er dann an. »Ich gehe, uns *matériel* für die Schlacht zu beschaffen.«

Es war schon dunkel, als er zurückkehrte. Unter dem einen Arm trug er eine kleine schwarze Tasche, und auf seinem Gesicht stand ungezügelte Erregung zu lesen. »Irgendeine Veränderung bei unserem Patienten?« fragte er. »Irgendwelche weiteren Heimsuchungen von dem verfluchten Poltergeist?«

»Nein«, berichtete ich, »heute nachmittag ist alles ausgesprochen ruhig gewesen.«

Er schlich auf Zehenspitzen zum Krankenzimmer, trat leise ein und setzte sich auf einen Stuhl neben dem Bett.

»*Regardez-vous*, Mademoiselle Julie!« sagte er barsch, während er seine Tasche öffnete und ein merkwürdiges Gerät herausholte. »Das ist eine neue Erfindung, die ich heute im *magasin de joujoux*, dem – wie nennen Sie es? – Spielwarenladen erstanden habe.« Das Ding sah aus wie einer dieser rotierenden Spielzeugfächer, die aus drei gebogenen, wie umgedrehte Propellerblätter aussehenden Scheiben bestehen, und durch den Druck des Daumens auf den Hebel am Griff konnte er in kreisende Bewegung versetzt werden. Doch anstelle von Scheiben aus farbigem Zelluloid hatte es drei glänzend vernickelte Arme, die im Lampenlicht wie Quecksilber schimmerten.

»Beobachten Sie ihn, bitte«, sagte er abermals barsch, und gab mir ein Zeichen, das Deckenlicht ganz aufzudrehen.

Julia richtete ihren müden Blick auf die kreisenden Spiegel, und er beschleunigte ihre Bewegung, indem er den Druck auf den Hebel verstärkte. *»Regardez, s'il vous plait!«* befahl er in einem gepreßten Flüstern.

Die drei blitzenden Metallblätter schienen zu einer einzigen Scheibe zu verschmelzen, und von ihren umhersausenden Spitzen schien ein Schauer feinster, gleißender Lichtstrahlen zu regnen wie Wasser, das von einem Schaufelrad aufgeworfen wird. Das Mädchen betrachtete die kreisenden Spiegel einen Augenblick ohne jegliches Interesse, dann wurde ihr Blick langsam starr, und ihr Gesicht nahm einen angespannten, maskenhaften Ausdruck an wie bei einem, der sich auf den Sprung in einen tiefen Abgrund vorbereitete.

Ein leises Stöhnen wie von Schmerzen drang über ihre Lippen, und er beugte sich vor. Seine Augen schienen ob seiner Ernsthaftigkeit beinahe böse zu funkeln. »Kümmern Sie sich nicht darum, Mademoiselle!« flüsterte er. »Schenken Sie ihnen keine Beachtung. Hören Sie auf keine Befehle, mit Ausnahme derer, die ich Ihnen gebe!«

Der starre Ausdruck wich langsam aus ihrem Gesicht, ihr angespannter, zusammengepreßter Mund entspannte sich, ihre Augenlider zuckten einen Augenblick lang, dann senkten sie sich schläfrig. »*Bien*«, murmelte er. »*Très bien.*« Die kreisenden, vernickelten Spiegel durchschnitten die Luft mit einem leisen, zischenden Geräusch, das kurz darauf von ihren tiefen, gleichmäßigen Atemzügen begleitet wurde.

»Was in aller Welt...« begann ich, doch er gebot mir mit einer Geste zu schweigen.

»Ein andermal, mein Freund«, versprach er mit leiser Stimme. »Wir dürfen jetzt nicht sprechen; es steht zuviel auf dem Spiel.«

Die ganze Nacht verharrte er neben ihrem Bett und erhob, so oft das Mädchen sich auf ihren Kissen rührte, seine kreisenden Spiegel, während er ihr mit gepreßter, nachdrücklicher Stimme zu schlafen befahl. Als das erste Licht des Morgens den Himmel zu erhellen begann, wandte er sich endlich um: »Die Zeit ist gekommen«, sagte er zu mir, worauf er seine Tasche abermals öffnete und – wer hätte das erwartet! – einen Weihwedel aus Mistelzweigen hervorholte.

Dann lief er mit seinem kleinen Mistelzweig wedelnd durch das Zimmer, so daß er aussah wie eine Bäuerin, die im Sommer Fliegen aus dem Haus scheuchte. »Anna Wassilko, Anna Wassilko, die du die Schwelle des Grabes überschritten hast«, rief er, während er mit seinem kleinen Reisigbündel wedelte, »Ich befehle dir, dorthin zurückzukehren, von wo du gekommen bist. Zum Tod hast du gesagt: ›Du bist mein Herr und Meister‹, und zum Grab: ›Du bist mein Geliebter und mein Gemahl.‹ Du hast mit dieser Welt nichts mehr zu schaffen, Anna Wassilko; kehre zurück in die Welt, die du für dich erwählt hast, als du dich in die Fluten warfest!«

In der Nähe des Fensters, wo sich das schwächer werdende Lampenlicht mit den ersten Strahlen des kommenden Morgens vermengte, hielt er inne und wiederholte seinen Befehl, während er mit seinem Zweig auf das Meer deutete, dessen Wellen einige hundert Meter entfernt an den Strand schlugen.

Irgend etwas schien raschelnd an ihm vorbeizuziehen, ein unsichtbares Ding, doch mit genug Substanz, um die Leinenvorhänge zu bewegen, die still herabhingen, und für einen Augenblick vermochte ich die schwache Penumbra eines Schattens auszumachen, der gegen die Wand geworfen wurde. Es war ein monströses Ding, so groß wie ein Löwe, doch mit nichts zu vergleichen, das ich je gesehen oder mir vorgestellt hatte, denn es schien seine Form sowohl von der Fledermaus als auch vom Fuchs entliehen zu haben, mit einer langgezogenen, spitzen Schnauze, krallenbewehrten Vorderpfoten und großen, zackigen Flügeln, die sich von den Schultern entfalteten.

»Gehe fort, Unglückliche«, rief er und schlug mit seinen Mistelzweigen nach dem Schatten. »Du arme Seele, die du versucht hast, den Geber eines unbedachten Versprechens zu holen, mach dich hinfort in deine eigene Welt und überlasse die Führung der Leben anderer Gott.«

Der schreckliche Schatten blieb noch den Bruchteil einer Sekunde an der Wand zu erkennen, dann verschwand er wie Rauch, der von einer Brise aufgelöst wird.

»Sie ist fort!« murmelte er leise, während er das Fenster

schloß und das Licht löschte. »Rufen Sie die Schwester, wenn Sie so freundlich wären, Freund Trowbridge. Ihre Aufgabe wird von nun an leichter sein. Ein wenig Medizin, ein wenig Elixier und viel Ruhe sind alles, was Mademoiselle Julie benötigt – und Monsieur Robert natürlich«, fügte er noch lächelnd hinzu.

Wir schlichen auf Zehenspitzen auf den Gang hinaus, weckten die schlafende Schwester und übergaben die Patientin ihrer Obhut.

»Und nun ist das ›andermal‹, von dem sie letzte Nacht gesprochen haben, gekommen, nehme ich an?« fragte ich, als wir nach Hause fuhren. »Sie waren lange genug verschlossen wie eine Auster. Erklären Sie es mir freiwillig, oder muß ich Sie erst erwürgen, um es zu erfahren?«

»Aber natürlich«, stimmte er äußerst gutgelaunt zu, während er sich eine Zigarette ansteckte und zufrieden den Rauch inhalierte. »Es war – wie alle Dinge – sehr einfach, nachdem ich die Antwort gefunden hatte.

Lassen Sie uns beginnen: Als Captain Loudon zum erstenmal von seiner Tochter berichtete, schien es mir, es handle sich um einen Fall von Hysterie, die Art von Erkrankung, die jeder fähige Arzt hätte behandeln können. ›Warum also‹, fragte ich mich, ›sucht er dann um die Dienste von Jules de Grandin nach? Ich bin kein berühmter Arzt.‹ Ich hatte darauf keine Antwort und habe den Fall zunächst abgelehnt, wie Sie wissen.

Doch als wir von den anderen Umständen der Erkrankung hören, wird mein Interesse geweckt, und als wir die Geräusche hören, die Mademoiselle Julie begleiten, ändere ich meine Meinung. Als das Was-immer-es-ist ein Messer nach mir wirft, ändere ich meine Meinung ein drittes Mal. ›*Pardieu*‹, sage ich mir, als ich dem Messer ausweiche, ›das ist eine Herausforderung! Soll Jules de Grandin vor einem solchen Wettbewerb davonlaufen? *Sacrè don d'un chou-fleur, non!*‹ antwortete ich mir.

Auf der anderen Seite des Rheins, in jenem düsteren Land, das zweimal in einer Generation Krieg über die Welt gebracht hat, haben sie einige Worte, die treffend sind wie kaum eine andere Bezeichnung. Dazu gehört das Wort ›Poltergeist‹, das einen Geist bezeichnet, der poltert – der Dinge durch das Haus schleudert – und dumme, kindische Streiche spielt, obgleich er auch sehr boshaft sein kann. Sehr oft ist es überhaupt kein Geist, das heißt, er ist nicht wirklich geisterhaft in dem Sinne, daß er einmal eine menschliche Gestalt gehabt hat, sondern er ist irgendein böses Etwas, das einen Mann und öfter noch eine Frau heimsucht. Es kam nicht von ungefähr, daß unsere Ahnen Satan auch den Fürsten der Mächte der Luft nannten, denn es gibt in der Luft viele böse Dinge, die wir genausowenig sehen können wie die Erreger einer Krankheit. Ja.« Er nickte ernst.

»Als Mademoiselle Julie uns von dem Zeichen berichtete, das auf ihrem Arm erschienen war, erkannte ich das rumänische Wort für Dämon, und wohl noch einiges mehr. Und als sie uns von dem Vogel oder der Fledermaus erzählte, die gegen ihr Fenster schlug, aber nicht da war, erkannte ich Ähnlichkeiten zu anderen Fällen, die ich beobachtet habe.

Närrische Menschen sagen manchmal ›Komm herein‹, wenn sie glauben, der Wind hätte die Tür aufgeblasen. Es ist nicht gut, das zu tun. Wer weiß, was draußen lauern mag und nur der gesprochenen Einladung bedarf, um einzutreten? Lauschen Sie mir, mein Freund: Sehr selten nur kann das Böse eintreten, ohne zuerst dazu eingeladen worden zu sein; sehr selten nur kann man es wieder aus dem Haus vertreiben, wenn es einmal hereingebeten wurde. So passen alle Dinge zusammen in meinem Kopf, und ich sage zu mir: ›Jules de Grandin, wir haben es hier mit einem Poltergeist zu tun. Jawohl.‹

Doch weshalb sollte ein Poltergeist Mademoiselle Julie heimsuchen? Es ist wahr, sie ist sehr hübsch, doch es gibt andere hübsche Frauen, bei denen die Poltergeister keinen Unterschlupf suchen.

Dann, als der Dämon uns erzählt, daß er sie in seiner Macht hat und sie beinahe nackt im Hause ihres Vaters tanzen läßt und Nadeln in sie steckt, höre ich noch etwas anderes. Ich höre, wie er verspricht, sie zu töten.

Doch warum? Ich sehe das Bild von Anna Wassilko. Sie sieht Julie sehr ähnlich, doch etwas in ihrem Gesicht gibt mir zu erkennen, daß es nicht dieselbe ist. Und was erzählt uns *Monsieur le Capitaine,* als ich ihn nach ihr frage? Ah, nun sehen wir ein kleines Lichtlein zwischen all den Schatten dieses Falles. Sie war zum Teil Rumänin, zum Teil Russin. *Quel mélange!* Sie ist mit Mademoiselle Julie zur Schule gegangen, sie hat hier im selben Haus gelebt, sie hat denselben Mann geliebt. *Très bien.* Sie hat sich das Leben genommen. *Tant mieux.* Nun brauche ich nur eine kleine Versicherung, was den Grund betrifft – das Ergebnis kenne ich schon.

Doch als Julie uns von der unbändigen, besitzergreifenden Liebe ihrer Cousine zu ihr erzählt, von ihrer Eifersucht auf den Verlobten, von ihren Selbstmorddrohungen und von ihrem eigenen unbedachten Versprechen – *grand Dieu des procs,* das Bild ändert sich, das Pferd nimmt eine andere Farbe an!

Der Dämon, der Julie alle möglichen Dinge machen ließ, ohne daß sie davon wußte, hatte versprochen, sie zu töten. Wie sollte ich das verhindern? Das war die Frage. Ich denke. ›Diese junge Frau verfällt in Trancen und vollführt alle möglichen seltsamen Dinge, ohne es zu wissen‹, erinnere ich mich. ›Würde sie nicht Ähnliches unter Hypnose machen?‹ Zweifellos.

Nun gut. Ich beschaffe kreiselnde Spiegel, nicht, weil ihnen ein Zauber innewohnt, sondern weil es leicht ist, die Aufmerksamkeit des Patienten darauf zu fixieren. Ich benutze sie und hypnotisiere so Julie, bevor der Poltergeist die Möglichkeit hat, ihr Bewußtsein einzunehmen. Hypnose ist nichts anderes, als das Ruhigstellen des Bewußtseins einer Person, während es durch das des Hypnotiseurs ersetzt wird. Der Poltergeist, der in Wahrheit die *revenante* Annas war, hatte bei früheren Gelegenheiten Julies Bewußtsein durch das ihre ersetzt. Nun bin ich zuerst da und setzte meinen Verstand in ihren Kopf. Da ist kein Platz für einen anderen mehr, und Julie kann keine Vorschläge oder Eingebungen von dem Geist annehmen und sich umbringen, denn Jules de Grandin ist schon in Besitz ihres Gehirn-Hauses und hat ein ›Kein Zutritt‹-Schild herausgehängt. Aber ja.«

»Aber was sollte der ganze Hokuspokus mit dem Mistelzweig?« fragte ich.

»*Tiens*, mein Freund, erinnern Sie sich vielleicht, was der Mistelzweig zu Noël bedeutet?«

»Sie meinen den Kuß?«

»Was sonst? Es ist die Pflanze, die Liebenden heutzutage heilig ist, doch in früheren Zeiten war es der heilige Strauch der Druiden. Sie haben damit viele Zauber gewirkt, und sie haben damit viele Diener des Bösen ausgetrieben. Es ist nicht von ungefähr heute der Baum der Liebenden, denn er birgt einen mächtigen Zauber gegen das Böse und wird ohne Fehl den unglücklichen Geist eines Menschen, der aus unerwiderter Liebe starb, zur ewigen Ruhe führen. *Voilà* – Sie sehen die Verbindung?«

»Davon habe ich noch nie zuvor gehört...« begann ich, doch sein Kichern unterbrach mich.

»*Ma foi,* Freund Trowbridge, es gibt viel, von dem Sie noch nie gehört haben, und dennoch ist alles davon wahr!«

»Und jener abscheuliche Schatten?«

Er wurde augenblicklich wieder ernst. »Ach, Trowbridge, mein Freund, wer vermag das zu sagen? Sie war schön, die Mademoiselle Anna, doch sie war die Sklavin dunkler Leidenschaften und wurde von einer seltsamen, verbotenen Liebe gleich der der Frauen von Lesbos beherrscht. Auch ist sie ungerufen aus der Welt geschieden und auf böse Weise. Wer vermag zu sagen, zum Tragen welcher Gestalt sie in der anderen Welt verdammt ist; wer weiß, ob der Schatten, der Sie erschreckt hat, nicht die Silhouette der mißgestalteten Seele ist, die einst ihren reizenden Körper bewohnte? Je weniger wir darüber nachdenken, um so besser werden wir hiernach schlafen.

Kommen Sie, wir sind an Ihrem Haus angekommen. Lassen Sie uns ein Glas Brandy auf das Glück trinken und dann schlafen. *Mordieu*, ich fühle mich, als wäre ich seit meinem fünften Geburtstag nicht mehr im Bett gewesen!«

Aus dem Amerikanischen von
Ute Thiemann

H. P. LOVECRAFT

Cthulhus Ruf

Howard Phillips Lovecraft (1890–1937) ist ohne jeden Zweifel der einflußreichste Horror-Schriftsteller des zwanzigsten Jahrhunderts, und es ist sicher nicht übertrieben, wenn man sagt, daß außer Edgar Allan Poe niemand das Genre nachhaltiger geprägt und drastischer verändert hat als er. Lovecrafts Bedeutung liegt darin, daß er sich von alten Schablonen des Genres löste und eine neue Form von Horror schuf. Er suchte in seinen Geschichten nach einer neuen Form des ›kosmischen Schrekkens‹ und schuf mit seinem Cthulhu-Mythos eine quasi existentialistische Form der Horror-Literatur, indem er den Menschen als bedeutungslose Kreatur in ein Universum voll gewaltiger, monströser Gottheiten stellte, die vor Äonen von der irdischen Bühne verbannt wurden und seither nach Möglichkeiten suchen, in diese Welt zurückzukehren und eine erneute Schrekkensherrschaft zu bilden. Paradoxerweise wurde zu Lebzeiten von Lovecraft selbst nur ein Buch von ihm veröffentlicht, der Kurzroman ›The Shadow Over Innsmouth‹, doch nach seinem frühen Tod wuchs sein Ruf unaufhaltsam. 1939 gründeten August Derleth und Donald Wandrei den Verlag Arkham House mit dem erklärten Ziel, Lovecrafts Geschichten gesammelt vorzulegen. Die Bände The Outsider And Others *(1939) und* Beyond the Wall of Sleep *(1943), beide in kleinen Auflagen erschienen, sind heute Sammlerstücke, die zu exorbitanten Preisen gehandelt werden. Lovecrafts Kosmos des Schreckens übte eine solche Faszination auf viele Kollegen aus, daß diese den Zyklus nach seinem Tod fortsetzten, und bis heute erscheinen noch Geschichten und Romane dazu. Brian Lumley zum Bei-*

spiel verdient sich seinen Lebensunterhalt seit Jahrzehnten damit, Lovecraft-Nachahmungen zu verfassen, während Schriftsteller wie Ramsey Campbell (siehe Das erste Buch des Horrors*) sich nach und nach vom allzu engen Einfluß Lovecrafts lösten, dem Cthulhu-Mythos neue Wege erschlossen und schließlich eigenständige Werke schufen. Nachfolgend die Geschichte, die den Mythos begründete.*

> *Ein Überleben jener großen Mächte oder Wesen ist durchaus vorstellbar, ein Überleben aus einer fernen Zeit, als das Bewußtsein sich vielleicht in Formen offenbarte, die vor dem Heraufdämmern der Menschheit wieder verschwunden sind, Formen, von welchen allein Dichtung und Sage eine flüchtige Erinnerung bewahrt haben, und die von ihnen Götter, Monstren, mythische Wesen genannt wurden.*
>
> *Algernon Blackwood*

I *Das Basrelief*

Die größte Gnade auf dieser Welt ist, so scheint es mir, das Nichtvermögen des menschlichen Geistes, all ihre inneren Geschehnisse miteinander in Verbindung zu bringen. Wir leben auf einem friedlichen Eiland des Unwissens inmitten schwarzer Meere der Unendlichkeit, und es ist uns nicht bestimmt, diese weit zu bereisen. Die Wissenschaften – deren jede in eine eigene Richtung zielt – haben uns bis jetzt wenig gekümmert; aber eines Tages wird das Zusammenfügen der einzelnen Erkenntnisse so erschreckende Aspekte der Wirklichkeit eröffnen, daß wir durch diese Enthüllung entweder dem Wahnsinn verfallen oder aus dem tödlichen Licht in den Frieden und die

Sicherheit eines neuen, dunklen Zeitalters fliehen werden.

Theosophen haben die schreckliche Größe des kosmischen Zyklus geahnt, in dem unsere Welt und menschliche Rasse nur flüchtige Zufälle sind. Sie haben die Existenz merkwürdiger Überwesen angedeutet in Worten, die unser Blut erstarren ließen, wären sie nicht hinter einem schmeichelnden Optimismus versteckt. Aber nicht durch sie wurde der einzelne flüchtige Blick in verbotene Äonen ausgelöst, der mich frösteln macht, wenn ich daran denke, und wahnsinnig, wenn ich davon träume. Dieser Blick, wie jede furchtbare Schau der Wahrheit, blitzte aus einem zufälligen Zusammensetzen zweier getrennter Dinge auf – in diesem Fall einer alten Zeitungsnotiz und der Aufzeichnungen eines verstorbenen Professors. Ich hoffe, niemand mehr wird dieses Zusammensetzen durchführen – ich für meinen Teil werde nicht wissentlich auch nur ein Glied dieser grauenhaften Kette preisgeben. Ich glaube, auch der Professor hatte vorgehabt, Schweigen zu bewahren über das, was er wußte, und er hätte seine Notizen vernichtet, wäre er nicht plötzlich vom Tod überrascht worden.

Meine Berührung mit dem *Ding* begann im Winter 1926/27, mit dem Tod meines Großonkels George Gammell Angell, emeritierter Professor für semitische Sprachen an der Brown-University, Providence, Rhode Island. Prof. Angell war eine Autorität für alte Inschriften gewesen, und oft letzter Ausweg für die Leiter prominenter Museen; viele werden sich an sein Hinscheiden im Alter von 92 Jahren erinnern. Am Orte selbst gewann der Todesfall durch seine seltsamen Begleitumstände an Bedeutung. Es traf den Professor, als er von der Newport-Fähre nach Hause zurückkehrte; er stürzte plötzlich zu Boden, nachdem er laut Aussage mehrerer Zeugen von einem seemännisch aussehenden Neger angerempelt worden war, der aus einem der obskuren Hinterhöfe auf der Steilseite des Hügels kam, die eine Abkürzung von der Anlegestelle zum Hause des Verstorbenen in der Wiliam-Street bildeten. Die Ärzte konnten keine sichtbare Verletzung feststellen; sie beschlossen nach langem Hin und Her, daß irgendein verborgener Herzschaden, verursacht durch den schnellen, steilen Anstieg des schon bejahrten Mannes, den Tod herbeigeführt haben müsse. Damals sah ich keinen Grund, warum ich mich mit dieser Darstellung nicht zufriedengeben sollte; aber in letzter Zeit neige ich dazu, mir Fragen zu stellen – und mehr als nur das ...

Als Erbe und Testamentsvollstrecker meines Großonkels – denn er starb als kinderloser Witwer – hatte ich seine Papiere mit einiger Sorgfalt durchzusehen; zu diesem Zwecke schaffte ich seine ganzen Stapel von Zetteln und Schachteln in meine Wohnung nach Boston. Viel von diesem Material wird später durch die American Archeological Society veröffentlicht werden; aber da gab es eine Schachtel, die mir äußerst rätselhaft erschien, und es widerstrebte mir, sie anderen zu zeigen. Sie war verschlossen, und ich fand nicht den Schlüssel, bis ich auf den Gedanken kam, den privaten Schlüsselbund des Professors zu untersuchen, den er stets in seinen Taschen getragen hatte. Daraufhin gelang es mir tatsächlich, sie zu öffnen; aber ich sah mich nur einem größeren Hindernis gegenüber. Denn was konnte die Bedeutung jenes merkwürdigen Basreliefs sein, dieses unzusammenhängende wuchernde Gewirr, das ich vorfand? Sollte mein Onkel plötzlich, im hohen Alter, an irgendeinen oberflächlichen Schwindel geglaubt haben? Ich war fest entschlossen, den exzentrischen Bildhauer herauszufinden, der für diese Geistesverwirrung des alten Mannes verantwortlich war.

Das Basrelief bestand aus einem groben Rechteck, war weniger als 1 Inch breit und betrug etwa 5 bis 6 Inches Flächeninhalt; sehr wahrscheinlich stammte es aus jüngster Zeit. Die Zeichnungen darauf jedoch waren in Stimmung und Suggestion alles andere als modern; denn obwohl die Fantasien des Kubismus und Futurismus vielfältig und abenteuerlich sind, zeigen sie kaum diese geheime Regelmäßigkeit, die in prähistorischen Inschriften verborgen ist. Und irgendeine Schrift war diese Anhäufung von Zeichen sicherlich; aber obwohl ich sehr mit den Papieren und Sammlungen meines Onkels vertraut war, gelang es mir nicht, irgendeine besondere Zugehörigkeit herauszufinden, nicht einmal eine entfernteste Verwandtschaft.

Über diesen Hieroglyphen befand sich etwas, das allem Anschein nach ein Bild sein sollte, dessen impressionistische Ausführung jedoch ein genaues Erkennen verhinderte. Es schien eine Art Monster zu sein, oder ein Symbol, das ein Monster darstellte, von einer Gestalt, wie sie nur krankhafte Fantasie ersinnen kann. Wenn ich sage, daß meine irgendwie überspannte Vorstellungskraft gleichzeitige Bilder eines Tintenfisches, eines Drachen und der Karikatur eines Menschen lieferte, werde ich, glaube ich, dem Geist der Sache entfernt gerecht. Ein fleischiger, mit Fangarmen versehener Kopf saß auf einem grotesken, schuppigen Körper mit rudimentären Schwingen; aber es war die Anlage des Ganzen, die es so fürchterlich erschreckend machte. Hinter der Figur war die nebulose Andeutung einer zyklopischen Architektonik.

Die Notizen, die diese Wunderlichkeit begleiteten, waren, neben einer Menge Zeitungsartikel, in Prof. Angells eigener, letzter Handschrift, und erhoben keinen Anspruch auf literarischen Stil. Was das Hauptdokument zu sein schien, war ›Cthulhu Kult‹ überschrieben, in peinlich genau gemalten Buchstaben, wohl um ein falsches Buchstabieren dieses so fremdartigen Wortes auszuschließen. Das Manuskript war in zwei Abschnitte unterteilt, dessen erster ›1925 – Traum und Traumresultate von H. A. Wilcox, 7 Thomas Street, Providence, R. I.‹ überschrieben war und der zweite ›Darstellung von Inspector John. R. Legrasse, 121 Bienville St., New Orleans, La, 1908 A. A. S. Mtg. – Bemerkungen eben darüber & Prof. Webbs Bericht.‹ Die anderen Manuskriptbögen enthielten durchweg kurze Notizen, einige von ihnen waren Berichte über merkwürdige Träume von verschiedenen Personen, andere Zitate aus theosophischen Büchern und Zeitschriften (bemerkenswert W. Scott-Elliotts *Atlantis und das Verlorene Lemuria*), und der Rest von ihnen Bemerkungen über langbestehende Geheimverbindungen und verborgene Kulte, mit Bezug auf Abschnitte in solchen mythologischen und anthropologischen Quellenwerken wie Frazers *Goldener Zweig* und Miß Murrays *Hexenkult in Westeuropa*. Die Zeitungsausschnitte wiesen größtenteils auf Fälle von extremem Wahnsinn und Auftreten von Massenpsychosen oder Manien im Frühjahr 1925 hin.

Die erste Seite des Manuskripts berichtete von einer sehr merkwürdigen Geschichte. Es scheint, daß am ersten März 1925 ein schmaler, dunkler Mann von überspanntem neurotischem Äußeren Prof. Angell besuchte und das eigenartige Basrelief mitbrachte, das ganz feucht und frisch war. Seine Karte trug den Namen Henry Anthony

Wilcox, und mein Onkel hatte in ihm den jüngsten Sohn einer upper-class-Familie erkannt, mit der er befreundet war. In letzter Zeit hatte er in der Rhode Island School of Design Bildhauerei studiert und wohnte in der Nähe des Instituts im Fleur-de-Lys-Gebäude. Wilcox war ein genialer, aber exzentrischer junger Mann. Von Kindheit an hatte er Aufmerksamkeit auf sich gelenkt durch die seltsamen Geschichten und merkwürdigen Träume, die er für gewöhnlich erzählte. Er selbst bezeichnete sich als psychisch hypersensitiv; die nüchternen Bewohner der alten Handelsstadt taten ihn als einfach verrückt ab. Nie hatte er sich sehr mit seinesgleichen abgegeben, ließ sich immer seltener in der Gesellschaft sehen und war nun nur noch einem kleinen Kreis von ästhetisch Interessierten aus anderen Städten bekannt. Selbst der Providence Art Club, der darauf bedacht ist, seine konservative Linie zu erhalten, hatte ihn eher hoffnungslos gefunden.

Bei diesem Besuch, so hieß es im Manuskript des Professors, erbat er sich abrupt die Vorteile des archäologischen Fachwissens seines Gastgebers und wollte von ihm die Hieroglyphen auf dem Basrelief entziffert wissen. Er sprach in abwesender, geschraubter Manier, die Pose vermuten ließ und Sympathien entzog; und mein Onkel antwortete mit einiger Schärfe, denn die augenfällige Frische der Tafel implizierte Verwandtschaft mit allem möglichen, nur nicht mit Archäologie. Des jungen Wilcox Erwiderung, die meinen Onkel immerhin so beeindruckte, daß er sich später an ihren genauen Wortlaut erinnerte, war von einem fantastischen poetischen Flair, das dieses ganze Gespräch gekennzeichnet haben muß und das ich seitdem so charakteristisch für ihn finde. Was er sagte, war: »Das Relief ist tatsächlich ganz neu, denn ich fertigte es heute nacht in einem Traum, der von fremdartigen Städten handelte; und Träume sind älter als der brütende Tyrus, oder Sphinx, die nachdenkliche, oder das gartenumkränzte Babylon.«

An dieser Stelle begann er also mit der verworrenen Erzählung, die auf schlummernde Erinnerungen zurückgeht und sofort das fieberhafte Interesse meines Onkels besaß. In der Nacht zuvor hatte es ein leichtes Erdbeben gegeben, seit Jahren die spürbarste Erschütterung in Neu England; und Wilcox' Imagination war in hohem Maße erregt worden. Nachdem er eingeschlafen war, befiel ihn ein noch nie dagewesener Traum von riesigen Zyklopenstädten aus titanischen Blöcken und vom Himmel gestürzten Monolithen, die vor grünem Schlamm troffen und unheilvolle Schrecken bargen. Wände und Säulen waren von Hieroglyphen bedeckt, und von unten, unbestimmbar, von wo, war eine Stimme erklungen, die keine Stimme war; eine chaotische Sensation, die nur der fantastischste Wahnsinn in Laute übersetzen konnte; die er durch die fast nicht aussprechbare Unordnung von Buchstaben, durch ›Cthulhu fhtagn‹ wiederzugeben suchte. Dieses Lautgewirr war der Schlüssel zu dem ungeheuren Interesse, das den Professor packte und beunruhigte. Er fragte den Bildhauer mit wissenschaftlicher Genauigkeit aus und untersuchte mit nahezu panischer Intensität das Basrelief, das zu schaffen sich der junge Mann überraschte, fröstelnd, nur mit dem Pyjama bekleidet, als er das wache Bewußtsein langsam wiedererlangte. Mein Onkel entschuldigte es, wie mir Wilcox später sagte, mit seinem Alter, daß er nicht sofort die Hieroglyphen und die Zeichnung erkannt habe. Viele seiner Fragen schienen dem Besucher höchst fehl am Platze, vor allem jene, die

die Figur mit fremdartigen Kulten und Gesellschaftsformen in Verbindung zu bringen suchten; und Wilcox verstand nicht das wiederholte Versprechen des Professors, Schweigen zu bewahren, wenn er dafür nur die Mitgliedschaft zu irgendeiner mystischen oder heidnischen Sekte erhielte. Als Prof. Angell endlich davon überzeugt war, daß der Bildhauer tatsächlich weder einen Kult kannte noch ein System kryptischer Überlieferung, bat er seinen Besucher eindringlich, ihm doch auch weiterhin über seine Träume zu berichten. Darauf ging Wilcox bereitwillig ein, und schon nach dem ersten Gespräch berichtet das Manuskript von täglichen Besuchen des jungen Mannes, während der er erregende Fragmente nächtlicher Bilderfolgen lieferte; gigantischer Terror türmt sich auf, von riesigen Monolithen tropft dunkler Schlamm, unterirdische Stimmen fressen sich quälend in das Gehirn...

Die beiden am häufigsten vorkommenden Laute sind durch die Buchstabierung ›Cthulhu r'lyeh‹, annähernd wiedergegeben.

Am 23. März, so hieß es weiter im Manuskript, erschien Wilcox nicht wie üblich, und Nachfragen ergaben, daß ihn ein merkwürdiges Fieber befallen hatte, und er war zu seiner Familie in die Watermann Street gebracht worden. Er hatte in der Nacht mehrere andere Künstler im Hause durch einen Schrei geweckt und befand sich seitdem in einem Dämmerzustand zwischen Bewußtlosigkeit und Fieberfantasien.

Mein Onkel setzte sich sofort mit der Familie in Verbindung und überwachte von nun an den Fall aufs gewissenhafteste; oft rief er Dr. Tobey, der den Kranken betreute, in seiner Praxis in der Thayer Street an.

Der fiebernde Geist des jungen Bildhauers brütete offensichtlich über grauenvoll seltsamen Dingen; und hin und wieder schauderte der Arzt, wenn er von ihnen sprach. Sie schlossen nicht nur eine Wiederholung des zuvor Geträumten ein, sondern berührten ganz unzusammenhängend ein gigantisches Ding, ›Meilen hoch‹, ein Umhergepolter und Getapse. Nie beschrieb er genau diesen Gegenstand, aber gelegentlich hervorgestoßene Worte, die Dr. Tobey wiederholte, überzeugten den Professor, daß er mit der unaussprechlichen Monstruosität identisch sein müsse, die der junge Mann in seiner Traumskulptur bildlich darzustellen versucht hatte. Wenn er dieses Objekt erwähnte, so bedeutete das das Vorspiel für einen unweigerlichen Rückfall in Lethargie, fügte der Doktor hinzu. Es befremde, daß seine Körpertemperatur gar nicht viel über der normalen liege, aber sein ganzer Zustand ließe ansonst eher echtes Fieber vermuten als geistige Verwirrung.

Am 2. April, etwa gegen drei Uhr nachmittags, schwand plötzlich jede Spur von Wilcox' Krankheit. Er saß, erstaunt, sich zu Hause zu finden, aufrecht in seinem Bett und erinnerte sich nicht im leisesten, was, in Traum oder Wirklichkeit, seit der Nacht des 22. März geschehen war. Vom Arzt für gesund befunden, kehrte er nach drei Tagen in seine Wohnung zurück; für Prof. Angell aber konnte er nicht länger von Nutzen sein. Alle Spuren kosmischer Träume waren mit dem Augenblick seiner Genesung geschwunden, und nachdem mein Onkel eine Woche lang eine Reihe von sinnlosen und unbedeutenden Berichten über völlig normale Visionen aufgenommen hatte, ließ er es sein.

Hier endet der erste Teil des Manuskriptes; aber Hinweise auf gewisse einzelne Notizen gaben mir viel zu denken – so viel in der Tat, daß ich es nur auf das eingewurzelte Mißtrauen, das damals meine Philosophie ausmachte, zurückführen kann, daß ich dem jungen Künstler noch immer mißtraute. Die fraglichen Aufzeichnungen waren die, die Träume verschiedener Personen in der gleichen Periode beschrieben, in der der junge Wilcox seine nächtlichen Visionen hatte. Mein Onkel, so scheint es, hatte schnell einen erstaunlich weit gezogenen Kreis von Umfragen an diejenigen Freunde gerichtet, an die er sich ohne Ungehörigkeit wenden konnte; sie bat er um Berichte ihrer Traumgesichte und um die genauen Daten irgendwelcher bemerkenswerter Visionen in letzter Zeit. Seine Umfrage scheint verschieden aufgenommen zu sein; aber schließlich muß er doch mehr Antworten erhalten haben, als ein normaler Mensch sie ohne Sekretär hätte auswerten können. Die Originalkorrespondenz war zwar nicht erhalten, aber seine Notizen bildeten eine gründliche und wirklich umfassende Sammlung. Durchschnittliche Leute aus Gesellschaft und Geschäftsleben – Neu Englands traditionelles ›Salz der Erde‹ – lieferten ein fast völlig negatives Ergebnis, obwohl vereinzelte Fälle von beängstigenden, aber formlosen Eindrücken hier und dort auftauchen, stets zwischen dem 23. März und dem 2. April – dem Zeitabschnitt also, in dem der junge Wilcox im Delirium versank. Wissenschaftler waren wenig mehr angegriffen, obgleich vier Fälle in vagen Beschreibungen flüchtige Eindrücke fremdartiger Landschaften erstellen, und in einem Fall ist von grauenhafter Angst vor etwas Übernatürlichem die Rede.

Die wichtigsten Antworten kamen von Malern und Dichtern, und ich bin überzeugt, daß Panik unter ihnen ausgebrochen wäre, hätten sie ihre Aussagen untereinander vergleichen können. Da ihre Originalbriefe fehlten, hatte ich den Kompilator halb im Verdacht, Suggestivfragen gestellt zu haben oder sich um die Korrespondenz nur zur Bekräftigung dessen bemüht zu haben, was er im Geheimen zu finden entschlossen war. Darum kam ich auch nicht von dem Gedanken los, daß Wilcox, wissend um die Unterlagen, die mein Onkel besaß, den greisen Wissenschaftler bewußt getäuscht hatte. Diese Antworten der Ästheten ergaben eine verwirrende, beunruhigende Geschichte. Zwischen dem 28. Februar und dem 1. April hatte ein großer Teil von ihnen bizarre Dinge geträumt, und die Intensität dieser Träume steigerte sich während Wilcox' Delirium ins Unermeßliche. Über ein Viertel derer, die irgendwelche Angaben machten, berichteten von Szenen und Lauten, nicht unähnlich denen, die Wilcox beschrieben hatte. Und einige der Träumer gestanden heftige Furcht vor dem gigantischen namenlosen Ding, das gegen Ende in Erscheinung trat. Ein Fall, dem sich die Anmerkungen mit Nachdruck widmeten, war tragisch. Das Objekt, ein sehr bekannter Architekt mit Neigungen für Theosophie und Okkultismus, wurde genau am gleichen Tag wie Wilcox von heftigem Wahnsinn befallen und starb einige Monate später nach endlosem Schreien, ihn doch vor ausgebrochenen Bewohnern der Hölle zu retten. Hätte sich mein Onkel in all diesen Fällen auf Namen bezogen anstatt auf bloße Zahlen, hätte ich zu ihrer Bestätigung einige private Nachforschungen unternommen; so aber gelang es mir, nur wenige ausfindig zu machen. Diese jedoch unterstützten die Notizen voll und ganz. Ich habe mich oft gefragt, ob wohl alle Objekte dieser Untersuchung so außer sich waren wie diese kleine Gruppe. Es ist jedenfalls gut, daß sie nie eine Erklärung erreichen wird.

Die Zeitungsausschnitte, wie ich schon andeutete, berührten Fälle von Panik, Manie und exzentrischem Verhalten während der fraglichen Zeit. Prof. Angell muß ein ganzes Büro beschäftigt haben, denn die Anzahl der ausgeschnittenen Artikel war überwältigend, und ihre Quellen waren über die ganze Erde verteilt. Hier ein nächtlicher Selbstmord in London, wo sich ein einsamer Schläfer nach einem grauenhaften Schrei aus dem Fenster gestürzt hatte; da ein weitschweifiger Brief an den Herausgeber eines Blattes in Südamerika, in dem ein Fanatiker ein gräßliches Zukunftsbild nach seinen Visionen entwirft; dort bringt eine Depesche aus Kalifornien eine Meldung über eine Theosophenvereinigung, die sich aus Anlaß einer ›glorreichen Erfüllung‹, die nie eintritt, mit weißen Gewändern schmückt, während verschiedene Notizen aus Indien gegen Ende Mai ernstzunehmende Unruhen unter den Eingeborenen berühren. Vudu-Orgien nehmen in Haiti zu, und afrikanische Vorposten melden rätselhaftes Gemurre im Busch. Amerikanische Offiziere auf den Philippinen finden gewisse Dschungelstämme um diese Zeit aufrührerisch, und New Yorker Polizisten werden in der Nacht vom 22. zum 23. März von hysterischen Levantinern terrorisiert. Auch der Westen Irlands ist voll von wilden Gerüchten und Legenden, und ein Maler der fantastischen Schule namens Ardois-Bonnot hängt in die Pariser Frühlingsausstellung 1926 eine blasphemische Traumlandschaft. Und so zahlreich sind die gemeldeten Fälle in Nervenheilanstalten, daß es nur auf ein Wunder zurückzuführen sein kann, daß die Ärzteschaft nicht diese beunruhigenden Parallelen sah und dunkle Schlüsse zog. Alles in allem ein grausiger Haufen Zeitungsausschnitte; und heute kann ich mir kaum diesen dreisten Rationalismus mehr vorstellen, mit dem ich ihn beiseite schob. Damals aber war ich eben überzeugt, daß der junge Wilcox um die uralten verbotenen Dinge wußte, die der Professor erwähnte.

II *Die Erzählung des Inspektors Legrasse*

Die alten Dinge, die den Alptraum des Bildhauers und das Basrelief für meinen Onkel so bedeutungsvoll gemacht hatten, bildeten das Thema der anderen Hälfte seines langen Manuskriptes. Schon früher einmal, so scheint es, hatte Prof. Angell die infernalischen Umrisse der unaussprechlichen Ungeheuerlichkeiten gesehen, über den unbekannten Hieroglyphen gerätselt und die enigmatischen Silben gehört, die nur mit ›Cthulhu‹ wiederzugeben sind; und all das in so aufregendem und schrecklichem Zusammenhang, daß es nicht wunder nimmt, wenn er den jungen Wilcox mit Fragen bedrängte.

Diese frühere Erfahrung stammte aus dem Jahre 1908, siebzehn Jahre zuvor, als die American Archeological Society ihren Jahreskongreß in St. Louis abhielt. Prof. Angell nahm als anerkannte Kapazität bei allen Beratungen eine erste Stellung ein; und er war auch einer der ersten, dem sich die zahlreichen Außenstehenden, die diese Versammlung zum Anlaß nahmen, sich Fragen und Probleme beantworten zu lassen, zuwandten. Deren Wortführer und innerhalb kurzer Zeit für alle Teilnehmer der Mittelpunkt des Interesses war ein durchschnittlich aussehender Mann mittleren Alters, der von New Orleans angereist war, um Erklärung zu suchen, die er von keiner anderen Seite erwarten konnte. Es war der Polizeiinspektor John Raymond Legrasse; er brachte den Gegenstand mit, um dessentwillen er gekommen war – eine groteske, ungeheuerlich abstoßende und augenscheinlich sehr alte Steinstatuette, deren Ursprung er nicht zu bestimmen vermochte.

Man glaube nur nicht, Inspektor Legrasse habe auch bloß das geringste Interesse für Archäologie gehabt. Im Gegenteil, sein Wunsch nach Aufklärung entsprang rein beruflichen Erwägungen. Die Statue, Idol, Fetisch oder was immer es sein mochte, war einige Monate zuvor in den dicht bewaldeten Sümpfen südlich New Orleans während eines Streifzuges sichergestellt worden; man hatte ein Vudu-Treffen vermutet. Die damit verknüpften Riten waren in ihrer Grausamkeit so einzigartig, daß die Polizei annahm, auf einen dunklen Kult gestoßen zu sein, der ihnen völlig unbekannt war und unglaublich diabolischer als selbst die schwärzesten der afro-amerikanischen Vudu-Zirkel. Der Ursprung der Figur war absolut nicht festzustellen – wenn man von den kargen und unglaubhaften Erzählungen, die man aus den Gefangenen herauspreßte, absieht; daher das Verlangen der Polizei nach irgendeiner Erklärung der Altertumsforscher, die ihnen dienlich sein könnte, das unheilvolle Symbol einzuordnen und daraufhin den ganzen Kult mit Stumpf und Stiel auszurotten.

Inspektor Legrasse hatte wohl kaum mit dem Aufsehen gerechnet, das seine Eröffnung machen würde. Ein einziger Blick auf die Statuette hatte genügt, um die versammelten Wissenschaftler in einen Zustand ungeheurer Spannung zu versetzen, und ohne Zeit zu verlieren, scharten sie sich um ihn und starrten auf die winzige Figur, deren Fremdartigkeit und Ausstrahlung wahrhaft unergründlichen Alters möglicherweise archaische, bisher ungeschaute Ausblicke eröffnete. Keine erkennbare

Schule der Bildhauerkunst hatte diesen grauenvollen Gegenstand belebt; doch Jahrhunderte, ja sogar Jahrtausende schienen in dem Staub und der grünlichen Oberfläche des nicht einzuordnenden Steines festgehalten.

Die Figur, die schließlich herumgereicht wurde, damit sie jeder sorgfältig von nahem studieren könne, besaß eine Höhe von 7 bis 8 Inches und war künstlerisch vollkommen. Sie stellte ein Ungeheuer von entfernt menschenähnlichen Umrissen dar, hatte aber einen tintenfischgleichen Kopf, dessen Gesicht aus einem Wirrwarr von Tentakeln bestand; darunter ein schuppiger, molluskenhaft aussehender Körper, eklige Klauen an Hinter- und Vorderfüßen und lange schmale Flügel auf dem Rükken.

Dieses Ding, in dem Naturtrieb mit fürchterlicher widernatürlicher Bösartigkeit gemischt zu sein schien, war von aufgedunsener Beleibtheit und hockte, ekelerregend, auf einem rechteckigen Block oder Podest, das mit unleserlichen Zeichen bedeckt war. Die Flügelspitzen berührten den hinteren Rand des Blocks, das Ding selbst nahm die Mitte ein, während die langen säbelartigen Klauen der gekrümmten Hinterpfoten die Vorderkante in den Griff genommen hatten und bis über ein Viertel des Sockels hinabhingen. Der kephalopode Kopf war nach vorne geneigt, so daß die Fühlarme des Gesichts die Rückseite der gewaltigen Vorderpranken streiften, die dessen ungeheueres Knie umklammert hielten. Der Anblick des Ganzen hatte abnormerweise nichts Unnatürliches an sich und verbreitete um so mehr geheime Furcht, als der Ursprung der Statue völlig unbekannt war. Sein unermeßliches, nicht berechenbares Alter war unverkennbar; doch gab es nicht einen einzigen Hinweis, der auf eine Zugehörigkeit zu irgendeiner bekannten Kultur unserer jüngeren Zivilisation – oder irgendeiner anderen Epoche – hätte schließen lassen.

Ein Geheimnis für sich war das Material; denn der schmierige grünlich-schwarze Stein mit seinen goldenen oder irisierenden Flächen und Furchungen hatte mit Geologie oder Mineralogie nichts gemein. Rätselhaft waren auch die Zeichen auf dem Sockel; und keiner der Kongreßteilnehmer, obwohl sie etwa die Hälfte der Experten auf diesem Gebiet repräsentierten, konnte auch nur die entfernteste sprachliche Verwandtschaft feststellen. Die Zeichen gehörten, wie der Gegenstand und sein Material zu etwas grauenhaft außerhalb Liegendem und von der Menschheit, wie sie uns bekannt ist, Getrenntem; etwas, das in schrecklicher Weise alte, unheilige Zusammenhänge des Lebens ahnen läßt, an denen unsere Welt und unsere Vorstellungen nicht teilhaben.

Und doch, als jeder der Teilnehmer den Kopf schüttelte und dem Inspektor eine Niederlage eingestehen mußte, gab es einen Mann in der Versammlung, der einen Schimmer von bizarrer Verwandtschaft in der monströsen Gestalt und Schrift erkennen wollte, und der, wenn auch mit einiger Schüchternheit, das merkwürdige Wenige erzählte, das er wußte. Dieser Mann war der nun verstorbene William Channing Webb, Prof. für Anthropologie an der Princeton University, ein Forscher von nicht geringem Ruf.

Prof. Webb war vor 48 Jahren auf einer Expedition in Grönland und Island auf der Suche nach Runenschriften gewesen, die er jedoch nicht fand; und hoch oben an der Küste Westgrönlands war er auf einen vereinzelten Stamm oder Kult degenerierter Eskimos gestoßen, deren

Religion, eine seltsame Form der Teufelsanbetung, ihn durch ihre kalte Blutrünstigkeit und Widerwärtigkeit abstieß. Es war ein Glaube, der unter den übrigen Eskimos kaum bekannt war, den sie nur mit Schaudern erwähnten und behaupteten, er sei aus schrecklichen, uralten Äonen herabgestiegen, noch bevor die Welt geschaffen worden sei. Neben unaussprechlichen Riten und Menschenopfern gab es gewisse merkwürdige überlieferte Rituale, die an den höchsten, ältesten Teufel oder *tornasuk* gerichtet waren; und davon hatte Prof. Webb durch einen alten *angekok* oder Teufelsschamanen eine sorgfältige phonetische Kopie, die die Laute, so gut es ging, in lateinische Buchstaben übertrug. Aber von größter Bedeutung war im Augenblick der Fetisch, den dieser Kult verehrt hatte und um den sie tanzten, wenn das Nordlicht hoch über den Eisklippen aufglühte. Er war, so berichtete der Professor, ein rohes Basrelief aus Stein, mit einem grauenerregenden Bildnis und kryptischen Schriftzeichen darauf. Und soviel er glaubte, war er in allen wesentlichen Zügen eine grobe Parallele dieses bestialischen Dinges, das da vor ihnen lag.

Diese Angaben, mit Spannung und Erstaunen von den versammelten Teilnehmern aufgenommen, schienen für Inspektor Legrasse doppelt aufregend zu sein; er begann sofort, seinen Informanten mit Fragen zu bedrängen. Da er ein Ritual der Kultverehrer aus dem Sumpf, die seine Leute festgenommen hatten, aufgezeichnet hatte, bat er den Professor inständig, sich so genau wie nur möglich an die Laute zu erinnern, die er bei den teuflischen Eskimos schriftlich niedergelegt hatte. Es folgte ein erschöpfender Vergleich von Details und ein Augenblick wahrhaft schauerergriffenen Schweigens, als der Detektiv und der Wissenschaftler übereinkamen, daß der Satz, der beiden höllischen Ritualen gemeinsam war – die doch Welten an Entfernung auseinander lagen – tatsächlich identisch sei. Was im wesentlichen die Eskimozauberer und die Sumpfpriester aus Lousiana zu ihren gleichartigen Götzenbildern sangen, ähnelte folgendem (die Wortunterteilungen sind angenommen, nach den Pausen im Satz so wie sie ihn sangen):

»Ph'nglui mglw'nafh Cthulhu R'lyeh wgah'nagl fhtagn.«

Legrasse hatte Prof. Webb eines voraus – einige der Bastardpriester hatten ihm wiederholt, was ältere Zelebranten noch wußten, nämlich die Bedeutung dieser Worte. Der Text hieß, ihnen zufolge, etwa:

»In diesem Haus in R'lyeh wartet träumend der tote Cthulhu«.

Und jetzt, da ihn alle bedrängten, erzählte Inspektor Legrasse so ausführlich wie möglich sein Abenteuer mit den Sumpfanbetern; eine Geschichte, der, wie ich sah, mein Onkel größte Bedeutung zumaß. Sie erfüllte die wildesten Träume der Mythenschöpfer und Theosophen und offenbarte ein erstaunliches Maß an kosmischer Vorstellungskraft unter solchen half-casts und Parias, wo man sie am wenigsten vermutet. Am 1. November 1907 hatten die Bewohner der Sümpfe und Lagunen im Süden von New Orleans ein dringendes Schreiben an die Polizei gerichtet. Die Ansiedler dieser Gegend, meist einfache, gutartige Nachkommen der Lafitte-Leute, befanden sich in einem Zustand nackter Angst vor einem Ding, das über Nacht gekommen war. Offensichtlich handelte es sich um Vudu, aber in einer schrecklicheren Form, als sie es je erfahren hatten; und einige ihrer Frauen und Kinder waren spurlos verschwunden, seit das bösartige tomtom mit seinem ununterbrochenen Getrommel in den schwarzen verfluchten Wäldern eingesetzt hatte, in die sich kein Mensch wagte. Da waren wahnsinnige Rufe und gehirnzermarternde Schreie, schaurige wilde Litaneien und irrlichternde Teufelsflammen; und, fügte der verschreckte Bote hinzu, das Volk könne es nicht länger ertragen.

So waren zwanzig Polizisten in zwei Pferdewagen und einem Automobil am späten Nachmittag mit dem zitternden Siedler als Führer ausgerückt. Als die passierbare Straße zu Ende war, stiegen sie aus und kämpften sich meilenweit unter Schweigen durch die schrecklichen Zypressenwälder, die niemals Tageslicht gesehen hatten. Widerwärtige Wurzeln und die feindseligen Schlingen des Spanischen Mooses behinderten auf Schritt und Tritt ihren Marsch, und hier und da verstärkten ein Haufen schleimigkühler Steine oder die Reste einer verfaulenden Mauer durch ihre Andeutung auf vergangene morbide Behausungen ein ungutes Gefühl, das jeder mißgebildete Baum, jedes weißschimmlige Pilznest schafft. Schließlich kam die Ansiedlung in Sicht, ein armseliger Haufen von Hütten, aus denen die hysterischen Bewohner herausstürzten, um sich um die flackernde Laterne zu scharen. Das dumpfe Trommeln der tomtoms war nun in der Ferne ganz schwach hörbar; und markerschütterndes Kreischen drang, wenn der Wind sich drehte, in unregelmäßigen Abständen herüber. Auch schien ein rötlicher Schimmer durch das mondbleiche Unterholz zu leuchten, jenseits des endlosen Nachtdunkels. Obwohl ihnen davor graute, wieder allein gelassen zu werden, wies es jeder einzelne der verschreckten Bewohner weit von sich, auch nur einen Schritt weiter in das Gebiet jener unheiligen Anbetung vorzudringen, so daß Inspektor Legrasse nichts anderes übrigblieb, als mit seinen neunzehn Kollegen führerlos in die schwarzen Gewölbe des Schreckens einzutauchen, in die nie jemand vor ihnen je den Fuß gesetzt hatte.

Das Gebiet, in das die Polizeitruppe jetzt drang, hatte schon seit jeher als unheilvoll gegolten. Es war völlig undurchforscht, kein Weißer hatte es je durchquert. Es spannen sich Legenden um einen verborgenen See, in dem, unberührt von den Augen Sterblicher, ein riesiges, formloses, fahles, tintenfischähnliches Ding mit glühenden Augen lebte; die Ansiedler flüsterten, daß fledermausflügelige Teufel aus Höhlen im Inneren der Erde kamen, um es um Mitternacht zu verehren. Sie sagten, es sei vor D'Iberville dagewesen, vor La Salle, noch vor den Indianern und selbst vor den Tieren und Vögeln des Waldes. Es war der Nachtmahr persönlich, und ihn sehen, hieß sterben. Aber er stieg hin und wieder in die Träume der Menschen, und so wußten sie sich vor ihm zu hüten. Die gegenwärtige Vudu-Orgie fand tatsächlich ganz am Rande dieser Schreckenszone statt; dieser Platz war schon schlimm genug; vielleicht hatte eben dieser Ort der Anbetung die Siedler mehr erschreckt als die entsetzlichen Schreie und die vorhergegangenen makabren Zwischenfälle.

Nur Dichtkunst oder Wahnsinn können den Geräuschen gerecht werden, die Legrasses Männer hörten, als sie sich durch den schmatzenden Morast in Richtung auf das rote Leuchten und das gedämpfte tomtom arbeiteten. Es gibt stimmliche Eigenheiten, die für Menschen charakteristisch sind und andere, die auf Tiere hinweisen; und es macht einen schaudern, die einen zu hören, wenn ihr Ursprung der der anderen sein sollte. Hier übertrafen sich animalische Raserei und menschliche Ausschweifung, gipfelten in dämonischem Geheule und grellen Ekstasen, die diese nächtlichen Wälder zerrissen und in ihnen widerhallten, als wären es pestartige Stürme aus den Schlünden der Hölle. Hin und wieder pflegte das wahnsinnige Geheule abzubrechen, und ein geordneter Chor rauher Stimmen erhob sich in dem Singsang des schrekkensvollen Satzes, des rituellen, ›Ph'nglui mglw'nafh Cthulhu R'lyeh wgah'nagl fhtagn‹.

Die Männer kamen nun in einen Teil des Waldes, wo sich die Bäume lichteten, und plötzlich sahen sie sich dem Schauspiel selbst gegenüber. Vier von ihnen wankten, einer brach bewußtlos zusammen und zwei wurden von wahnsinnigen Schreikrämpfen geschüttelt, die durch die tolle Kakophonie glücklicherweise gedämpft wurden. Legrasse flößte dem Ohnmächtigen etwas Kentucky Bourbon ein, und alle standen zitternd und vor Schreck wie hypnotisiert.

In der Sumpflichtung befand sich eine grasbewachsene Insel von vielleicht einem *acre* Ausmaß, baumlos und relativ trocken. Darauf nun hopste und wand sich eine Horde von so unbeschreiblicher menschlicher Abnormität, wie sie niemand außer einem Sime oder Angarola malen könnte. Völlig unbekleidet wieherten, heulten und zuckten sie um ein riesiges kreisförmiges Feuer; gelegentliche Öffnungen in dem Flammenvorhang enthüllten in der Mitte einen gigantischen Granitmonolithen, einige acht Fuß hoch, auf dessen Spitze, grotesk in ihrer Winzigkeit, die unheilschwangere gemeißelte Statuette thronte. In einem großen Kreis waren zehn Gerüste in regelmäßigen Abständen mit dem flammenumgürteten Monolithen als Zentrum aufgebaut, an denen, mit dem Kopf nach unten, die grausig verzerrten Körper der hilflosen Siedler hingen, die als verschwunden gemeldet worden waren. Innerhalb dieses Kreises stampfte und brüllte die Kette der Götzenanbeter, wobei die Hauptrichtung der Bewegung von links nach rechts lief, in einem unendlichen Bacchanal zwischen dem Ring der Körper und dem Ring des Feuers.

Es mag nur Einbildung gewesen sein oder ein Echo, das einen der Leute, einen erregbaren Spanier, veranlaßte, sich einzubilden, er höre antiphonale Antworten auf das unheilige Ritual irgendwo aus der dunklen Ferne, tiefer in dem Wald des Grauens und der alten Legenden. Diesen Mann, einen gewissen Joseph D. Galvez, traf ich später und fragte ihn aus; und er zeigte sich in beunruhigender Weise fantasiereich, ging sogar so weit, ein entferntes Flügelrauschen, das Schimmern glänzender Augen und eine gebirgige fahlweiße Masse hinter den Wipfeln der Bäume anzudeuten – aber ich glaube, er hatte wohl bloß zu viel von dem Aberglauben der Einheimischen gehört.

Tatsächlich dauerte die Erstarrung der Männer nur relativ kurze Zeit. Obwohl sich in der Menge etwa hundert dieser Bastardpriester befanden, vertrauten die Polizeibeamten auf ihre Waffen und stürzten sich entschlossen in die ekelhafte Meute. Für fünf Minuten herrschte ein unbeschreibliches Getöse und ein Chaos aus Schlägen, Schüssen und Fluchtversuchen; aber schließlich konnte Legrasse 47 trotzige Gefangene zählen, die sich ankleiden und zwischen zwei Reihen von Polizisten aufstellen mußten. Vier der Götzenanbeter lagen tot am Boden, und zwei Schwerverletzte wurden von ihren Mitgefangenen auf rasch improvisierten Bahren transportiert. Das Bildwerk auf dem Monolithen wurde vorsichtig heruntergeholt und Legrasse anvertraut.

Nach einem Marsch äußerster Anstrengung und Strapazen wurden die Gefangenen im Hauptquartier untersucht, und sie alle stellten sich als Menschen von sehr niedrigem Typus heraus, mischblütig und geistig unausgeglichen. Die meisten von ihnen waren Seeleute; und ein paar Neger und Mulatten, meist Leute von den Antillen oder Bravaportugiesen, brachten eine Spur von Vudu in den ursprünglich heterogenen Kult. Aber bevor noch viele Fragen gestellt wurden, zeigte sich bereits, daß es sich hier um etwas viel Tiefergehendes und Älteres handelte als um bloßen schwarzafrikanischen Fetischismus. Heruntergekommen und unwissend wie sie waren, hielten diese viehischen Kreaturen doch mit erstaunlicher Beharrlichkeit an der zentralen Idee ihres verabscheuungswürdigen Glaubens fest.

Sie verehrten, so sagten sie, die *Großen Alten*, die Äonen vor der Existenz des Menschen gelebt hätten, und die aus dem All in die junge Welt kämen. Die *Alten* hätten sich nun in das Erdinnere und in das Meer zurückgezogen; ihre toten Leiber jedoch hätten ihr Geheimnis einem Mann anvertraut, der daraus einen Kult schuf, der seither nicht ausgestorben ist. Das war eben dieser Kult, und die Gefangenen behaupteten, er habe immer existiert und werde immer existieren, in entlegenen Einöden und an dunklen Orten über die ganze Welt verstreut, bis der große Priester Cthulhu aus seinem dunklen Haus in der mächtigen Stadt R'lyeh vom Grund des Ozeans auftauche und die Erde wieder unter seine Herrschaft zwinge. Eines Tages würde er rufen, wenn die Gestirne günstig seien, und der geheime Kult wäre zu jeder Zeit bereit, ihn zu befreien.

Doch nichts weiteres durfte erzählt werden. Es bestand ein Geheimnis, das selbst die Folter nicht entlocken konnte. Der Mensch war nicht alleine inmitten der ihm bewußten Dinge auf der Erde, denn Schemen kamen aus dem Schatten, die wenigen Gläubigen aufzusuchen. Aber das waren nicht die *Großen Alten*. Kein Sterblicher hatte je die *Großen Alten* zu Gesicht bekommen. Das gemeißelte Idol war der *Große Cthulhu*, aber niemand hätte sagen können, ob die anderen gleich ihm waren. Heute konnte niemand mehr die Schriftzeichen lesen, aber es wurden Dinge erzählt... Das gesungene Ritual enthielt nicht das Geheimnis – das wurde nie laut ausgesprochen, nur geflüstert. Der Gesang bedeutet nur ›*In diesem Hause wartet träumend der große Cthulhu*‹.

Nur zwei der Gefangenen wurden für gesund genug befunden, gehängt zu werden; der Rest wurde verschiedenen Institutionen übergeben. Alle leugneten hartnäkkig, an den Ritualmorden beteiligt gewesen zu sein, und gaben vor, die Tötungen seien von den *Schwarzgeflügelten* durchgeführt worden, die von ihrem Versammlungsort in den fluchbeladenen Wäldern zu ihnen gekommen seien. Aber über deren geheimen Pfade konnte nichts Näheres in Erfahrung gebracht werden. Was die Polizei überhaupt herausfinden konnte, das kam hauptsächlich von einem steinalten Mestizen namens Castro, der behauptete, er sei in fremde, ferne Häfen gesegelt und habe in den Gebirgen Chinas mit den todlosen Führern des Kults gesprochen.

Der alte Castro erinnerte sich schwach an schreckliche Legenden, die die Spekulationen der Theosophen verblassen und den Menschen und seine Welt tatsächlich ganz jung und vergänglich erscheinen ließen. Es hatte Äonen gegeben, in denen andere Dinge die Welt beherrschten, und *sie* hatten große Städte besessen: Überreste von denen, wie der todlose Chinese ihm erzählt habe, noch als zyklopische Felsen auf Inseln im Stillen Ozean zu finden seien. Sie alle starben ganze Zeitalter, bevor der Mensch kam, aber es gab gewisse Künste, durch die *Sie* wiederbelebt werden konnten, wenn die Gestirne wieder in die richtige Position in dem Zyklus der Ewigkeit gelangten. *Sie* waren nämlich selbst von den Sternen gekommen und hatten *Ihre* Abbilder mitgenommen.

Diese *Großen Alten* beständen nicht vollständig aus Fleisch und Blut, fuhr Castro fort, sie besäßen Gestalt – bewies das denn nicht dieses sterngeprägte Bildnis? –, aber die war nicht stofflich. Wenn die Gestirne richtig standen, konnten *Sie* durch das All von Welt zu Welt tauchen; standen sie aber falsch, konnten *Sie* nicht leben. Aber obwohl *Sie* nicht länger am Leben waren, so würden *Sie* dennoch nie wirklich sterben. *Sie* alle ruhten in Felshäusern ihrer großen Stadt R'lyeh, geschützt durch den Zauber des mächtigen Cthulhu bis zu *Ihrer* glorreichen Auferstehung, wenn Sterne und Erde wieder für *Sie* bereit seien. Aber zu dem Zeitpunkt bedürften *Sie* einer Kraft von außerhalb, die *Ihre* Körper befreien mußte. Die Beschwörungen, die *Sie* behüteten, verhinderten gleichzeitig, daß *Sie* sich bewegten, und so konnten *Sie* nichts tun, als wach im Dunkel zu liegen und nachzudenken, während ungezählte Jahrmillionen vorüberzogen. *Sie* wußten von allem, was im Universum vor sich ging, denn ihre Art zu sprechen bestand in der Vermittlung von Gedanken. Auch jetzt unterhielten *Sie* sich in *Ihren* Gräbern. Dann, flüsterte Castro, schufen die Menschen einen traumbefohlenen Kult um die kleinen Idole, die ihnen die *Großen Alten* gezeigt hatten; Bilder, die in den düsteren Zeiten von dunklen Sternen zu ihnen gebracht worden waren. Niemals würde dieser Kult sterben, bis die Gestirne die rechte Position zueinander hätten, und die geheimen Priester würden den großen Cthulhu aus seinem Grab holen, um seine Untertanen ins Leben zurückzurufen und wieder seiner Weltherrschaft zu dienen. Dieser Zeitpunkt wäre leicht zu erkennen, denn der Mensch sei dann wie die *Großen Alten* geworden: wild und frei jenseits von Gut und Böse; Gesetze und Moral wären dann niedergerissen, und alle Menschen brüllten, töteten und schwelgten in Lust. Dann würden ihnen die *Großen Alten* neue Wege zu brüllen, zu töten, zu schwelgen und zu genießen zeigen, und die Erde würde in Vernichtung, Ekstase und Freiheit flammen. In der Zwischenzeit müßte der Kult durch angemessene Riten die Erinnerung wachhalten und *Ihre* sichere Rückkehr prophezeien.

In früheren Zeiten hätten auserwählte Männer mit den eingeschlossenen *Alten* in ihren Träumen geredet, aber dann sei etwas geschehen. Die gewaltige Steinstadt R'lyeh sei mitsamt ihren Monolithen und Grabstätten im Meer versunken; und die tiefen Wässer, voller Urgeheimnisse, durch die nicht einmal Gedanken dringen, hätten die spektrischen Strahlen durchschnitten. Aber die Erinnerung lebte weiter, und hohe Priester sagten, die Stadt tauche wieder auf, sobald die Sterne günstig seien ... Hier aber unterbrach sich der alte Castro hastig, und keine Überredung oder List konnten ihm mehr in dieser Richtung entlocken. Auch die Größe der *Alten* weigerte er sich kurioserweise zu beschreiben. Er glaube, setzte er fort, das Zentrum des Kultes befände sich inmitten unwegsamer Wüsten Arabiens, wo Irem, die Stadt der Säulen, im Verborgenen träumt. Mit der europäischen Hexerei stünde der Kult nicht in Verbindung, und im Grunde genommen wisse man außerhalb seiner Mitglieder nichts

Genaues über ihn. In keinem Buch sei ein Hinweis auf ihn enthalten; aber der todlose Chinese habe gesagt, im *Necronomicon* des wahnsinnigen Arabers Abdul Alhazred seien gewisse Doppeldeutigkeiten enthalten, die die Eingeweihten so lesen konnten, wie sie mochten, vor allem der umstrittene Vers

»Das ist nicht tot, was ewig lie(lü)gen kann,
Da selbst der Tod als solcher sterben kann.«

Legrasse, zutiefst beeindruckt und nicht im geringsten erstaunt, hatte vergeblich nachgeforscht, worauf der Kult zurückzuführen sei. Castro schien zweifellos die Wahrheit gesagt zu haben, als er behauptete, das sei ganz und gar geheim. Die Autoritäten der Tulane University konnten kein Licht in die Angelegenheit bringen, weder was den Kult betraf noch das Götzenbild; und nun war der Detektiv zu der größten Autorität gekommen und stieß auf nichts Geringeres als auf die Grönlandgeschichte Prof. Webbs.

Das fieberhafte Interesse, das Legrasses Bericht bei der Versammlung weckte – den die Statue unterbaute – spiegelt sich in der Korrespondenz derer wieder, die damals zugegen waren; in der Öffentlichkeit allerdings fand diese Geschichte kaum Erwähnung. Vorsicht ist die erste Sorge derer, die gelegentlich Betrug und Scharlatanerie ausgesetzt sind. Legrasse lieh Prof. Webb für einige Zeit das Bildnis, aber nach dessen Tod wurde es ihm wieder ausgehändigt und befindet sich noch heute in seinem Besitz, wo ich es vor nicht langer Zeit selbst in Augenschein nahm. Es ist wirklich ein grauenhaftes Ding, und zweifellos der Traumskulptur des jungen Wilcox ähnlich.

Es erstaunte mich keineswegs, daß mein Onkel durch die Erzählung des Bildhauers so in Erregung versetzt wurde, denn was für Gedanken müssen auftauchen, wenn man, nachdem man weiß, was Legrasse über den Kult erfahren hatte, von einem jungen sensitiven Mann hört, der nicht nur die Figur und die genauen Hieroglyphen des im Sumpf gefundenen Bildnisses und der grönländischen Höllentafel träumt, sondern der sich in seinen Träumen an mindestens drei der exakten Worte der Formel erinnert, die die schwarzen Eskimoschamanen gleichermaßen aussprachen wie die Bastarde in Lousiana. Daß Prof. Angell sofort eine Untersuchung von allergrößter Genauigkeit begann, versteht sich von selbst; obwohl ich persönlich den jungen Wilcox im Verdacht hatte, daß er auf irgendeine Weise von dem Kult erfahren und eine Folge von Träumen erfunden hatte, um das Geheimnis auf Kosten meines Großonkels zu steigern. Die Traumberichte und Zeitungsausschnitte, die der Professor gesammelt hatte, lieferten jedoch eine eindeutige Bestätigung; aber meine rationalistische Einstellung und die Ausgefallenheit der ganzen Geschichte ließen mich, wie ich glaubte, sehr vernünftige Schlußfolgerungen ziehen.

Nachdem ich also das Manuskript noch einmal gründlich studiert hatte und die theosophischen und anthropologischen Bemerkungen mit Legrasses Bericht über den Kult in Beziehung gebracht hatte, machte ich mich auf den Weg nach Providence, um den Bildhauer zu besuchen und ihn zu tadeln, daß er es gewagt habe, einen gelehrten alten Mann derart dreist hinters Licht zu führen.

Wilcox wohnte noch immer alleine in dem Fleur-de-Lys-Gebäude in der Thomas Street, einer unschönen viktorianischen Nachahmung bretonischer Architektur des 17. Jahrhunderts, das mit seiner Stuckfront zwischen den hübschen Häusern im Kolonialstil auf dem alten Hügel prunkt, im Schatten des schönsten georgianischen Kirchturms von Amerika. Ich traf ihn in seinem Zimmer bei der Arbeit an und mußte sofort zugeben, daß er wirklich, nach den Plastiken zu urteilen, die herumstanden, außerordentliches Genie besaß. Er wird, glaube ich, sich in einiger Zeit als einer der großen *décadents* einen Namen machen; denn er hat jene Schemen und Fantasien in Ton geformt – und wird sie eines Tages in Marmor hauen –, wie sie Arthur Machen in Prosa beschwört und Clark Ashton Smith in Versen und Gemälden erstehen läßt.

Dunkelhaarig, schwächlich und etwas vernachlässigt sah er aus; müde drehte er sich auf mein Klopfen hin mir zu und fragte mich, ohne sich zu erheben, was ich denn wolle. Als ich ihm sagte, wer ich sei, zeigte er einiges Interesse; denn mein Onkel hatte seine Neugierde geweckt, als er seine befremdlichen Träume untersuchte, jedoch nie eine Begründung hierfür angab. Auch ich gab ihm, was diese Dinge betraf, keine Aufklärung, versuchte aber, ihn vorsichtig aus seiner Reserve zu locken.

Innerhalb kurzer Zeit war ich von seiner absoluten Aufrichtigkeit überzeugt, denn er sprach von seinen Träumen in nicht mißzuverstehender Weise. Sie und ihre unterbewußten Folgen hatten seine Kunst entscheidend beeinflußt, und er zeigte mir eine morbide Statue, deren Umrisse mich fast durch ihre Macht schwarzer Suggestion zittern machten. Er konnte sich nicht erinnern, ein Original dieses Dinges gesehen zu haben außer in seinem geträumten Basrelief; die Konturen hatten sich selbst unmerklich unter seinen Händen geformt. Zweifellos handelte es sich um die riesenhafte Gestalt, von der er in seinem Delirium fantasiert hatte. Daß er tatsächlich nichts über den geheimen Kult wußte, außer dem, was die erbarmungslosen

Fragen meines Großonkels angedeutet hatten, wurde mir bald vollständig klar; und wieder überlegte ich angestrengt, auf welchem möglichen Weg er zu den grausigen Eindrücken gekommen war.

Er sprach von seinen Träumen in einer merkwürdigen poetischen Weise; er zeigte mir mit schrecklicher Ausdruckskraft die düstere titanische Schattenstadt aus schleimigen grünen Blöcken – deren *Geometrie*, wie er seltsamerweise sagte, *gar nicht stimmte* –, und ich vernahm mit banger Erwartung das endlose Rufen aus der Unteren Welt:

»Cthulhu fhtagn, Cthulhu fhtagn.«

Diese Worte hatten zu dem schrecklichen Ritual gehört, das von der Traumvigilie des toten Cthulhu in seinem Steingewölbe in R'lyeh erzählt, und trotz meiner rationalistischen Auffassung der Dinge war ich sehr bewegt. Wilcox hatte, dessen war ich ziemlich sicher, in einem Gespräch etwas über den Kult aufgeschnappt, dann war es aber in der Masse seines schauerlichen Lesestoffes und Einbildungsvermögens untergegangen. Später hatte es dann, da es so aufwühlend war, unterschwellig in seinen Träumen, in dem Basrelief und in der fürchterlichen Statue, die ich jetzt in meinen Händen hielt, Ausdruck gefunden. Mithin war dieser Betrug meines Großonkels ein recht unschuldiger. Der junge Mann war von einem Typ, den ich nicht sonderlich leiden konnte; ein wenig blasiert und arrogant; aber ich erkannte jetzt durchaus seine Aufrichtigkeit und sein Genie an. Freundschaftlich verabschiedete ich mich von ihm und wünschte ihm den Erfolg, den sein Talent versprach.

Alles, was mit dem Kult zusammenhing, faszinierte mich noch immer, und zuweilen träumte ich, daß ich durch Untersuchungen über seinen Ursprung und seine Zusammenhänge zu Ruhm gelangte. Ich reiste nach New Orleans, suchte Legrasse und andere auf, die seinerzeit an der Razzia beteiligt gewesen waren, sah die grauenerregende Statue und befragte sogar die gefangengenommenen Mischlinge, soweit sie noch am Leben waren. Der alte Castro war leider vor einigen Jahren gestorben. Was ich nun so lebhaft, aus berufenem Mund, hörte – obwohl es tatsächlich nichts anderes war als eine genaue Bestätigung der Aufzeichnungen meines Großonkels – erschreckte mich von neuem; ich war sicher, mich auf der Spur einer sehr ursprünglichen, sehr geheimen, sehr alten Religion zu befinden, deren Entdeckung mich zu einem Anthropologen von Ruf machen würde. Meine Einstellung war damals noch absolut materialistisch – *wie ich wünschte, daß sie es noch heute wäre* –, und mit unerklärlichem Eigensinn nahm ich das Zusammentreffen der Traumberichte und der Zeitungsausschnitte als ganz natürlich hin.

Was mir verdächtig zu sein begann und was ich jetzt fürchte zu *wissen* ist, daß das Ableben meines Großonkels alles andere als natürlich war. Er stürzte in einer schmalen, engen Gasse, die vom Hafenkai den Berg hinaufführt, und die von fremden Mischlingen wimmelte, nach dem rücksichtslosen Stoß eines schwarzen Seemannes. Ich habe nicht die Methoden der Kultanhänger in Louisiana vergessen und es würde mich nicht wundern, von geheimen Tricks und vergifteten Nadeln zu hören, die ebenso alt und gnadenlos sind wie lichtscheue Riten und Aberglaube. Legrasse und seine Männer sind zwar gut davongekommen, aber ein Mann in Norwegen, der gewisse Dinge sah, ist tot. Können nicht die Nachforschungen meines Großonkels, nachdem sie durch die Träume des

Bildhauers intensiviert worden waren, sinistren Mächten zu Ohren gelangt sein? Ich glaube, Prof. Angell mußte sterben, weil er zuviel wußte oder weil er auf dem Wege war, zuviel zu erfahren. Ob mir ein gleiches Schicksal wie ihm bestimmt ist, das wird sich zeigen; auch ich weiß jetzt eine ganze Menge.

III *Der Wahnsinn aus der See*

Wenn der Himmel mir je eine Gnade gewährte, so wünschte ich die Folgen eines reinen Zufalls vergessen zu können, der meinen Blick auf ein altes Zeitungsblatt, das als Unterlage diente, fesselte. Normalerweise hätte ich es überhaupt nicht beachtet, denn es war die alte Nummer einer australischen Zeitschrift, des ›Sydney Bulletin‹, vom 18. April 1925. Es muß dem Team entgangen sein, das zur Zeit dieses Erscheinungstermins eifrig Stoff für die Untersuchung meines Großonkels sammelte.

Ich hatte meine Nachforschungen über das, was Prof. Angell den ›Cthulhu-Kult‹ nannte, schon fast aufgegeben, und war bei einem gelehrten Freund in Paterson, New Jersey, zu Besuch; dem bekannten Mineralogen und Kurator des städtischen Museums. Ich schaute mir einige unausgestellte Exemplare an, die in einem Magazin des Museums ungeordnet in einem Regal aufgestellt waren, als mein Blick auf ein seltsames Bild in einer der alten Zeitungen fiel, die man unter den Steinen ausgebreitet hatte. Es war das schon erwähnte ›Sydney Bulletin‹; das Foto zeigte ein grauenvolles Steinbild, das fast mit dem identisch war, das Legrasse in den Louisianasümpfen gefunden hatte.

Fieberhaft entfernte ich die wertvollen Steine von dem Blatt und durchflog den Artikel; war aber enttäuscht, daß er nichts Ausführliches brachte. Was er jedoch enthielt, war von unerhörter Bedeutung für meine ins Stocken geratene Untersuchung, und ich riß ihn sorgfältig heraus. Er hieß wie folgt:

Geheimnisvolles Wrack im Meer
Vigilant läuft Hafen mit seeuntüchtiger Neuseelandyacht im Schlepptau an. Ein Überlebender und ein Toter an Bord gefunden. Bericht über verzweifelte Schlacht und Menschenverluste auf dem Meer. Geretteter Seemann verweigert Einzelheiten über Vorfälle. Rätselhaftes Götzenbild in seinem Besitz gefunden. Untersuchung folgt.

Der Morrisons Companies Frachter *Vigilant* erreichte heute morgen auf dem Rückweg von Valparaiso Darling Harbour und führte im Schlepptau die seeuntüchtig gewordene, aber schwer bestückte Dampfyacht *Alert* aus Dunedin, Neuseeland, mit sich, die zuletzt am 12. April in 34° 21′ südl. Breite und 152 18817′ westl. Länge gesichtet wurde; an Bord befanden sich ein lebender und ein toter Mann.

Die *Vigilant* hatte Valparaiso am 25. März verlassen und wurde am 2. April durch ungewöhnlich schwere Stürme und Brecher von ihrem Kurs beträchtlich nach Süden abgetrieben. Am 12. April wurde sie als Wrack gesichtet. An Bord wurde ein halb irrsinniger Überlebender und ein Mann, der allem Anschein nach seit über einer Woche tot war, aufgefunden. Der Überlebende hielt in seinen Händen ein steinernes Idol unbekannten Ursprungs umklammert, über das die Autoritäten der Sydney University der Royal Society und des College Street Museum keinerlei Aufschluß zu geben vermochten. Der Überlebende behauptete, er habe es in einer Kabine der Yacht in einem geschnitzten Kästchen gefunden.

Der Mann erzählte eine außerordentlich merkwürdige Geschichte von Piraterie und Gemetzel. Er nennt sich Gustav Johansen, ist Norweger, ziemlich intelligent, und fuhr als zweiter Maat auf dem Zweimastschoner *Emma* aus Auckland, der am 20. Februar mit einer Besatzung von 11 Mann nach Callao in See stach.

Die *Emma*, so sagte er, wurde am 1. März durch die stürmische Wetterlage weit von ihrem Kurs abgetrieben und traf am 22. März 49° 51′ südl. Breite und 128° 34′ westl. Länge auf die *Alert*, die mit einer ziemlich übel wirkenden Crew aus Kanaken und half-casts bemannt war. Auf ihre kategorische Forderung hin, umzukehren, weigerte sich Capt. Collins, worauf die *Alert* ohne Vorwarnung aus allen Rohren zu schießen begann. Die Männer der *Emma* setzten sich zur Wehr, und obwohl der Schoner durch Schüsse leckgeschlagen war und zu sinken drohte, gelang es ihnen dennoch, ihr Schiff an die feindliche Yacht zu manövrieren und sie zu entern. An Bord entspann sich ein Kampf mit der wilden Besatzung, und man sah sich gezwungen, sie alle zu töten – es handelte sich bei ihnen um nahezu tierische Menschen, die, obgleich in der Überzahl, nicht richtig zu kämpfen verstanden. Drei Leute, darunter Capt. Collins und der erste Maat Green, fielen im Kampf; und die restlichen acht unter Befehl des zweiten Maats Johansen navigierten mit der gekaperten Yacht weiter, und zwar mit gleichem Kurs, um festzustellen, warum man sie an der Weiterfahrt hatte hindern wollen.

Am nächsten Tag legten sie an einer Insel an (in diesem Teil des Ozeans ist keine Insel bekannt, Anm. d. Red.) und sechs der Männer kamen in der Folge auf irgendeine Weise um. Johansen gibt an, sie seien in eine Felsspalte gestürzt und verweigert jede weitere Aussage über ihren Tod.

Später seien er und ein anderer zur Yacht zurückgekehrt und hätten sie zu steuern versucht, sie seien aber durch den Sturm am 2. April verschlagen worden.

Von diesem Zeitpunkt bis zur seiner Bergung am 12. weist der Mann eine Gedächtnislücke auf; er erinnert sich auch nicht, wann sein Gefährte William Briden starb. Bridens Todesursache ist nicht festzustellen; wahrscheinlich beruht sie auf Erschöpfung.

Aus Dunedin wird gekabelt, daß die *Alert* als Inselfrachter bekannt ist und entlang der Küste in üblem Ruf steht. Sie gehörte einer merkwürdigen Gruppe half-casts, deren häufige Zusammenkünfte und nächtliche Streifereien durch Wälder nicht geringe Neugier weckte; sie habe sofort nach dem Sturm und dem Erdbeben vom 1. März in großer Hast Segel gesetzt.

Unser Korrespondent in Auckland bestätigt der Mannschaft der *Emma* ihren hervorragenden Ruf und schildert Johansen als einen achtbaren und besonnenen Mann.

Die Admiralität wird morgen mit der Untersuchung der Angelegenheit beginnen, und man wird nichts unversucht lassen, um Johansen zum freieren Reden zu veranlassen als er es bisher getan hat.

Das war alles; das und das teuflische Bildnis; aber was für Gedanken löste es nicht in mir aus! Hier waren neue Angaben über den Cthulhu-Kult enthalten und Beweise, daß man sich auf dem Wasser wie auf dem Festland intensiv mit ihm beschäftigte. Was hatte die Mannschaft der *Alert*, die mit ihrem schrecklichen Götzenbild an Bord herumkreuzte, veranlaßt, die *Emma* an der Weiterfahrt zu hindern? Was hatte es mit dem unbekannten Eiland auf sich, auf dem sechs Leute der *Emma* umgekommen waren und über das der Maat Johansen so hartnäckig schwieg? Was hatte die Untersuchung der Vizeadmiralität ergeben und wieviel war über den verderblichen Kult in Dunedin bekannt? Und, am erregendsten von allem, was für eine hintergründige und mehr als natürliche Verkettung von Daten war das, die nun eine unheilvolle und unleugbare Bedeutung der verschiedenen Ereignisse ergab, die mein Onkel so sorgfältig notiert hatte?

Am 1. März – unserem 28. Februar – hatte das Erdbeben stattgefunden, und Sturm war aufgekommen. Aus Dunedin brach ganz plötzlich die *Alert* auf, als hätte sie einen Befehl von oben erhalten, und auf der anderen Seite der Erdkugel begannen Dichter und Künstler von einer merkwürdigen dumpfen Zyklopenstadt zu träumen, und der junge Bildhauer formte im Traum die Gestalt des furchtbaren Cthulhu. Am 23. März landete die Mannschaft der *Emma* auf einer unbekannten Insel, ließ dort sechs Tote; und genau zu diesem Zeitpunkt steigerten sich die Träume der sensitiven Künstler zu ihrem Höhepunkt und schwärzten sich in Furcht vor der grauenhaften Verfolgung eines titanischen Ungeheuers, und ein Architekt war wahnsinnig geworden, und ein Bildhauer war plötzlich im Delirium versunken! Und was hatte es mit diesem Sturm vom 2. April auf sich – dem Datum, da alle Träume von der feuchtkalten Stadt mit einem Male abbrachen und Wilcox unversehrt aus der Knechtschaft seines seltsamen Fiebers zurückkehrte? Was hatte all das zu bedeuten – und was die Andeutungen des alten Castro über die versunkenen, sterngeborenen *Alten* und ihre kommende Herrschaft; deren gläubige Verehrung und ihre *Beherrschung der Träume*? Wankte ich am Rande kosmischer Schrecken, die weit über die Kraft des Menschen hinausgehen? Wenn es so sein sollte, mußte das Grauen allein im Bewußtsein liegen, denn auf irgendeine Weise war die infernalische Bedrohung plötzlich abgebrochen, die begonnen hatte, von den Menschen Besitz zu ergreifen.

Noch am selben Abend, nachdem ich eiligst alles Nötige arrangiert hatte, sagte ich meinem Gastgeber Lebewohl und nahm den Zug nach San Francisco. Nach knapp einem Monat war ich in Dunedin: dort jedoch fand ich kaum etwas über die eigenartigen Kultanhänger heraus, die in den kleinen Hafenspelunken herumgelungert waren; doch stieß ich auf Andeutungen über eine Fahrt ins Landesinnere, die die Mischlinge gemacht hatten, während der man auf entfernten Hügeln schwaches Trommeln und rötliches Leuchten bemerkte.

In Auckland erfuhr ich, daß Johansen weißhaarig aus einem ergebnislosen Verhör in Sydney zurückgekehrt war, seine Wohnung in der West Street aufgegeben hatte und mit seiner Frau nach Oslo gereist war. Von seinen Erfahrungen wollte er auch Freunden nicht mehr als das erzählen, was er bereits der Admiralität zu Protokoll gegeben hatte, und alles, was man für mich tun konnte, war, mir seine Osloer Adresse zu nennen.

Danach reiste ich nach Sydney und führte fruchtlose Gespräche mit Seeleuten und Mitgliedern des Admiralsgerichtes. Ich besichtigte die *Alert*, die verkauft worden war und nun Handelszwecken diente, fand aber nichts was mich interessiert hätte. Die hockende Statue mit dem Tintenfischkopf wurde im Hyde Park Museum aufbewahrt; ich studierte sie lange und sorgfältig und fand, daß sie von schrecklicher Vollkommenheit war, von eben dem gleichen Geheimnis, dem grausigen Alter und dem außerirdisch fremden Material, das mir bei Legrasses kleinerem

Exemplar aufgefallen war. Geologen, so sagte mir der Museumsdirektor, war das ein völliges Rätsel; sie schworen, auf der Erde gebe es keinen Stein, der diesem gleiche. Mit Schaudern entsann ich mich, was der alte Castro Legrasse über die *Frühen Alten* erzählt hatte: »*Sie* kamen von den Sternen, und *Sie* brachten *Ihre* Bildnisse mit sich.«

Von innerem Aufruhr geschüttelt, wie ich ihn nie zuvor gekannt hatte, beschloß ich endlich, Johansen in Oslo aufzusuchen. Ich fuhr nach London, schiffte mich unverzüglich nach der norwegischen Hauptstadt ein und betrat an einem Herbsttag den schmucken Hafenkai im Schatten des Egebergs. Ich legte den kurzen Weg in der Droschke zurück und klopfte an die Tür eines hübschen kleinen Hauses. Eine traurig blickende Frau in Schwarz beantwortete meine Fragen, und ich war bitter enttäuscht, als ich hörte, daß Johansen tot sei.

Er habe seine Ankunft nicht lange überlebt, sagte seine Frau, denn die Geschehnisse auf See im Jahre 1925 hätten ihn zugrunde gerichtet. Auch ihr habe er nicht mehr erzählt als den anderen; er habe aber ein langes, auf englisch geschriebenes Manuskript hinterlassen, das sie nicht verstände. Auf einem Spaziergang durch eine enge Gasse nahe den Göteborgdocks habe ihn ein Ballen Papier, der von einem Dachfenster herunterfiel, zu Boden gerissen. Zwei Lascer-Matrosen hätten ihm sofort wieder auf die Beine geholfen, aber noch vor dem Eintreffen der Ambulanz war er tot. Die Ärzte konnten keinen plausiblen Grund für sein Ableben entdecken und führten es auf Herzschwäche zurück.

Ich überzeugte die Witwe von meiner engen Beziehung zu ihrem toten Gatten, so daß sie mir das Manuskript zu treuen Händen übergab; ich nahm das Dokument mit mir und begann es gleich während der Überfahrt nach London zu lesen.

Es war eine einfache, eher zusammenhanglose Geschichte – der naive Versuch eines nachträglichen Tagebuchs – und sie bemühte sich, jeden Tag dieser letzten schrecklichen Reise zurückzurufen. Ich will nicht versuchen, sie wörtlich in ihrer ganzen Unklarheit und Weitschweifigkeit wiederzugeben, aber ich werde das Wesentliche daraus zusammenfassen, um zu zeigen, warum das Klatschen des Wassers gegen die Wände der Yacht für mich so unerträglich wurde, daß ich mir die Ohren verstopfte.

Johansen wußte Gott sei Dank nicht alles, obwohl er die Stadt und das Ding erblickt hatte; ich aber werde nie wieder ruhig schlafen können, wenn ich an das Grauen denke, das unaufhörlich hinter dem Leben in Zeit und Raum lauert, und an jene unerhörten Blasphemien von den alten Sternen, die im Ozean träumen, verehrt und angebetet durch einen Alptraum von Kult, der jederzeit bereit ist, es zu befreien und auf die Welt loszulassen, wenn je wieder ein Erdbeben seine monströse Felsstadt zu Sonne und Licht erhebt.

Johansens Reise hatte begonnen, wie er es der Admiralität berichtet hatte. Die *Emma* hatte mit Fracht am 20. Februar Auckland verlassen und war in die volle Gewalt des erdbebengeborenen Sturmes geraten, der aus dem Grunde des Meers die Schrecken emporgeholt hatte, die sich in die Träume der Menschen fraßen. Als man das Schiff wieder unter Kontrolle bekommen hatte, segelten sie auf neuem Kurs weiter, bis sie am 22. März von der *Alert* aufgehalten wurden. Von den dunkelhäutigen Kultteufeln spricht der Maat nur mit äußerstem Ekel. Irgendeine Scheußlichkeit war um sie, die ihre Vernichtung fast zur Pflicht machte, und Johansen zeigt aufrichtiges Erstaunen, als man ihm im Lauf der Verhandlung Grausamkeit vorwirft. Dann, als Neugierde sie unter Johansens Kommando auf der gekaperten Yacht weitersegeln läßt, erblicken die Männer eine große steinerne Säule, die aus dem Meer herausragt, und in 47° 9′ südl. Breite und 126° 43′ westl. Länge stoßen sie auf die Umrisse schlamm-, schlick- und tangverwesten Quaderwerks zyklopischer Ausmaße, das nichts anderes ist als das greifbare Grauen, das die Erde nur einmal aufzuweisen hat – die schreckgespenstische Leichenstadt R'lyeh, die unabsehbare Äonen vor der Geschichte von jenen grauenhaften Riesen errichtet wurde, die von dunklen Sternen zur Erde stiegen. Hier ruhten der große Cthulhu und seine Horden in grünschleimigen Gewölben, und von hier aus sendeten sie schließlich nach unmeßbaren Jahrtausenden jene Gedanken, die in den Träumen der Empfindsamen Furcht und Grauen verbreiteten und die Gläubigen gebieterisch zur Pilgerschaft zu ihrer Befreiung und Wiedereinsetzung befahlen. All das ahnte Johansen nicht, aber, weiß Gott, er sah genug!

Ich vermute, daß tatsächlich nur eine einzelne Bergkuppe, die grausige monolithgekrönte Zitadelle, in der der große Cthulhu begraben lag, aus den Fluten herausragte. Wenn ich an die Ausmaße all dessen denke, was da unten im Verborgenen schlummern mag, wünschte ich fast, mich auf der Stelle umzubringen. Johansen und seine Leute waren vor der kosmischen Majestät dieses triefenden Babels alter Dämonen von panischer Furcht ergriffen, und sie ahnten, daß dies nicht von diesem oder irgendeinem anderen heilen Planeten stammen konnte. Horror vor der unglaublichen Größe der grünlichen Steinblöcke, vor der schwindelerregenden Höhe des großen gemeißelten Monolithen und vor der verblüffenden Ähnlichkeit der mächtigen Statuen und Basreliefs mit dem befremdlichen Bildnis, das sie auf der *Aler*t gefunden hatten, ist in jeder Zeile der angstvollen Beschreibung nur zu deutlich spürbar.

Ohne zu wissen, was Futurismus ist, kam Johansen dem sehr nahe, als er von der Stadt sprach; denn anstatt irgendeine präzise Struktur oder ein Gebäude zu beschreiben, verweilt er nur bei Eindrücken weiter Winkel und Steinoberflächen – Oberflächen, die zu groß waren, um von dieser Erde zu sein; unselig, mit schauderhaften Bildern und blasphemischen Hieroglyphen bedeckt. Ich erwähne seine Bemerkung über die Winkel deshalb, weil sie auf etwas hinweist, das Wilcox mir aus seinen Schreckensträumen erzählt hatte. Er hatte gesagt: die Geometrie der Traumstädte, die er sah, sei abnorm, un-euklidisch und in ekelhafter Weise von Sphären und Dimensionen erfüllt gewesen, die fern von den unseren seien. Nun fühlte ein einfacher Seemann dasselbe, da er auf die schaudervolle Realität blickte.

Johansen und seine Leute gelangten über eine ansteigende Sandbank in diese monströse Akropolis, und sie erklommen titanische, von schlüpfrigem, grauenhaft grünem Tang überwucherte Blöcke, die niemals eine Treppe für Menschenmaß gewesen sein konnten. Sogar die Sonne am Himmel schien verzerrt, als sie durch das polarisierte Miasma strahlte, das aus diesen widernatürlichen Wässern wie Gift hochstieg; und fratzenhafte Bedrohung und Spannung grinste boshaft aus diesen trügerischen Ecken und Winkeln der behauenen Felsen, die auf den ersten Blick konkav erschienen und auf den zweiten konvex.

Furcht hatte alle Abenteurer ergriffen, noch bevor sie etwas anderes als nur Felsen, Schlick und Tang erblickt hatten. Jeder von ihnen wäre lieber geflüchtet, hätte er nicht die Verachtung der anderen gescheut; und nur mit halbem Herzen suchten sie – vergeblich, wie sich herausstellte – nach irgendeinem beweglichen Objekt, das sie als Andenken hätten mitnehmen können.

Rodriguez der Portugiese war es, der den Sockel des Monolithen erkletterte und herunterrief, was er entdeckt habe. Die übrigen folgten ihm und schauten neugierig auf die gewaltige gemeißelte Tür mit dem nun schon bekannten Oktopus – oder drachenähnlichen als Basrelief gehauenen Bildwerk. Sie war, so berichtet Johansen, wie ein großes Scheunentor; und alle fühlten, daß es sich um eine Tür handeln müsse wegen der verzierten Schwellen und Pfosten, die sie umgaben, doch sie konnten sich nicht klar darüber werden, ob sie flach wie eine Falltüre oder schrägliegend wie eine im Freien befindliche Kellertür war. Wie Wilcox gesagt haben würde: die Geometrie dieses Ortes war völlig verkehrt. Sie wußten nicht genau, ob das Meer und der Grund, auf dem sie sich bewegten, in der Horizontale lagen, infolgedessen war die relative Position alles übrigen auf fantastische Weise variabel.

Briden drückte an mehreren Stellen auf dem Stein herum, doch ohne Ergebnis. Dann tastete Donovan sorgfältig die Ränder ab und befühlte jeden einzelnen Punkt. Er kletterte an diesem grotesken Steingebilde unendlich hoch – das heißt, wenn man es klettern nennen wollte – vielleicht war das Ding am Ende doch horizontal? – und alle Männer fragten sich, wie es eine so hohe Tür im Universum überhaupt geben könne. Da begann plötzlich die mehrere *acres* große Tür ganz sanft und leise am oberen Ende nachzugeben; und sie sahen, daß sie ausbalanciert war. Donovan glitt die Pfosten herunter und beobachtete zusammen mit seinen Kameraden das unheimliche Zurückweichen des monströsen Portals. In dieser verrückten prismatischen Verzerrung bewegte sie sich völlig pervers, in einer Diagonale, und alle Regeln von Materie und Perspektive schienen auf dem Kopf zu stehen.

Die Öffnung war tiefschwarz, von einer Dunkelheit, die fast stofflich war. Diese Finsternis war tatsächlich von *positiver Qualität;* sie quoll wie Rauch aus ihrem jahrtausendealten Gefängnis heraus und verdunkelte sichtbar die Sonne, als sie mit schlagenden, häutigen Flügeln dem zurückweichenden Himmel entgegenkroch. Der Geruch, der aus den frischgeöffneten Tiefen drang, war unerträglich. Schließlich glaubte der feinhörige Hawkins ein ekelhaft schlurfendes Geräusch dort unten zu vernehmen. Jeder lauschte, lauschte noch immer, als ES sabbernd hervortappte und tastend seine gallertartige grüne Masse durch die schwarze Öffnung in die durchgiftete Luft dieser wahnsinnigen Stadt preßte.

Die Handschrift des armen Johansen versagte fast, da er dies beschrieb. Zwei der sechs Männer, die das Schiff nie wieder erreichten, starben in diesem verfluchten Augenblick, wahrscheinlich aus reinem Grauen. Das *Ding* kann unmöglich beschrieben werden – es gibt keine Sprache für solche Abgründe brüllenden unvorstellbaren Irrsinns, für diese Verneinung von Materie, kosmischer Gültigkeit und Ordnung. Ein Berg bewegte sich wie eine Qualle, stolperte schlingernd einher. O Gott! war es da zu verwundern, daß auf der anderen Seite der Erde ein großer Architekt verrückt wurde und der unglückliche Wilcox in diesem telepathischen Augenblick im Fieber raste? Das *Ding* der Idole, das schleimgrüne klebrige Gezücht der Sterne, war aufgestanden, um sein Recht zu beanspruchen. Die Planeten standen wieder in der richtigen Position, und was ein jahrtausendealter Kult vergeblich beabsichtigt hatte, das hatte durch Zufall ein Haufen nichtsahnender Seeleute vollbracht. Nach Vigintillionen Jahren erblickte der große Cthulhu zum erstenmal wieder das Licht, und er raste vor Lust.

Drei der Leute wurden von den glitschigen Fängen verschlungen, noch bevor sich jemand bewegte. Gott möge ihnen Frieden schenken – wenn es irgendeinen Frieden im Universum gibt! Es waren Donovan, Guerrera und Angström. Parker glitt aus, als die übrigen drei in panischem Schrecken über endlose Flächen grünverkrusteter Felsen zum Boot stürzten, und Johansen geht jeden Eid ein, daß er von einem Winkel in dem Quaderwerk verschluckt wurde, den es eigentlich gar nicht hätte geben dürfen; einem Winkel, der spitz war, aber alle Eigenschaften eines stumpfen besaß. So erreichten nur Briden und Johansen das Boot, und sie ruderten verzweifelt auf die *Alert* zu, als sich das gebirgige, monströse Schleimding die glitschigen Felsen herunterplumpsen ließ und zögernd im seichten Wasser umherwatete. Es war nur das Werk von ein paar Sekunden, fieberhaftes Hin- und Herhasten zwischen Dampfkesseln und Steuerhaus, um die *Alert* flottzumachen; langsam begann sie inmitten dieser grauenhaften unbeschreiblichen Szene die lethalen Gewässer aufzuwühlen; während auf den Felsblöcken dieser Leichenküste, die nicht von dieser Welt war, das *Ding* von den unseligen Sternen geiferte und sabberte und grunzte wie Polyphem, der das fliehende Boot des Odysseus verfluchte. Dann glitt der große Cthulhu, verwegener als der historische Kyklops, schleimig ins Wasser und machte sich mit wellenaufwühlenden Schlägen von kosmischer Gewalt auf die Verfolgung. Briden verlor den Verstand, als er zurückschaute, und wurde von wildem Lachen geschüttelt, das erst sein Tod eines Nachts beendete, während Johansen wie im Delirium auf dem Schiff herumirrte.

Aber Johansen hatte noch nicht aufgegeben. Er wußte, daß das *Ding* die *Alert* leicht überholen konnte, auch wenn die Yacht das Letzte hergab; er wußte, daß er nur eine einzige Chance hatte; und er ging mit dem Schiff auf volle Geschwindigkeit und riß das Steuer herum. Da die aufgewühlte See schäumte und wirbelte und der Dampf höher und höher stieg, lenkte der wackere Norweger den Bug des Schiffes geradewegs gegen die ihn verfolgende Gallertmasse, die sich aus diesem unreinen Schaum wie das Heck einer grausigen Galleone erhob. Der scheußliche Tintenfischkopf mit den wühlenden Armen berührte schon fast den Bugspriet der Yacht, aber Johansen steuerte unnachgiebig weiter.

»Es folgte ein Bersten wie von einer Blase, die birst, eine schlammige eitergelbe Ekligkeit wie die eines geplatzten Mondfisches, ein Gestank wie aus Millionen offenen Gräbern und ein Geräusch, das zu beschreiben sich die Feder des Chronisten sträubt. Für einen Augenblick war das Schiff von einer beißenden und blindmachenden grünen Wolke eingehüllt; dann wallte es achterwärts giftig auf, wo – Gott im Himmel – die versprengte Plastizität dieser namenlosen Himmelsbrut sich nebelhaft wieder zu seiner verhaßten ursprünglichen Gestalt zusammensetzte, während sich die Distanz mit jedem Augenblick vergrößerte und die *Alert* neuen Antrieb aus dem hochsteigenden Dampf erhielt.

»Das war alles. Danach brütete Johansen bloß noch über dem Götzenbild in der Schiffskabine, nahm kaum etwas zu sich und schenkte dem lachenden Irren an seiner Seite wenig Aufmerksamkeit. Er versuchte gar nicht mehr, das Schiff zu steuern, denn der Umschwung hatte irgend etwas in seinem Inneren zerstört. Dann kam der Sturm vom 2. April, und hier verdichteten sich Wolken in seinem Erinnerungsvermögen. Er weiß nur von gespenstischem Wirbeln durch die Strudel der Unendlichkeit, von schwindelerregenden Ritten auf Kometenschweifen durch schwankende Welten und von hysterischen Stürzen vom Mond in die höllischen Abgründe und zurück aus den Tiefen auf den Mond; all das begleitet vom brüllenden Gelächter der ausgelassenen *Alten Götter* und der grünen, fledermausflügeligen, spottenden Teufel des Tartarus.

Rettung aus diesen Träumen kam durch die *Vigilant*, das Admiralitätsgericht, die Straßen von Dunedin und die lange Reise heimwärts, in sein Haus am Egeberg. Er konnte einfach nichts erzählen – man würde ihn für verrückt halten. Er wollte aufschreiben, was er wußte, bevor der Tod zu ihm kam; aber seine Frau durfte nichts erfahren. Der Tod war ja eine Gnade, wenn er nur diese Erinnerungen auslöschen konnte.

Das war das Dokument, das ich las, und nun liegt es in der Kassette neben dem Basrelief und Prof. Angells Papieren. Meine eigene Niederschrift werde ich hinzufügen – diesen Beweis meiner Zurechnungsfähigkeit, in dem ich aneinanderfügte, was, wie ich hoffe, nie wieder jemand aneinanderfügen wird. Ich habe gesehen, was das Universum nur an Grauenvollem besitzt, und danach müssen mir selbst der Frühlingshimmel und die Sommerblumen vergiftet sein. Aber ich glaube nicht, daß ich noch lange leben werde. Wie mein Großonkel ging, wie Johansen ging, so werde auch ich gehen. Ich weiß zuviel, und der Kult ist noch lebendig.

»Und Cthulhu lebt noch – wie ich annehme –, wieder in dem steinernen Abgrund, der ihn schützt seit der Zeit, da die Sonne jung war. Seine verfluchte Stadt ist wieder versunken, denn die *Vigilant* segelte nach dem Aprilsturm über die Stelle hinweg; aber seine Diener auf Erden heulen, tanzen und morden noch immer in abgelegenen Wäldern um götzengekrönte Monolithen. *Er* muß beim Untertauchen wieder in seiner schwarzschlündigen Versenkung verschwunden sein, sonst würde jetzt die Welt in Furcht und Schrecken rasen. Wer weiß das Ende? Was aufstieg, kann wieder untergehen, und was versank, kann wieder erscheinen. Grauenvolles wartet und träumt in der Tiefe, und Fäulnis kommt über die wankenden Städte der Menschen. Es wird eine Zeit geben – aber ich darf und kann daran nicht denken! Ich bete darum, daß, falls ich das Manuskript nicht überleben sollte, meine Testamentsvollstrecker Vorsicht und Wagemut walten lassen und dafür sorgen, daß kein anderes Auge es je erblickt.

Aus dem Amerikanischen von
H. C. Artmann

FRANK BELKNAP LONG

Die Dämonen von Tindalos

Auch Frank Belknap Long gehört zu den Weggefährten H. P. Lovecrafts. Er kann auf eine über sechzigjährige Laufbahn als professioneller Schriftsteller zurückblicken, doch gründet sich seine Bekanntheit in den USA überwiegend auf die in Weird Tales *publizierten Horror-Geschichten, die von Lovecrafts Cthulhu-Mythos beeinflußt wurden. Seine Erinnerungen an Lovecraft hat er in dem Buch* Howard Phillips Lovecraft: Dreamer on the Night Side (1975) *niedergeschrieben. Long erhielt 1978 für sein Lebenswerk einen World Fantasy Award verliehen. Anzumerken bliebe, daß die nachfolgende Geschichte sicher einer der originellsten Beiträge zum Cthulhu-Mythos überhaupt ist.*

I

»Ich freue mich, daß Sie gekommen sind«, sagte Chalmers. Er saß am Fenster, und sein Gesicht war sehr blaß. Zwei hohe Kerzen flackerten neben seinem Ellbogen und warfen ein kränklich gelbes Licht auf seine lange Nase und sein leicht fliehendes Kinn. Chalmers erlaubte nichts Modernes in seiner Wohnung. Er hatte die Seele eines mittelalterlichen Asketen und zog illuminierte Manuskripte und geifernde Wasserspeier Automobilen, Radios und Rechenmaschinen vor.

Als ich durch den Raum zu dem Sessel ging, den er mir freigeräumt hatte, warf ich einen Blick auf seinen Schreibtisch und entdeckte zu meiner Überraschung, daß er die mathematischen Formeln eines zeitgenössischen Physikers studiert und viele Blätter gelben Papiers mit eigentümlichen geometrischen Mustern gefüllt hatte.

»Einstein und John Dee sind seltsame Bettgefährten«, sagte ich, während mein Blick von seinen mathematischen Tabellen zu den sechzig oder siebzig wundersamen Büchern wanderte, die seine seltsame kleine Bibliothek ausmachten. Plotinus und Emanuel Moscopolus, Thomas von Aquin und Frenicle de Bessy standen Seite an Seite in dem gediegenen Bücherschrank aus Ebenholz, und auf Stühlen, Tisch und Schreibtisch türmten sich Schriften über mittelalterliche Zauberei und Hexerei und schwarze Magie und all die kühnen, herrlichen Dinge, die die moderne Welt verworfen hat.

Chalmers lächelte einnehmend und reichte mir auf einem eigentümlich geschnitzten Tablett eine russische Zigarette. »Wir entdecken gerade«, sagte er, »daß die alten Alchemisten und Zauberer zu zwei Dritteln *recht* hatten und daß unsere modernen Biologen und Materialisten zu neun Zehnteln *falsch* liegen.«

»Sie haben die moderne Wissenschaft immer verspottet«, sagte ich ein wenig ärgerlich.

»Nur den wissenschaftlichen Dogmatismus«, erwiderte er. »Ich bin immer ein Rebell gewesen, ein Kämpfer für Entdeckergeist und aussichtslose Fälle; deshalb habe ich mich auch dafür entschieden, die Schlußfolgerungen der zeitgenössischen Biologen zu verwerfen.«

»Und Einstein?« fragte ich.

»Ein Hoherpriester der transzendentalen Mathematik!« murmelte er ehrfürchtig. »Ein tiefschürfender Mystiker und Erforscher des großen *Vermuteten.*«

»Dann verachten Sie die Wissenschaft also nicht.«

»Natürlich nicht«, bestätigte er. »Ich mißtraue nur dem wissenschaftlichen Positivismus der letzten fünfzig Jahre, dem Positivismus von Haeckel und Darwin und von Mr. Bertrand Russell. Ich glaube, daß die Biologie erbärmlich versagt hat, das Geheimnis des Ursprungs und Schicksals des Menschen zu erklären.«

»Geben Sie ihnen Zeit«, gab ich zurück.

Chalmers Augen funkelten. »Mein Freund«, murmelte er, »Ihr Wortspiel ist superb. Geben Sie ihnen *Zeit*. Das ist genau das, was ich tun würde. Doch die moderne Biologie spottet nur über die Zeit. Sie besitzt den Schlüssel, aber sie weigert sich, ihn zu benutzen. Was wissen wir denn wirklich über die Zeit? Einstein glaubt, daß sie relativ sei, daß sie in Form von Raum, von *gekrümmtem* Raum, verstanden werden kann. Doch soll das schon alles sein? Wenn die Mathematik uns nicht mehr weiterhelfen kann, können wir dann nicht mit – Einsicht weiterkommen?«

»Sie begeben sich auf äußerst unsicheren Boden«, erwiderte ich. »Das ist eine Falle, die der wahre Forscher scheut. Deshalb hat sich die moderne Wissenschaft so langsam voranbewegt. Sie akzeptiert nichts, was sie nicht beweisen kann. Doch Sie ...«

»Ich würde Haschisch, Opium, alle Arten von Drogen nehmen. Ich würde den weisen Sehern des Ostens nacheifern. Und vielleicht würde ich dann verstehen ...«

»Was?«

»Die vierte Dimension.«

»Theosophischer Blödsinn!«

»Vielleicht. Doch ich glaube daran, daß Drogen das menschliche Bewußtsein erweitern. William James war ganz meiner Meinung. Und ich habe eine neue entdeckt.«

»Eine neue Droge?«

»Sie wurde vor Jahrhunderten von chinesischen Alchemisten verwendet, doch im Westen ist sie so gut wie unbekannt. Ihre okkulten Eigenschaften sind erstaunlich. Mit ihrer Hilfe, und der Hilfe meiner mathematischen Kenntnisse, glaube ich, daß ich *in der Zeit zurückgehen* kann.«

»Ich verstehe nicht.«

»Zeit ist nicht mehr als unsere unzulängliche Wahrnehmung einer neuen Dimension des Raums. Zeit und Bewegung sind nur Illusion. Alles, das vom Beginn der Welt an existiert hat, existiert *jetzt*. Ereignisse, die vor Jahrhunderten geschehen sind, existieren in einer anderen Dimension des Raums fort. Ereignisse, die erst in Jahrhunderten eintreten werden, *existieren schon*. Wir können ihre Existenz nicht wahrnehmen, weil wir nicht in die Raumdimension eintreten können, in der sie sich befinden. Menschliche Wesen, wie wir sie kennen, sind bloß Teile, unendlich winzige Teile eines unermeßlichen Ganzen. Jedes menschliche Wesen ist mit *allem* Leben verbunden, das ihm auf diesem Planeten vorangegangen ist. All seine Ahnen sind ein Teil von ihm. Nur die Zeit trennt es von seinen Vorfahren, und Zeit ist eine Illusion und existiert nicht.«

»Ich glaube, ich verstehe«, murmelte ich.

»Für meine Belange genügt es, wenn Sie sich eine vage Vorstellung davon machen können, was ich zu erreichen hoffe. Ich hoffe, die Schleier der Illusion, mit denen die Zeit meine Augen bedeckt hat, zu zerreißen und *den Anfang und das Ende* zu sehen.«

»Und Sie glauben, diese neue Droge wird Ihnen dabei helfen?«

»Ich bin sicher, daß sie das tun wird. Und ich möchte,

daß Sie mir behilflich sind. Ich habe vor, die Droge noch in diesem Moment zu nehmen. Ich kann nicht warten. Ich muß *sehen.*« Seine Augen funkelten seltsam. »Ich gehe zurück, zurück durch die Zeit.«

Er erhob sich und ging zum Kaminsims hinüber. Als er sich mir wieder zuwandte, hielt er eine kleine eckige Schachtel in seiner Hand. »Ich habe hier fünf Kügelchen der Droge Liao. Der chinesische Philosoph Lao Tze hat sie benutzt, und unter ihrem Einfluß hat er das Tao erblickt. Tao ist die geheimnisvollste Kraft der Welt; es umgibt und durchdringt alle Dinge; es umfaßt das sichtbare Universum und alles, was wir Realität nennen. Wer die Geheimnisse des Tao versteht, sieht deutlich alles, was war und was sein wird.«

»Unsinn!« rief ich aus.

»Das Tao gleicht einem großen Tier, untätig, reglos, das in seinem riesigen Leib alle Welten unseres Universums, die Vergangenheit, die Gegenwart und die Zukunft trägt. Wir sehen Teile dieses großen Monstrums durch einen Schlitz, den wir Zeit nennen. Mit der Hilfe dieser Droge werde ich den Schlitz vergrößern. Ich werde die große Gestalt des Lebens erblicken, das große untätige Tier in seiner ganzen Größe.«

»Und was soll ich dabei tun?«

»Beobachten, mein Freund, Beobachten und Notizen machen. Und wenn ich zu weit zurückgehe, dann müssen Sie mich in die Realität zurückrufen. Das erreichen Sie, indem Sie mich kräftig schütteln. Wenn es so aussieht, als würde ich große körperliche Schmerzen durchleiden, müssen Sie mich augenblicklich zurückrufen.«

»Chalmers«, sagte ich, »Ich wünschte, Sie würden von diesem Experiment absehen. Sie begeben sich in größte

Gefahr. Ich glaube nicht, daß es eine vierte Dimension gibt, und ich glaube ganz entschieden nicht an das Tao. Und ich bin im höchsten Maße dagegen, daß Sie mit unbekannten Drogen herumexperimentieren.«

»Ich kenne die Eigenschaften dieser Droge«, erwiderte er. Ich weiß genau, wie sie auf das menschliche Tier wirkt, und ich kenne ihre Gefahren. Das Risiko liegt nicht in der Droge selbst. Meine einzige Angst ist, daß ich mich in der Zeit verlieren könnte. Sehen Sie, ich werde die Droge unterstützen. Bevor ich dieses Kügelchen schlucke, werde ich mich mit aller Kraft auf die geometrischen und algebraischen Symbole konzentrieren, die ich auf diesem Blatt aufgezeichnet habe.« Er hielt die mathematische Tabelle, die auf seinen Knien lag, hoch. »Ich werde meinen Verstand auf einen Ausflug in die Zeit vorbereiten. Ich werde mich der vierten Dimension mit meinem Bewußtsein nähern, bevor ich die Droge nehme, die mir erlauben wird, die okkulten Kräfte der Wahrnehmung in ihrer Gänze einzusetzen. Bevor ich die Traumwelt der östlichen Mystik betrete, werde ich mir alle mathematische Hilfe zunutze machen, die mir die moderne Wissenschaft zu bieten hat. Dieses mathematische Wissen, diese bewußte Herangehensweise an ein wirkliches Verstehen der vierten Dimension der Zeit, wird die Wirkung der Droge unterstützen. Die Droge wird mir erstaunliche neue Einblicke eröffnen – die mathematische Vorbereitung wird mir erlauben, diese intellektuell zu erfassen. Ich habe die vierte Dimension schon oft in Träumen erfaßt, emotional, intuitiv, doch es ist mir nie gelungen, mich im Wachzustand an die okkulten Herrlichkeiten zu erinnern, die mir für einen Augenblick enthüllt wurden.

Doch mit Ihrer Hilfe, glaube ich, sie erinnern zu können. Sie werden alles aufschreiben, was ich sage, während ich unter dem Einfluß der Droge stehe. Egal, wie seltsam oder unzusammenhängend meine Rede auch werden mag, Sie dürfen nichts auslassen. Wenn ich erwache, vermag ich vielleicht, den Schlüssel zu allem, was geheimnisvoll oder unglaublich scheint, zu geben. Ich weiß nicht, ob ich erfolgreich sein werde, doch *wenn* ich Erfolg habe...« In seinen Augen loderte ein seltsames Feuer. »*...dann wird die Zeit für mich nicht länger existieren!*«

Er setzte sich unvermittelt hin. »Ich werde das Experiment auf der Stelle durchführen. Bitte stellen Sie sich dort drüben neben das Fenster und beobachten Sie. Haben Sie einen Füllfederhalter?«

Ich nickte finster und holte einen blaßgrünen Waterman aus meiner oberen Westentasche.

»Und einen Block, Frank?«

Ich stöhnte auf und holte ein Notizbüchlein hervor. »Ich rate Ihnen ganz entschieden von diesem Experiment ab«, murmelte ich. »Sie gehen ein fürchterliches Risiko ein.«

»Seien Sie doch keine solche Memme!« wetterte er. »Nichts, das Sie sagen, wird mich daran hindern können. Ich bitte Sie zu schweigen, während ich diese Tabellen studiere.«

Er nahm die Tabellen auf und studierte sie eingehend. Ich beobachtete die Uhr auf dem Kaminsims, auf der die Sekunden dahintickten, und eine eigentümliche Furcht preßte mein Herz zusammen, so daß ich zu ersticken glaubte.

Plötzlich hörte die Uhr auf zu ticken, und in genau demselben Augenblick schluckte Chalmers die Droge.

Ich erhob mich eiligst und ging zu ihm hinüber, doch seine Augen flehten mich an, mich nicht einzumischen.

»Die Uhr ist stehengeblieben«, murmelte er. »Die Mächte, die sie kontrollieren, sind meinem Experiment wohlgesonnen. *Die Zeit* ist stehengeblieben, und ich habe die Droge genommen. Ich bete zu Gott, daß ich meinen Weg nicht verliere.«

Er schloß die Augen und lehnte sich auf dem Sofa zurück. Alles Blut wich aus seinem Gesicht, und er atmete schwer. Es war offensichtlich, daß die Wirkung der Droge mit großer Schnelligkeit einsetzte.

»Es fängt an, dunkel zu werden«, murmelte er. »Schreiben Sie das auf. Es fängt an, dunkel zu werden, und die vertrauten Dinge im Zimmer scheinen sich aufzulösen. Ich kann sie undeutlich durch meine Augenlider hindurch ausmachen, doch sie lösen sich mit großer Geschwindigkeit auf.«

Ich schüttelte meinen Federhalter, um die Tinte zum Fließen zu bringen, und schrieb hastig in Kurzschrift, während er fortfuhr, zu diktieren.

»Ich verlasse das Zimmer. Die Wände lösen sich auf, und ich kann keines der vertrauten Dinge mehr sehen. Ihr Gesicht sehe ich jedoch noch immer. Ich glaube, daß ich kurz davorstehe, einen großen Sprung zu machen – einen Sprung durch den Raum. Oder vielleicht wird es ein Sprung durch die Zeit. Ich kann es nicht sagen. Alles ist dunkel, undeutlich.«

Er saß eine Weile schweigend da, den Kopf auf der Brust ruhend. Dann erstarrte er plötzlich in völliger Anspannung und schlug die zitternden Augenlider auf. »Großer Gott!« schrie er. »Ich *sehe!*«

Er reckte sich in seinem Sessel nach vorn und starrte auf die gegenüberliegende Wand. Doch ich wußte, daß er durch die Wand hindurchsah, und daß die Dinge im Zimmer nicht länger für ihn existierten. »Chalmers«, rief ich, »Chalmers, soll ich Sie aufwecken?«

»Nein!« kreischte er. »Ich *sehe alles*. All die Milliarden Leben, die mir auf diesem Planeten vorangegangen sind, liegen in diesem Moment vor meinen Augen. Ich sehe Menschen aller Zeitalter, aller Rassen, aller Farben. Sie kämpfen, töten, bauen, tanzen, singen. Sie sitzen in einsamen grauen Wüsten um notdürftige Lagerfeuer herum und fliegen in Flugzeugen durch die Luft. Sie befahren die Meere in Kanus aus Baumrinde und riesigen Dampfschiffen; sie malen Bisons und Mammute an die Wände trostloser Höhlen und bedecken riesige Leinwände mit merkwürdigen futuristischen Mustern. Ich beobachte, wie die Menschen Atlantis verlassen. Ich beobachte, wie die Menschen Lemuria verlassen. Ich sehe die alten Rassen – eine seltsame Horde schwarzer Zwerge, die Asien im Sturm nimmt, und die Neandertaler, die mit gesenkten Köpfen und gebeugten Knien über Europa hinwegströmen. Ich beobachte, wie die Achäer in Scharen die griechischen Inseln bevölkern, und die primitiven Anfänge der Hellenistischen Kultur. Ich bin in Athen, und Perikles ist jung. Ich stehe auf italienischem Boden. Ich bin am Raub der Sabinerinnen beteiligt; ich marschiere mit den kaiserlichen Legionen. Ich erbebe vor Ehrfurcht und Staunen, als die riesigen Standarten vorbeiziehen und die Erde unter den Marschschritten der siegreichen *hastati* erzittert. Tausend nackte Sklaven liegen vor mir im Staub, während ich in einem Prunkwagen aus Gold und Elfenbein, gezogen von nachtschwarzen Ochsen aus Theben, vorbeifahre, und die Blumenmädchen rufen ›Ave Caesar‹, während ich nicke und lächle. Ich bin selbst ein Sklave auf einer maurischen Galeere. Ich beobachte die Errichtung einer großen

Kathedrale. Stein um Stein wächst sie höher hinauf, und über Monate und Jahre hinweg stehe ich da und schaue zu, wie jeder Stein an seinen Platz kommt. Kopfüber an einem Kreuz hängend, werde ich in den nach Thymian duftenden Gärten Neros verbrannt, und ich beobachte mit Erheiterung und Zorn die Folterknechte bei ihrer Arbeit in den Kerkern der Inquisition.

Ich wandle in den heiligsten Stätten umher; ich betrete die Tempel der Venus. Ich knie' in Verehrung vor der Magna Mater nieder, und ich werfe Münzen auf die nackten Knie der geheiligten Kurtisanen, die mit verschleierten Gesichtern in den Hainen Babylons sitzen. Ich schleiche mich in ein Elisabethanisches Theater und applaudiere zusammen mit dem stinkenden Pöbel um mich herum dem *Kaufmann von Venedig*. Ich gehe mit Dante durch die engen Gassen von Florenz. Ich treffe die junge Beatrice, und der Saum ihres Gewandes streift meine Sandalen, während ich sie verzückt anstarre. Ich bin ein Hoherpriester der Isis, und meine Zauberkräfte versetzen die Nation in Staunen. Simon Magnus kniet vor mir nieder und ersucht mich um meine Unterstützung, und der Pharao erzittert, wenn ich mich ihm nähere. In Indien rede ich mit den Meistern und laufe schreiend davon, wenn sie herannahen, denn ihre Offenbarungen sind wie Salz auf einer blutenden Wunde.

Ich nehme alles *gleichzeitig* wahr. Ich nehme alles von allen Seiten wahr; ich bin Teil all dieser umherwimmelnden Milliarden um mich herum. Ich existiere in allen Menschen, und alle Menschen existieren in mir. Ich nehme die gesamte Menschheitsgeschichte in einem einzigen Augenblick wahr, die Vergangenheit und die Gegenwart.

Wenn ich mich nur ein wenig anstrenge, kann ich weiter und weiter zurücksehen. Nun gehe ich durch seltsame Krümmungen und Winkel zurück. Winkel und Kurven vermehren sich um mich herum. Ich nehme große Abschnitte der Zeit durch die Kurven wahr. Es gibt *gekrümmte Zeit* und *winklige Zeit*. Es ist höchst befremdlich.

Ich gehe weiter und weiter zurück. Der Mensch ist von der Erde verschwunden. Gigantische Reptilien kauern zwischen riesigen Palmen und schwimmen durch die widerlich schwarzen Wasser trostloser Seen. Nun sind die Reptilien verschwunden. Auf dem Land gibt es kein Tier mehr, doch unter dem Meer, deutlich sichtbar für mich, bewegen sich dunkle Lebensformen träge über verrottende Vegetation hinweg.

Diese Lebensformen werden immer einfacher. Nun sind es Einzeller. Überall um mich herum sind Winkel – merkwürdige Winkel, die keine Entsprechung auf der Erde haben. Ich habe schreckliche Angst.

Es gibt da einen Abgrund des Seins, den der Mensch niemals ausgelotet hat.«

Ich starrte ihn an. Chalmers war aufgestanden und gestikulierte hilflos mit den Armen. »Ich gehe durch widernatürliche Winkel hindurch; ich nähere mich – oh, dieses brennende Grauen.«

»Chalmers!« rief ich aus. »Soll ich eingreifen?«

Er schlug die Hand vors Gesicht, als wollte er sie vor einem unaussprechlich schrecklichen Anblick schützen. »Noch nicht!« rief er; »Ich werde weitergehen. Ich werde sehen, was... jenseits... liegt...«

Kalter Schweiß rann über seine Stirn, und seine Schultern zuckten wie von Krämpfen geschüttelt. »Jenseits des Lebens gibt es...« Sein Gesicht war aschfahl vor Angst. »...*Dinge*, die ich nicht erkennen kann. Sie bewegen sich langsam durch Winkel. Sie haben keine Körper, und sie bewegen sich langsam durch ungeheuerliche Winkel hindurch.«

In diesem Augenblick wurde ich eines Geruchs im Zimmer gewahr. Es war ein beißender, unbeschreiblicher Gestank, so ekelerregend, daß ich ihn kaum ertragen konnte. Ich trat eilends ans Fenster und stieß es auf. Als ich zu Chalmers zurückkehrte und in seine Augen blickte, wäre ich beinahe in Ohnmacht gefallen.

»Ich glaube, sie haben mich gewittert!« kreischte er. »Sie kommen langsam auf mich zu.«

Er zitterte fürchterlich. Einen Augenblick lang schlug er mit den Händen wild um sich. Dann gaben seine Beine unter ihm nach, und er fiel bäuchlings zu Boden, sabbernd und stöhnend.

Ich schaute schweigend zu, wie er sich über den Boden zog. Er war kein Mensch mehr. Seine Zähne waren gebleckt, und aus einem seiner Mundwinkel rann Speichel.

»Chalmers«, schrie ich. »Chalmers, hören Sie auf! Hören Sie auf, verstehen Sie?«

Als wäre es die Erwiderung auf meine flehende Bitte, begann er, heisere krampfartige Laute auszustoßen, die wie das Bellen eines Hundes klangen, und fing an, sich in einer Art scheußlichem Schlängeln im Kreise durch das Zimmer zu bewegen. Ich beugte mich vor und packte ihn bei den Schultern. Voller Verzweiflung schüttelte ich ihn, so heftig ich vermochte. Er wandte den Kopf um und schnappte nach meinem Handgelenk. Ich war krank vor Schrecken, doch ich wagte nicht, ihn loszulassen, aus Angst, er könnte sich in einem Wutanfall selbst zu Tode bringen.

»Chalmers«, stieß ich hervor, »Sie müssen damit aufhören. In diesem Zimmer ist nichts, was Ihnen Böses will. Verstehen Sie das?«

Ich fuhr fort, ihn zu schütteln und beruhigend auf ihn einzureden, und langsam wich der wahnsinnige Ausdruck aus seinem Gesicht. Unkontrolliert zitternd, sackte er in einem grotesken Knäuel auf dem chinesischen Teppich zusammen.

Ich trug ihn zum Sofa und legte ihn darauf nieder. Seine Züge waren schmerzverzerrt, und ich wußte, daß er noch immer in dem Kampf befangen war, den abscheulichen Erinnerungen zu entfliehen.

»Whiskey«, flüsterte er. »Sie finden eine Flasche in dem Schränkchen neben dem Fenster – die Schublade links oben.«

Als ich ihm die Flasche reichte, klammerten sich seine Finger darum, bis seine Knöchel bläulich hervortraten. »Sie hätten mich beinahe gehabt«, keuchte er. Er trank die belebende Flüssigkeit in gierigen Zügen aus, und langsam kehrte Farbe in sein Gesicht zurück.

»Diese Droge ist ein wahrliches Teufelszeug!« sagte ich.

»Es war nicht die Droge«, stöhnte er.

Seine Augen funkelten nun nicht mehr wahnsinnig, doch der Ausdruck in ihnen war noch immer der einer verlorenen Seele.

»Sie haben mich in der Zeit gewittert«, stöhnte er. »Ich bin zu weit vorgedrungen.«

»Wie sahen *sie* denn aus?« fragte ich, auf seine Grille eingehend.

Er beugte sich vor und packte meinen Arm. Er zitterte am ganzen Leib. »Kein Wort unserer Sprache kann sie beschreiben!« Er sprach in einem heiseren Flüstern. »Sie finden sich vage im Mythos des Sündenfalls symbolisiert und in einer obszönen Gestalt, die manchmal auf alten Tafeln eingemeißelt ist. Die Griechen hatten einen Namen für sie, der ihre ureigenste Verderbtheit verschleierte. Der Baum, die Schlange und der Apfel – dies sind die vagen Symbole eines zutiefst schrecklichen Geheimnisses.«

Seine Stimme hatte sich zu einem Schrei erhoben. »Frank, Frank, am Anfang wurde eine grauenhafte, unaussprechliche *Tat* begangen. Vor der Zeit war die *Tat*, und von der Tat...«

Er hatte sich erhoben und lief hysterisch im Zimmer auf und ab. »Die Taten der Toten bewegen sich durch Winkel in finsteren Nischen der Zeit. Sie sind hungrig und dürstend!«

»Chalmers«, flehte ich, um ihn zu beruhigen. »Wir leben in der dritten Dekade des zwanzigsten Jahrhunderts.«

»Sie sind ausgezehrt und dürstend!« kreischte er. *»Die Hunde von Tindalos!«*

»Chalmers, soll ich einen Arzt anrufen?«

»Ein Arzt kann mir jetzt nicht helfen. Sie sind Schrecken der Seele, und dennoch...« Er vergrub sein Gesicht in den Händen und stöhnte. »... sind sie real, Frank. Ich habe sie für einen grauenhaften Augenblick gesehen. Einen Augenblick lang stand ich auf der *anderen Seite*. Ich stand auf den fahlgrauen Gestaden jenseits von Zeit und Raum. In einem schrecklichen Licht, das kein Licht war, in einer Stille, die schrie, habe ich *sie* gesehen.

Alles Böse des Universums war in ihren ausgezehrten, hungrigen Leibern konzentriert. Hatten sie wirklich Leiber? Ich habe sie nur für einen Augenblick gesehen; ich bin mir nicht sicher. *Aber ich habe sie atmen gehört.* Einen Augenblick lang spürte ich in unbeschreiblicher Weise ihren Atem auf meinem Gesicht. Sie kamen auf mich zu, und ich rannte schreiend davon. In einem einzigen Augenblick floh ich schreiend durch die Zeit. Ich floh durch Quintillionen von Jahren.

Doch sie haben mich gewittert. Menschen erwecken in ihnen einen kosmischen Hunger. Wir sind für den Moment der Verderbtheit, die sie umfangen hält, entronnen. Sie dürsten nach dem in uns, was rein ist, das unbefleckt aus der Tat hervorgegangen ist. Es gibt einen Teil in uns, der nicht an der Tat beteiligt war, und diesen hassen sie. Doch stellen Sie es sich nicht so vor, als wären sie buchstäblich, nüchtern betrachtet böse. Sie sind jenseits von Gut und Böse, wie wir es kennen. Sie sind das, was am Anfang von der Reinheit abgefallen ist. Durch die Tat wurden sie zu Körpern des Todes, Gefäße für alle Verderbtheit. Doch sie sind nicht in *unserem* Sinne böse, denn in den Sphären, in denen sie umherwandeln, gibt es kein Nachdenken, keine Moral, kein richtig oder falsch, wie wir es verstehen. Es gibt nur noch das Reine und das Verderbte. Das Verderbte drückt sich durch Winkel aus; das Reine durch Kurven. Lachen Sie nicht. Ich meine das im wortwörtlichen Sinne.«

Ich erhob mich und suchte nach meinem Hut. »Es tut mir fürchterlich leid für Sie, Chalmers«, sagte ich, als ich zur Tür ging. »Aber ich habe nicht vor, hierzubleiben und mir solchen Unsinn anzuhören. Ich werde meinen Arzt bei Ihnen vorbeischicken. Er ist ein ältlicher, freundlicher Mann und wird es nicht übelnehmen, wenn Sie ihn zum Teufel schicken. Doch ich hoffe, daß Sie sich seine Ratschläge zu Herzen nehmen. Eine Woche Ruhe in einem Sanatorium würde Ihnen zweifelsohne sehr gut bekommen.«

Ich hörte ihn lachen, während ich die Treppen hinuntersstieg, doch sein Lachen war so gänzlich ohne Heiterkeit, daß es mich zu Tränen rührte.

II

Als Chalmers mich am nächsten Morgen anrief, war mein erster Impuls, augenblicklich den Hörer wieder aufzulegen. Seine Bitte war so ungewöhnlich und seine Stimme so völlig hysterisch, daß ich fürchtete, jeder weitere Kontakt mit ihm würde auch meinen eigenen Verstand gefährden. Doch ich konnte die Echtheit seiner Verzweiflung erkennen, und als er vollends zusammenbrach und ich ihn durch die Leitung schluchzen hörte, entschloß ich mich, seiner Bitte nachzugeben.

»Also gut«, sagte ich. »Ich werde unverzüglich zu Ihnen kommen und den Gips mitbringen.«

Auf dem Weg zu Chalmers Haus hielt ich bei einem Eisenwarenladen und erstand zehn Kilo Gips. Als ich das Zimmer meines Freundes betrat, kauerte dieser neben dem Fenster und starrte mit vor Angst fiebrig glänzenden Augen auf die gegenüberliegende Wand. Als er meiner gewahr wurde, erhob er sich und riß mit einer Gier, die mich zugleich erstaunte und zutiefst erschreckte, das Paket mit dem Gips aus meinen Händen. Er hatte alle Möbel hinausgeworfen, und das Zimmer bot einen desolaten Anblick.

»Es ist vielleicht möglich, daß wir sie abwehren!« rief er aus. »Doch wir müssen schnell vorgehen. Frank, im Flur steht eine Trittleiter. Holen Sie sie unverzüglich herein. Und dann besorgen Sie eine Schüssel mit Wasser.«

»Aber wofür denn?« murmelte ich.

Er wandte sich auf dem Absatz um, und sein Gesicht war zornesrot angelaufen. »Um den Gips anzumischen, Sie Narr!« schrie er. »Um den Gips anzumischen, der unsere Körper und unsere Seelen von einer unaussprechlichen Verseuchung retten wird. Um den Gips anzumischen, der die Welt retten wird vor... Frank, *sie dürfen nicht hereingelangen!*«

»Wer?« murmele ich.

»Die Hunde von Tindalos!« flüsterte er. »Sie können uns nur durch Winkel erreichen. Wir müssen alle Winkel in diesem Zimmer auslöschen. Ich werde alle Ecken, alle Spalten mit Gips auffüllen. Wir müssen dieses Zimmer so herrichten, als wäre es die Innenseite einer Kugel.«

Ich wußte, daß es nutzlos gewesen wäre, mit ihm zu streiten. Ich holte die Trittleiter herein, Chalmers mischte den Gips an, und wir arbeiteten die nächsten drei Stunden durch. Wir füllten alle vier Ecken der Wände und die Übergänge zwischen Boden und Wand und Wand und Decke mit Gips, und wir rundeten die scharfen Winkel des Fenstervorbaus ab.

»Ich werde in diesem Zimmer bleiben, bis sie in der Zeit zurückkehren«, verkündete er, als unsere Arbeit getan war. »Wenn sie entdecken, daß die Witterung durch Kurven führt, werden sie zurückkommen. Sie werden wütend und ungesättigt zu der Verderbtheit zurückkehren, die im Anfang war, vor der Zeit, jenseits des Raums.«

Er nickte gnädig und zündete eine Zigarette an. »Es war sehr freundlich von Ihnen, mir zur Hand zu gehen«, sagte er.

»Wollen Sie denn wirklich keinen Arzt aufsuchen, Chalmers?« flehte ich.

»Vielleicht – morgen«, murmelte er. »Doch nun muß ich aufpassen und warten.«

»Auf was?« drängte ich.

Chalmers lächelte matt. »Ich weiß, daß Sie mich für verrückt halten«, sagte er. »Sie haben einen klugen, aber nüchternen Verstand, und Sie können sich kein Wesen vorstellen, dessen Existenz nicht von Kraft und Materie abhängt. Doch ist es Ihnen nie in den Sinn gekommen, mein Freund, daß Kraft und Materie nichts weiter als die Grenzen der Wahrnehmung sind, die uns Zeit und Raum auferlegt haben? Wenn man, so wie ich, weiß, daß Zeit und Raum identisch sind und daß sie beide trügerisch sind, da sie nichts weiter als unzulängliche Manifestationen einer höheren Realität sind, dann sucht man nicht länger in der sichtbaren Welt nach einer Erklärung für das Geheimnis und den Schrecken des Seins.«

Ich erhob mich und ging zur Tür.

»Verzeihen Sie mir«, rief er. »Ich wollte Sie nicht verärgern. Sie haben einen überragenden Verstand, doch ich – ich habe einen *übermenschlichen*. Es ist nur natürlich, daß ich mir Ihrer Grenzen bewußt bin.«

»Rufen Sie an, wenn Sie mich brauchen«, sagte ich und eilte mit großen Schritten die Treppe hinab. »Ich schicke unverzüglich meinen Arzt vorbei«, murmelte ich vor mich hin. »Er ist ein hoffnungsloser Irrer, und Gott allein weiß, was geschehen mag, wenn ihn nicht unverzüglich jemand in seine Obhut nimmt.«

III

Das Folgende ist eine Zusammenfassung zweier Berichte, die in der Partridgeville Gazette *am 3. Juli 1928 erschienen sind:*

ERDBEBEN ERSCHÜTTERT BÖRSENBEZIRK

Um zwei Uhr heute morgen ließ ein Erdstoß von ungewöhnlicher Stärke mehrere Spiegelglasfenster im Central Square zerbersten und brachte den Bus- und Straßenbahnverkehr zum Erliegen. Das Beben konnte noch in den weiter außerhalb liegenden Bezirken gespürt werden, und der Turm der Kirche der Ersten-Baptisten-Gemeinde am Angell Hill (1717 von Christopher Wren entworfen) wurde vollkommen zerstört. Die Feuerwehr ist zur Zeit noch damit beschäftigt, einen Brand zu löschen, der droht, die Partridgeville Klebstoffwerke zu vernichten. Der Bürgermeister hat eine Untersuchung zugesagt, und es wird umgehend versucht werden zu ermitteln, was für dieses schreckliche Geschehen verantwortlich war.

OKKULTER SCHRIFTSTELLER VON UNBEKANNTEM BESUCHER ERMORDET

SCHRECKLICHES VERBRECHEN IM CENTRAL SQUARE

Der Tod von Halpin Chalmers gibt Rätsel auf

Um 9 Uhr heute morgen wurde die Leiche von Halpin Chalmers, Schriftsteller und Journalist, in einem leeren Zimmer über dem Juweliergeschäft von Smithwick & Issacs, 24 Central Square, aufgefunden. Die Untersuchung der Polizei ergab, daß das Zimmer am 1. Mai möbliert an Mr. Chalmers vermietet worden war und daß er selbst vor vierzehn Tagen die Möbel fortgeschafft hatte. Chalmers war der Autor mehrerer esoterischer Bücher über okkulte Themen und ein Mitglied der Bibliographic Guild. Er lebte zuvor in Brooklyn, New York.

Um 7 Uhr früh war Mr. L. E. Hancook, der die Wohnung gegenüber Chalmers' Zimmer im Smithwick & Isaacs-Gebäude bewohnt, ein eigentümlicher Geruch aufgefallen, als er seine Tür öffnete, um seine Katze und die Morgenausgabe der *Partridgeville Gazette* hereinzuholen. Der Geruch, den er beschreibt, war ausgesprochen beißend und ekelerregend, und er gibt an, daß der Geruch in der Nähe von Chalmers Zimmer so stark war, daß er sich genötigt sah, sich die Nase zuzuhalten, als er sich jenem Teil des Ganges näherte.

Er wollte gerade in seine eigene Wohnung zurückkehren, als ihm einfiel, daß Chalmers vielleicht aus Unachtsamkeit vergessen haben könnte, das Gas in seiner Kochnische abzudrehen. Zutiefst beunruhigt von diesem Gedanken, entschloß er sich, der Sache nachzugehen, und als er auf sein wiederholtes Klopfen an Chalmers Tür keine Antwort erhielt, rief er den Hausmeister herbei. Dieser öffnete mit Hilfe eines Nachschlüssels die Tür, und die beiden Männer traten eiligst in Chalmers' Zimmer. Im Raum befand sich kein einziges Möbelstück, und Hancock gibt an, daß ihm, als er einen ersten Blick auf den Boden warf, das Herz stehenblieb, und daß der Hausmeister wortlos zum offenen Fenster hinüberging und für volle fünf Minuten auf das Nachbachgebäude starrte.

Chalmers lag ausgestreckt auf dem Rücken in der Mitte

des Zimmers. Er war splitternackt, und seine Brust und Arme waren mit einem eigentümlich bläulichem Eiter oder Sekret bedeckt. Sein Kopf lag in grotesker Weise auf seiner Brust. Er war vollständig vom Körper abgetrennt worden, und das Gesicht war verzerrt und aufgerissen und schrecklich verstümmelt. Nirgendwo war eine Spur von Blut zu finden.

Der Raum bot einen höchst erstaunlichen Anblick. Die Übergänge von Wänden, Decke und Boden waren dick mit Gips verschmiert, doch in Abständen waren Teile davon geborsten und herausgefallen, und jemand hatte diese Stücke so um den Ermordeten herumgelegt, daß sie ein gleichschenkliges Dreieck ergaben.

Neben der Leiche lagen mehrere Blätter verkohlten gelben Papiers. Diese waren bedeckt mit fantastischen geometrischen Mustern und Symbolen und verschiedenen hastig niedergeschriebenen Sätzen. Die Sätze waren beinahe unleserlich und so absurd bezüglich ihres Inhalts, daß sie keinen Hinweis auf den möglichen Täter zu geben vermochten. »Ich warte und beobachte«, hatte Chalmers geschrieben. »Ich sitze am Fenster und beobachte die Wände und die Decke. Ich glaube nicht, daß sie zu mir durchdringen können, doch ich muß mich vor den Doels hüten. Vielleicht vermögen diese ihnen zu helfen durchzubrechen. Die Satyre werden ihnen beistehen, und sie können durch den scharlachroten Kreis herankommen. Die Griechen wußten um einen Weg, dies zu verhindern. Es ist eine Schande, daß wir so viel vergessen haben.«

Auf einem anderen Blatt, dem verkohltesten der sieben oder acht Fragmente, die Detective-Sergeant Douglas (von der Partridgeville Reserve) gefunden hat, stand folgendes:

»Großer Gott, der Gips fällt ab! Eine schwere Erschütterung hat den Gips gelockert, und er fällt herab. Vielleicht ein Erdbeben! Das konnte ich einfach nicht vorausahnen. Es wird dunkel im Zimmer. Ich muß Frank anrufen. Doch wird er noch rechtzeitig kommen können? Ich werde es versuchen. Ich werde die Einsteinsche Formel aufsagen. Ich werde – oh, Gott, Sie brechen durch! Sie brechen durch! Rauch quillt aus den Ecken der Wände. Ihre Zungen – ahhhh...«

Nach Meinung von Detective-Sergeant Douglas wurde Chalmers mit einer geheimnisvollen chemischen Substanz vergiftet. Er hat Proben des seltsamen blauen Schleims, den man an Chalmers' Leiche gefunden hat, zu den Partridgeville Chemical Laboratories geschickt; und er erwartet, daß der Bericht ein neues Licht auf dieses Verbrechen, eins der geheimnisvollsten der vergangenen Jahre, werfen wird. Es ist sicher, daß Chalmers am Abend vor dem Erdbeben einen Gast bei sich zu Besuch hatte, denn sein Nachbar hat deutlich das leise Murmeln einer Unterhaltung aus dem Zimmer von Chalmers gehört, als er auf dem Weg zur Treppe dort vorbeikam. Der Verdacht richtet sich stark auf diesen unbekannten Besucher, und die Polizei versucht mit allen Kräften, seine Identität festzustellen.

IV

Bericht von James Morton, Chemiker und Bakteriologe

Sehr geehrter Mr. Douglas,

die Flüssigkeit, die mir zur Analyse zugesandt wurde, ist das Seltsamste, das ich je untersucht habe. Sie ähnelt lebendem Protoplasma, doch es fehlen ihr die üblichen Substanzen, bekannt als Enzyme. Enzyme sind die Katalysatoren der chemischen Reaktionen, die in lebenden Zellen auftreten, und wenn die Zelle stirbt, führen sie durch Hydrolysation deren Auflösung herbei. Ohne Enzyme besäße das Protoplasma ewigwährende Vitalität, d. h. Unsterblichkeit. Enzyme sind also, wenn man es so sagen will, die negativen Komponenten einzelliger Organismen, die die Basis allen Lebens bilden. Die Biologie bestreitet mit aller Entschiedenheit, daß lebende Materie ohne Enzyme existieren kann. Und dennoch ist die Substanz, die sie mir zugesandt haben, lebendig, obgleich ihr diese ›unverzichtbaren‹ Körper fehlen. Großer Gott, Sir, erkennen Sie, welch erstaunliche neue Ausblicke das eröffnet?

V

Auszug aus Der geheime Wächter *des verstorbenen Halpin Chalmers:*

Was wäre, wenn es, parallel zu dem Leben, das wir kennen, ein anderes Leben gäbe, welches nicht stirbt, welchem die Elemente fehlen, die *unser* Leben zerstören? Vielleicht gibt es in einer anderen Dimension eine *andere* Kraft als die, die unser Leben entstehen läßt. Vielleicht sondert diese Kraft Energie, oder etwas Energieähnliches, aus, die von der unbekannten Dimension, in der *sie* sich befindet, ausströmt und in unserer Dimension eine neue Form zellularen Lebens erschafft. Niemand weiß, daß ein solches neues zellulares Leben in unserer Dimension existiert. Ah, aber ich habe *seine* Manifestationen gesehen. Ich habe mit ihnen *gesprochen*. In meinem Zimmer habe ich nachts mit den Doels gesprochen. Und in meinen Träumen habe ich ihren Erschaffer gesehen. Ich habe auf den dunklen Gestaden jenseits von Zeit und Materie gestanden und *es* gesehen. *Es* bewegt sich durch seltsame Kurven und ungeheuerliche Winkel. Eines Tages werde ich durch die Zeit reisen und *ihm* von Angesicht zu Angesicht gegenüberstehen.

Aus dem Amerikanischen von
Ute Thiemann

LADY CYNTHIA ASQUITH

Gebe Gott, daß sie in Frieden ruht

Cynthia Asquith, die letzte ›Grande Dame‹ der englischen Gespenstergeschichte, wurde 1887 als Mary Evelyn Charteris geboren und heiratete 1910 den Dichter Herbert Asquith. Cynthia Asquith hat nur eine Handvoll Geschichten geschrieben, die in dem im Verlag Arkham House erschienenen Band This Mortal Coil *(1947) gesammelt erschienen. Weitaus größere Verdienste erwarb sie sich als Herausgeberin zahlreicher Anthologien, für die sie neben anerkannten Genre-Autoren wie L. P. Hartley, Arthur Machen oder Algernon Blackwood auch berühmte Schriftsteller gewinnen konnte, die sonst keine Gespenstergeschichten schrieben, darunter u. a. D. H. Lawrence, der seine Geschichte ›The Rocking Horse Winner‹ für ihren Band* Shudders *verfaßte. Ihre wenigen eigenen Geschichten gelten als hervorragende Beispiele für Gespenstergeschichten, und die nachfolgende ist neben* The Follower *(1935, deutsch in der von Kalju Kirde herausgegebenen Anthologie* Das unsichtbare Auge*) ihre beste.*

Ich lebte schon seit drei Wochen in Mosstone, als ich sie zum erstenmal sah, doch die meisten meiner neuen Patienten hatten mir bereits von Margaret Clewer erzählt. Viele schüttelten mitleidig den Kopf darüber, daß sie so allein in der Welt stand. ›Erst zweiundzwanzig, und ohne einen einzigen Menschen, der ihr nahesteht!‹ Doch sie erzählten auch von ihrer Schönheit und ihrem Charme, und so war ich von erwartungsvoller Neugier erfüllt, als ich mich aufmachte, meinen Besuch in dem Großen Haus, wie die Dorfbewohner Mosstones das Anwesen nannten, zu machen.

Als ich durch das Tor, das ich so oft von außen bewundert hatte, in einen großen, von grauen Mauern eingefaßten Hof trat, schien mich die gedämpfte Atmosphäre des Ortes wie ein Mantel einzuhüllen. Die Luft selbst schien schwerer und regloser. Es war, als wäre ich aus der alltäglichen Welt in ein abgeschiedenes Kloster getreten. Tauben flogen umher und gurrten, und blaue Rauchschwaden stiegen in die goldene Luft auf. Während ich die Schönheit des Ortes wie das Aroma eines köstlichen Weins in mich einsog, betrachtete ich das herrliche Giebelhaus mit seinen großen Flügelfenstern und den eigentümlichen, gebogenen Schornstein, um die die Schwalben segelten. Ich erinnere mich, daß mir in diesem Augenblick bewußt wurde, daß dieses Haus, deutlicher als alle anderen Häuser, die ich je gesehen hatte, ein Gesicht besaß, ein wahrhaftiges Antlitz, das so wechselhaft war wie das einer schönen Frau. Doch hatte je ein Gebäude noch entrückter, noch unnahbarer geschienen? Die Zeit hatte so viele Spuren auf diesen verwitterten Mauern hinterlassen; nachdem es über so viele Jahrhunderte hinweg ein tiefer Brunnen des Lebens gewesen war, mutete das Haus nun an, als hätte es sich von jedweder weiteren Beteiligung daran zurückgezogen, als hätte es sich mit sanfter Zurückweisung von Gegenwart und Zukunft losgesagt.

Meine Uhr zeigte mir, daß ich zwanzig Minuten früher als erwartet von meinem Spaziergang zurückgekehrt war. Seit meiner Jugend hatte ich es geliebt, alte Grabinschriften zu studieren, und so lenkte ich meine Schritte zu dem Friedhof der nur wenige Meter von der Vorderfront des Hauses entfernt lag.

Wie die meisten Dorffriedhöfe war er völlig überfüllt, doch die mit dunkelroten Früchten behangenen Eiben verbreiteten eine ernste, friedvolle Atmosphäre über den eng beieinanderliegenden Gräbern. Die meisten der Gräber waren nicht mehr als schmucklose Grashügel, doch da gab es auch eine Reihe grauer, moosüberwucherter Grabsteine, die in allen möglichen Winkeln standen oder umgefallen auf der Erde lagen, und auf vielen von ihnen war der Name Clewer eingemeißelt. Offenkundig hatten unzählige Generationen der Familie meiner zukünftigen Patientin hier gelebt und waren hier gestorben. Die meisten dieser langverstorbenen Clewers schienen von pietätvollen und wortreichen Angehörigen betrauert worden zu sein. Nichts, was ungeschlachter Reim und formlose Skulptur zu tun vermochten, um die Erinnerung an einen Verstorbenen wach zu halten, war unversucht geblieben. Die Heilige Schrift war nach trostspendenden Worten durchpflügt worden, und Prosa und Reim priesen nicht nur überschwenglich die Tugenden, Talente und Taten der hier Verewigten als ›nicht verloren, nur vorangegangen‹, sondern mühten sich auch beflissen, die Gefühle der Trauernden in Worte zu fassen. Nur ein einziges Mal in all diesen Generationen hatte sich eine seltsame Zurückhaltung der Clewer-Familie bemächtigt. In dem Winkel des Friedhofes, der dem Hause am nächsten lag, verborgen im Schatten einer hochaufragenden Eibe, befand sich eine verwitterte Grabplatte. Hier heischte nichts nach dem flüchtigen Tribut eines Seufzers. Es gab nur eine schlichte Inschrift:

Hier ruht der sterbliche Leib von Elspeth Clewer.
Geboren 1550 – Gestorben 1572

Und darunter in anderer Schrift die Worte:
›*Gebe Gott, daß sie in Frieden ruht.*‹

Diese Inschrift kam mir recht lakonisch und eigentümlich formuliert vor, so ähnlich und doch so anders dem vertrauten ›Requiescat in pace‹. Hatten diejenigen, die das verstorbene Mädchen begraben hatten, nichts zu finden vermocht, was eines Lobes würdig gewesen wäre? Verlangte es ihrer Fähigkeit zur Hoffnung zuviel ab, sie mit Frieden in Verbindung zu bringen? Oder war die recht klägliche Bitte ›Gebe Gott, daß sie in Frieden ruht‹ mehr für sie selbst gedacht als für die, die sie begraben hatten?

Müßig fragte ich mich, ob ich Margaret Clewer wohl je gut genug kennenlernen würde, um sie nach dieser andenkenlosen Vorfahrin zu fragen. Es war nun an der Zeit, sich von den Toten den Lebenden zuzuwenden, also begab ich mich zum Hause der Clewers. Als ich mich der eisenbeschlagenen Tür näherte, war die Luft schwer und süß vom Duft der Magnolien. Diese, ebenso wie die Glyzinen und Klematis, rankten sich dicht in der Fassade des Gebäudes empor, doch in meiner Fantasie kam es mir so vor, als trüge das Große Haus sie mit einer Art gleichgültigem Achselzucken, als wüßte es, daß nichts die ihm innewohnende Schönheit noch augenfälliger zu machen vermochte. Abermals beschämte mich die schlichte Strenge jener Schönheit, und ich kam mir beinahe wie ein Eindringling vor, als ich an der Türglocke zog und das darauffolgende Schellen und das Anschlagen eines aufgeschreckten Hundes hörte.

Ich weiß nicht, was ich in meinem Unterbewußtsein erwartet hatte, doch das lächelnde, nett herausgeputzte Hausmädchen, das die Tür öffnete, schien unpassend.

»Doktor Stone?« fragte sie. »Miß Clewer erwartet Sie schon.«

Gehorsam ihrem ›Hier entlang, bitte‹ folgend, durchschritt ich eine große Halle, in der einige junge Leute, begleitet vom Dröhnen eines Grammofons, das erfolgreich das Durcheinander von Geräuschen übertönte, lärmend Ping-Pong und Karten spielten. Eine schwere Tür, durch die wir gingen, schnitt uns von ihnen ab, so daß uns nur noch eine vollkommene, kühle Stille umgab, und die glänzenden, schwarzen Eichenstufen einer kurzen Treppe, deren meisterhafte handwerkliche Verarbeitung man bei jedem Schritt spürte, führte uns zu der Tür des Zimmers meiner Patientin. Die strahlende Abendsonne strömte herein, und durch den Tanz der schimmernden Staubkörnchen hindurch erblickte ich sie zum erstenmal.

Sie lag auf einem niedrigen, breiten Bett, das dicht unter dem Fenster stand, und auf der mit kleinen Blümchen bestickten Decke, die über ihre Füße ausgebreitet war, ruhte genüßlich ausgestreckt ein Golden Retriever.

Ich kann mich nicht erinnern, wieviel ich auf den ersten Blick wahrnahm; ich weiß, daß Fensterbank und Tische damals, wie immer, mit Blumen und großen Zweigen, die man von den Bäumen abgeschnitten hatte, bedeckt waren und daß auf ihrem ganzen Bett Bücher, Schreibutensilien und Handarbeitszeug verstreut lagen.

Der Schock, mit dem ich ihrer ansichtig wurde, war nicht bar eines Elements des Wiedererkennens. Irgendwo in meinem Innern hatte ich immer erwartet, eines Tages einer Frau zu begegnen, die lieblicher war als alle anderen. Ihr Haar schimmerte im Sonnenlicht, und ihr blasses, zartes Gesicht lächelte zu mir herauf. Ich dachte bei mir, daß ich wohl nie etwas Schöneres sehen würde, doch ich tat es das nächste Mal, als ich sie sah, denn die Vielfältigkeit ihrer Schönheit war unendlich. So wie sich das Meer mit jeder Veränderung des Himmels wandelte, so reagierte die Farbe ihres Gesichts auf jede Tönung des Lichts, ebenso wie sich ihre Züge mit jeder noch so geringen Gefühlsregung änderten. Es war eine fließende, unstete Lieblichkeit, die viel mehr andeutete, als bestätigte.

Nachdem ich sie so zum erstenmal erblickt hatte, fragte ich mich oft, wie ich sie beschreiben konnte, sollte ich in die Verlegenheit kommen, meine Eindrücke in schlichte Worte fassen zu müssen. Was zum Beispiel sollte ich niederschreiben, wenn ich gebeten würde, ihren Paß auszufüllen? Würde man sie ohne Schwierigkeiten Grenzen passieren lassen, wenn ich ihren Mund als durchschnittlich bezeichnete? Durchschnittlich – wenn er doch nie auch nur für einen Augenblick derselbe blieb. Und was ihre Augen betraf: Ich hätte nicht einmal gewußt, wie ich ihre Farbe hätte angeben sollen.

Augen, zu geheimnisvoll, um blau zu sein,
Zu lieblich für Grau

– das wäre nicht genug. Weit mehr als zwei Farben trafen sich in diesen Brunnen des Lichts.

Als ich das Zimmer betrat, das mir schon bald so vertraut sein solle, tirilierten zwei Kanarienvögel laut in einem großen goldenen Käfig, und ich konnte kaum Margaret Clewers Begrüßungsworte verstehen. Bevor sie auf sich selbst zu sprechen kam, stellte sie mir in ihrer lieblichen, trillernden, doch für mein geschultes Ohr deutlich nervösen Stimme viele Fragen bezüglich des Komforts meines Hauses und meines Eindrucks von meiner neuen Praxis. Ich hatte schon beinahe vergessen, was der Grund meines Kommens war, als sie sagte:

»Ich war sehr dumm und habe, wie ich glaube, mein

Herz überanstrengt, als ich wieder einmal zu heftig gerudert bin. Ich bin ganz verrückt nach starker körperlicher Anstrengung. Jedenfalls fühle ich mich ganz seltsam, und mein Herz scheint überall zu schlagen, wo es das gar nicht soll. Und so«, fügte sie in der ihr eigenen Art – die ich so gut kennenlernen sollte –, in Anführungszeichen zu sprechen, hinzu, »bestehen meine Freunde darauf, daß ich ärztlichen Rat einhole; also sollten Sie vielleicht besser nachsehen, ob sich mein Herz noch am rechten Fleck befindet.«

Ich brauchte nicht lang, um festzustellen, daß ihr Herz ernsthaft überanstrengt war. Es lag außerdem eine ausgeprägte Form von Anämie vor, und ich verschrieb ihr drei Wochen Bettruhe.

Meine Verordnungen wurden mit Gleichmut aufgenommen.

»Wenn ich weder rudern noch reiten darf, kann ich genausogut gleich in der Horizontalen verbleiben«, erwiderte sie fröhlich. »Ich werde es mir schon gutgehen lassen mit meinen Büchern und Essen und Freunden und mit meinem schönen Sheen. Ist er nicht wunderbar?« fügte sie hinzu, während sie den goldenen Kopf des Retrievers in meine Richtung wandte.

Nachdem ich dies hinreichend bestätigt hatte, erkundigte ich mich, ob sie wünschte, daß ich jemanden von ihrem Gesundheitszustand unterrichtete.

»O nein! Ich habe keine Angehörigen. Ich habe niemanden, der mir dreinredet. Ich bin ganz allein.«

»Aber es scheinen doch so viele Menschen hier im Haus zu sein?«

»O ja, doch das sind nur Besucher. Als ich allein sagte, meinte ich unabhängig. Ich könnte es nicht ertragen, wortwörtlich allein zu sein.«

Die letzten Worte waren mit einer Heftigkeit geäußert worden, die mich doch sehr überraschte. Ihr Zimmer, mit der Menge an Büchern, einer Violine und mehreren angefangenen Zeichnungen, schien von einer solchen Vielzahl von Interessen zu kunden, und ich hatte sie schon längst als eine Person eingeschätzt, die sehr gut ohne die Gesellschaft anderer auskommen konnte.

Während ich mich mit einem Händeschütteln und dem Versprechen, übermorgen noch einmal nach ihr zu sehen, von ihr verabschiedete, bemerkte ich, daß, trotz all ihrer Fröhlichkeit, in ihren verständigen Augen ein leicht, wenn auch nicht gerade verletzter, aber vielleicht sollte ich sagen – gezeichneter Ausdruck lag. Trotz ihrer nervösen Stimme, war mein erster Eindruck gewesen, daß ich es hier einmal mit einem Menschen zu tun hatte, an dem die Jahre spurlos vorübergegangen waren. Dieser oberflächliche Eindruck hatte sich etwas gewandelt. Hatte das Leben diesem lieblichen Mädchen etwa schon seine scharfen Zähne gezeigt?

»Ich habe gesehen, wie Sie zwischen den Gräbern umhergeschlichen sind«, sagte sie, als ich mich zögernd zur Tür wandte. »Interessieren Sie sich für die alten Vorfahren, für Würmer und Gräber und Grabinschriften?«

»Nun, zumindest liebe ich Grabinschriften«, erwiderte ich, »und dies ist ein ausgesprochen pittoresker Friedhof. Sie selbst müssen sicher eine Schwäche dafür haben, da Sie ein Zimmer bewohnen, das einen so direkten Ausblick darauf bietet.«

»Ja, ich bin dicht dran, nicht wahr?« Sie lachte. »Kein alter Vorfahre kann sich in seinem Grabe umdrehen, ohne daß ich es höre. Aber dies ist nun einmal das Zimmer im Haus, das mir am besten gefällt. Es kann doch nicht schaden, ihm so nah zu sein, oder?«

Zwischen durch:

„Ich werde es mir schon gutgehen lassen mit meinen Büchern und Essen und Freunden und mit meinem schönen Sheen ...“
Auch wenn uns Lesern kein Arzt drei Wochen Ruhe verordnet hat, ist doch diese Einstellung nachahmenswert. Denn was gibt es Schöneres, als entspannt ein gutes Buch zu lesen – und wenn sich zwischendurch der kleine Hunger meldet, nebenbei etwas Würziges zu essen? Für solch angenehme Gelegenheiten sollten wir sie immer im Hause haben – die ...

»Ich kann nicht sagen, daß ich es für physisch ungesund halte«, erwiderte ich professionell.

Sie lächelte ihr flüchtiges, leicht schiefes Lächeln. »Befürchten Sie, daß ich von Geistern heimgesucht werden könnte, Doktor Stone? Nun, wenn es Sie nach einem überreizten Patienten verlangt, so will ich sehen, wie ich Ihnen zu Diensten sein kann; doch zuerst bringen Sie bitte mein Herz wieder in Ordnung.«

Ich sagte ihr, daß ich mein Bestes tun und übermorgen noch einmal vorbeikommen würde, um mich nach ihren Fortschritten zu erkundigen.

»*Au revoir*, also«, sagte sie. »Und in der Zwischenzeit werde ich für Sie auf dem Friedhof Ausschau halten, Sie Ghul! Sie sollten einmal kommen und ihn sich bei Nacht ansehen. Sie können sich gar nicht vorstellen, wie schön er im Mondschein ist, wenn eine weiße Eule umherflattert und mit ihren Schwingen die Grabsteine streift.«

Als ich dem schönen Haus meinen Rücken zuwandte, bemerkte ich, wie beschwingt mein Schritt war. Zum erstenmal, seit ich in diese freundliche, neue Gegend gekommen war, hatte mich ein Mitmensch daran erinnert, daß auch ich ein menschliches Wesen war. Bis dato war ich nur der neue Arzt gewesen.

Ich ging mit einem Gefühl neuerwachten Lebens zurück durch das Dorf. Es gab da nun etwas, auf das ich mich freute.

Über die nächste Woche besuchte ich meine neue Patientin dreimal. Da ich feststellen mußte, daß sich ihr physischer Zustand nur wenig gebessert hatte, entschied ich, daß eine Elektrotherapie von Nutzen sein könnte, und da ich über einen derartigen tragbaren Apparat verfügte, war ich in der Lage, die Behandlung in ihrem eigenen Zimmer durchzuführen. Eine vollständige Anwendungsreihe dieser Therapie beinhaltete viele Besuche und bot Gelegenheit für die bezauberndsten Unterhaltungen, die ich je geführt hatte. Wenn ich an jene Sommerwochen zurückdenke, so waren es die glücklichsten meines Lebens. Tag für Tag trieb ich auf einem Strom der Glückseligkeit dahin. Sie war eine zauberhafte Gefährtin, und für mich war es wie eine wahrhaftige Auferstehung. Ihr quicklebendiges, freundliches Temperament, die überschäumende Heiterkeit ihrer Erwiderungen, ihre singende Stimme, und diese ihr eigene Art, meine letzten Worte anerkennend zu wiederholen: Ich vermute, es waren all diese Eigenschaften, die mich zum erstenmal in meinem Leben so erfrischend wortgewandt machten. Man kann sich keinen empfänglicheren und demzufolge anregenderen Verstand vorstellen. Es war, als verstünde sie meine Gedanken beinahe, bevor ich mich entschlossen hatte, sie in Worte zu fassen.

Ihr Verständnis und ihre Sympathie schienen grenzenlos zu sein. Ihr reger Verstand wies nichts zurück, und ihre strahlende Heiterkeit funkelte wie ein springender Gebirgsbach im Sonnenschein, dessen Begleitung kein Rauschen sondern ein stetes mitreißendes Lachen war. Wie, so fragte ich mich, hatte sie Zeit gefunden, so viel zu lesen, ihr erstaunliches verbales Erinnerungsvermögen mit so vielen Zitaten zu bestücken? Von sich selbst sprach sie nur wenig, soweit es ihre Biographie betraf. Nach all den Unterhaltungen, die wir in jenen Wochen führten, wußte ich noch immer nichts von den Dingen, die in ihrem Leben geschehen waren, von ihren verstorbenen Eltern oder von ihren Freunden; doch beinahe von Anfang an zeigte sie eine Neigung, über sich selbst in psychologischer Sicht zu diskutieren, sich über ihren Charakter auszulassen, oder eher darüber, was sie – zu meiner Erheiterung – ihren *Mangel* an Charakter nannte.

Ich denke, es war etwa sechs Wochen nach meinem ersten Besuch, daß unsere Unterhaltung eine neue Wendung nahm, in der ich die erste schwache Andeutung von Unruhe zu entdecken vermeinte.

In ihrer üblichen, eher unbeteiligten Stimme sagte sie:

»Es muß Spaß machen, eine ganz klar umrissene, positive Persönlichkeit zu sein. Sie können sich gar nicht vorstellen, wie unangenehm es ist, keine Persönlichkeit zu besitzen.«

Ich lachte. »Wollen Sie etwa andeuten, daß Sie keine besitzen? Ich kenne niemanden, von dessen Persönlichkeit man schneller und nachhaltiger eingenommen wird.«

»Ich heische nicht nach Komplimenten«, sagte sie mit der leichtesten Andeutung von Verärgerung in ihrer Stimme. »Ich meine nicht, daß ich zu unbedeutend und farblos bin, um Eindruck auf andere Menschen zu machen. Ich weiß, daß ich ganz nett anzuschauen bin; ich bin nicht dumm, und ich bin sehr verständig. Ich weiß nicht, wie ich es erklären soll, doch was ich meine, ist, daß ich kein wirkliches, permanentes, essentielles *Ich* besitze. Natürlich habe ich eine Vielzahl von Facetten, und Ihre Gesellschaft bringt ein bestimmtes *Ich* in mir hervor – und beileibe kein sonderlich schlechtes. Ich danke Ihnen für dieses Selbst, mit dem Sie mich zeitweilig ausstatten. Doch ich habe nie das Gefühl, eine eigenständige Entität zu sein. Nein – ich kann keinen essentiellen Kern von Persönlichkeit in mir finden, der unverändert da ist, wenn ich allein, zusammen mit Ihnen oder anderen Menschen bin... Es gibt keine wirkliche Kontinuität. Ich bin so hoffnungslos fließend!«

»Aber – wenn ich das sagen darf«, unterbrach ich sie,

»es ist gerade das Fließende ihres Verstandes, das Sie zu einem so einzigartigen Gesprächspartner macht. Wir haben vor einiger Zeit über Keats Briefe gesprochen. Erinnern Sie sich an die Stelle, wo er schreibt: ›Die einzige Möglichkeit, den eigenen Intellekt zu stärken, ist, sich in nichts festzulegen – den Verstand zu einem Durchgang für alle Gedanken werden zu lassen – nicht nur für eine ausgewählte Ansammlung von ihnen‹? Ich denke ...«

»Nein, nein. Das ist nicht im geringsten, was ich meine. Sie haben mich vollkommen mißverstanden!« fiel sie mir ins Wort, und etwas in ihrem Gesicht ließ mich erkennen, daß es ihr mit diesem Thema sehr ernst war, und daß sich hinter der charakteristischen Leichtigkeit ihres Gebahrens echte Sorge verbarg.

»Ich zweifle nicht an meinen Fähigkeiten als Gesellschafterin«, fuhr sie fort. »Sehen Sie, die Schwierigkeit ist, daß ich nicht mit ernster Stimme über mich selbst sprechen kann. Ich höre mich immer so schnoddrig an. Doch diese Schnoddrigkeit ist nur ein Reflex. Könnte ich doch nur wirklich melodramatisch von mir selbst sprechen.«

»Bitte, tun Sie es«, drängte ich. »Ich bin durchaus ernst.«

»Ich glaube nicht, daß ich es wirklich kann, aber ich werde es versuchen«, sagte sie. »Ich möchte Sie nicht langweilen, aber ich versichere Ihnen, es ist wirklich wie ein Alptraum – dieses Gefühl, keine Identität zu haben. Sie erinnern sich sicher, daß ich Ihnen bei unserem allerersten Zusammentreffen erzählt habe, daß ich es nicht ertragen könnte, allein zu sein.«

»Ja.«

»Nun, der Grund dafür ist, daß andere Menschen mich in einem gewissen Maße beieinander zu halten scheinen –

mir sozusagen einen Rahmen zu geben scheinen, ich vermute durch ihre Vorstellung von mir. Doch oft, wenn ich ganz allein mit mir bin, dann fühle ich mich wie Wasser, das aus einem zerbrochenen Gefäß fließt – etwas, das einfach davonschwappt, um wieder in das Nichts einzugehen. Es ist beinahe wie ein zeitweiliges Auflösen, ein Davontreiben. Ja, treiben ist das richtige Wort – ein Zurücktreiben in das Nichts.«

»Ich glaube nicht, daß Ihr Gefühl in irgendeiner Weise ungewöhnlich ist«, sagte ich, wie ich fürchte ziemlich aufgeblasen. »Ich glaube, daß jeder von uns beizeiten etwas sehr Ähnliches, wie das, was Sie beschreiben, empfindet. Es ist eine leichte Form der Neurose, und es liegt in der Natur jeder Neurose, dem darunter Leidenden das Gefühl von Einzigartigkeit zu vermitteln.«

»Das mag sein«, sagte sie und fuhr fort, als würde sie sich in diesem Augenblick durchringen, sich alles von der Seele zu reden. »Aber sehen Sie, ich hatte zwei seltsam verwirrende Erlebnisse, die diese Gefühle, die ich zu beschreiben versuche, zu einer wahren Obsession werden ließen.«

»Erlebnisse?« wiederholte ich. »Was meinen Sie damit?«

»Ich werde es Ihnen erzählen«, sagte sie. »Erwarten Sie keine Geistergeschichte. Es würde mir gar nicht gefallen, falsche Erwartungen zu erwecken. Es wird schwer sein, diese Erlebnisse zu beschreiben, und ich erwarte nicht, daß Sie mir glauben werden, aber sie sind wirklich geschehen. Jedenfalls, bitte unterbrechen Sie mich nicht. Hören Sie mir einfach zu, als wäre ich der ›Ancient Mariner‹. Beim erstenmal war ich noch sehr jung, kaum ausgewachsen. Eines Nachts lag ich auf meinem Bett. Ich war sehr müde und deshalb besonders niedergeschlagen von jenem seltsamen, unangenehmen Gefühl, das ich zu beschreiben versucht habe – diesem Keine-Identität-Gefühl. Wie jedes andere Kümmernis, empfinde ich es am stärksten, wenn ich übermüdet bin.

Es war dunkel, und mein Fenster, gegen das der Jasminbusch schlug, lag zu ebener Erde. Ich schlief damals im unteren Stockwerk. Plötzlich überkam mich dieser wohl jedem Menschen bekannte Zwang, in eine bestimmte Richtung zu blicken. Ich wandte mich um und sah ein schemenhaftes Gesicht, das gegen die Scheibe gepreßt war – und zu mir herüberspähte. Ich war nicht wirklich beängstigt – ich war mir nur recht unbeteiligt bewußt, daß mein Herz raste. In diesem Augenblick trat der Mond hinter einer Wolkenbank hervor, und ich konnte das Gesicht ganz deutlich erkennen. Es war mein eigenes Gesicht!«

»Was?« fiel ich ihr ins Wort.

»Ja, Doktor Stone. Daran gibt es keinen Zweifel. Man kennt schließlich sein eigenes Gesicht. Mein Gesicht starrte mich an – sehr eindringlich, sehr wehmütig – und während ich es so anstarrte, schüttelte, was immer dort draußen war, sehr bekümmert seinen Kopf. Ich hoffte, daß ich all dies nur träumte. Ich schloß die Augen, doch ich vermochte nicht, sie geschlossen zu halten, und als ich wieder aufsah, war es noch immer da, und jetzt rang es so unendlich traurig und verzweifelt seine Hände.

Wie ich schon sagte, es war mein eigenes Gesicht, das ich durch das Fenster sah, aber konnte ich wirklich derart elend aussehen? Ich wollte mich selbst sehen, mein eigenes Gesicht – also stand ich vom Bett auf. Meine Knie zitterten, und ich taumelte, als ich zum Spiegel hinüberging.

Ich weiß nicht, wie ich Sie überzeugen kann, daß das,

was ich nun erzählte, wahr ist. Lachen Sie nicht. Es war ein schrecklicher Schock. Ich stellte fest, daß ich mich im Spiegel nicht sehen konnte. Ich starrte und starrte. Ich schüttelte den Spiegel. Aber da war kein Spiegelbild von mir. Die Bilder an der Wand, die Ecke des Schranks, das Vogelbauer, all die vertrauten Dingen wurden wie üblich reflektiert, doch ich selbst war nicht da.

Es war immer noch dort draußen, und nun sah es so aus, als versuchte es hereinzukommen – zurückzukommen, doch es konnte nicht. Angst überkam mich, ebenso wie ein Gefühl der Schwäche, gegen das ich mich verzweifelt wehrte. Benommen verließ ich mein Zimmer, schleppte mich die Treppe hinauf und ging zu dem Chippendale-Spiegel im Salon. Auf der großen, glänzenden Glasoberfläche zeigte sich keine Spur von dem, was ich suchte. Was war mit mir geschehen, daß ich kein Spiegelbild mehr hatte? Zweifelsohne mußte es ein Trugbild sein. War ich verrückt? Ich kann nicht beschreiben, in welchem Gemütszustand ich in mein Zimmer zurückkehrte. Ich wagte kaum, die Tür zu öffnen. Zu meiner unendlichen Erleichterung war das Gesicht auf der anderen Seite des Fensters verschwunden. Ich ging zum Spiegel hinüber. Mein Spiegelbild war da. Außer, daß mein Gesicht seltsam bleich aussah, war mein Gesicht wie gewöhnlich.« Sie hielt einen Augenblick inne. »Das war das erste mal, daß es geschah. Soll ich Ihnen vom zweitenmal erzählen, oder wollen Sie mich gleich in eine Anstalt einweisen?«

»Fahren Sie fort«, sagte ich.

»Es war ungefähr drei Jahre später. Ich war eines verstauchten Knöchels wegen ans Bett gefesselt. Ich hatte den ganzen Tag in einer Art Apathie verbracht, und gegen Abend überkam mich jenes schmerzhafte Gefühl, keine

Identität zu besitzen, das ich zu beschreiben versucht habe. Es schien keinen Faden zu geben, der die Perlen bloßer Stimmungen miteinander verband. Ich fühlte ohne wirkliche Meinung, Emotion oder Antrieb, als wäre ich ein Schauspieler, den man, ohne ihm ein einziges Wort seines Textes gegeben zu haben, auf die Bühne gestoßen hatte. Da war nur das Gefühl eines vollkommenen Vakuums. Weder mein Verstand noch meine Hände waren daran beteiligt. Ich schaute noch nicht einmal bewußt in irgendeine bestimmte Richtung. Plötzlich bemerkte ich, wie ich angespannt auf etwas starrte. Da war ein Sofa in meinem Zimmer, und darauf lag eine Gestalt, genauso wie ich auf dem Bett lag. Es war meine Gestalt, und abermals schaute mich mein eigenes Gesicht an – es war so unendlich traurig. Wie zuvor überkam mich jenes Gefühl der Schwäche – des Davontreibens –, doch es gelang mir, bei Bewußtsein zu bleiben. Es lag noch immer auf dem Sofa. Das Gesicht schaute mich mit einem Ausdruck der Trauer an. Es sah aus, als wollte es sprechen – tatsächlich bewegten sich sogar seine Lippen –, doch ich vernahm nichts. Ein Handspiegel lag in Reichweite auf dem Tisch, und ich zwang mich, ihn vor mein Gesicht zuhalten. Meine Furcht wurde bestätigt. Ich starrte ins Leere. Mein Gesicht wurde nicht reflektiert. Eine Weile lag ich einfach da, wie hypnotisiert auf das starrend, was auf dem Sofa lag, dann wieder in den leeren Spiegel blickend. Ich weiß nicht, wie lange es dauerte, bevor mein Spiegelbild verschwommen und Stück für Stück wieder erschien, flackernd, bis es schließlich wieder reglos und wie gewöhnlich war – außer, daß ich so müde aussah, wie ich mich fühlte. Natürlich habe ich niemandem davon erzählt. Sie sind der erste Mensch, demgegenüber ich es erwähnt habe. Wie lautet Ihr Urteil, Doktor Stone?«

»Ich werde etwas sehr Ermüdendes sagen«, erwiderte ich, während ich mir schon im Augenblick des Aussprechens der Nutzlosigkeit meiner Worte bewußt war. »Ich denke, daß Sie beide Erlebnisse nur geträumt haben.«

»Wenn Sie so daherreden wollen«, sagte sie matt, »werde ich Ihnen nie wieder etwas von mir erzählen. Sie wissen so gut wie ich, daß ich wach war.«

»Nun«, sagte ich, »Sie haben vielleicht nicht wirklich physisch geschlafen, doch ich glaube, daß dieser Kom ...«

»Wenn Sie das Wort Komplex aussprechen, dann werde ich mir einen anderen Arzt suchen!« fiel sie mir lachend ins Wort.

»Ich denke«, fuhr ich fort, »daß Sie es dieser – wie sollen wir es nennen? – dieser Obsession, daß es Ihnen an einer kontinuierlichen Persönlichkeit mangelt, erlaubt haben, so tief in Ihr Unterbewußtsein einzudringen, daß es eine Art symbolischer, bildlicher Umsetzung erschaffen hat, die so stark auf Ihre Sinne eingewirkt hat, daß eine tatsächliche Illusion entstand. Es war sozusagen die Fixierung einer Idee. Diese Art Phänomen ist unter Psychologen bestens bekannt. Ich könnte Ihnen viele Beispiele nennen.«

Margaret schüttelte bekümmert den Kopf. »Es ist lieb von Ihnen zu versuchen, mich zu beruhigen, doch ich fürchte, ich bin nicht überzeugt. Und«, fügte sie zu, während ihre Augen sich verdüsterten, »diese Angelegenheit verstört mich wirklich viel mehr, als ich in der Lage bin, Ihnen verständlich zu machen. Ich glaube, ich habe Ihnen erzählt, daß mir beide Male die Sinne schwanden? Irgendwie wußte ich, daß es unendlich wichtig war, nicht wirklich in Ohnmacht zu fallen. Mit verzweifelter Anstrengung klammerte ich mich an das Bewußtsein. Ich wagte es einfach nicht, mich gehenzulassen und meinen Halt zu verlieren. Es wäre doch schrecklich, *vertrieben* zu werden, nicht wahr?«

»Vertrieben?« wiederholte ich verständnislos.

»Nun, ist es nicht ein recht großes Risiko, unbewohnte Körper umherliegen zu lassen? Ein Haus braucht einen Verwalter.« Sie lachte, doch in ihren Augen lag keine Heiterkeit.

Bevor ich sie verließ, hatte sie das Thema gewechselt und war wieder ganz ihr strahlendes Selbst, und doch sollte ich nie wieder ganz unbekümmert an sie denken können. Soweit es ihre ›Erlebnisse‹ betraf, so tat ich diese als pure Einbildung ab. Alles, auf das sie hindeuten mochten, lag für mich noch zu weit in den Regionen reiner Fantasie. Es war etwas in ihrer Stimme, als sie ›vertrieben‹ sagte, das mich erschaudern ließ. Das, und der Ausdruck in ihren Augen. Wie üblich wandte ich mich um, als ich durch das Tor schritt, um zum Haus zurückzublicken. Das Licht des sich neigendes Tages ließ seine graue Strenge sanfter erscheinen, und es trug an diesem Abend, wie es mir vorkam, einen Ausdruck, der geradezu milde und beschützend war.

Auch nachdem sie aufgehört hatte, eine Invalidin zu sein, wurden meine Besuche bei meiner Patientin nicht seltener. Nicht nur, daß ich weiter mit der Elektrotherapie fortfuhr, sie lud mich auch oft ein, zum Abendessen zu bleiben, und die glücklichsten Stunden meines Lebens verbrachte ich in ihrem kleinen Salon, dem persönlichsten Zimmer, das ich je gesehen hatte. Es war wie ihr ureigenstes Schneckenhaus. Wenn ich an diese verzauberten, spätsommerlichen Abende zurückdenke, so sehe ich sie in einem goldenen Nebel. Der weiße Raum erfüllt vom schweren Duft der Blumen; der Golden Retriever, der mit seinem buschigen Schwanz wedelte; Margaret in ihrer strahlenden Schönheit; wir beide, wie wir redeten und redeten; oder Margaret, die laut vorlas oder auswendig auf dem Klavier spielte, wie sie von einer lieblichen Melodie zur nächsten glitt, ohne jemals zu sagen, was sie als nächstes spielen würde. Sie kam oft zurück auf das, was sie mir an jenem Tag plötzlicher Vertraulichkeit erzählt hatte, doch zumeist nur beiläufig, als ob die Angelegenheit ihr nicht länger auf der Seele lag. Einmal bezeichnete sie sich selbst sogar lachelnd als die ›abwesende Hausbesitzerin‹. In der Tat vermeinte ich in dem sanften Ausdruck ihrer Augen zu erkennen, daß ihre Nerven nun viel ruhiger waren, und es war ein Schock für mich, erkennen zu müssen, wie leicht ich mich von der charakteristischen Leichtigkeit ihres Gebahrens hatte täuschen lassen. Eines Abends brach sie mitten in einem Gedicht, das sie laut vorgelesen hatte, ab, und sagte: »Ich fühle mich an diesem Abend sehr entrückt von mir selbst – beunruhigend entrückt.« Dann fing sie wieder mit dem alten Thema an, erzählte abermals von dem Vorfall mit ihrem Spiegelbild – das ›hausgemachte Symbol‹, wie wir es unter uns nannten. Ihre Stimme klang unbeteiligt, und in einem Versuch, sie zu beruhigen, sagte ich etwas recht Dummes. Darauf rief sie mit völlig ungewohnter Heftigkeit aus: »Jedes Wort von Ihnen verrät mir, daß Sie mich nicht verstehen; und ich werde nie erreichen, daß Sie mich verstehen!«

Mein Verdruß, sie so enttäuscht zu haben, muß mir ins Gesicht geschrieben gewesen sein.

»Es tut mir so leid«, sagte sie in ihrer lieblichsten Art. »Wie kann ich von Ihnen erwarten, Sie würden erraten, daß es mir ernst ist, wenn ich nicht anders kann, als selbst von diesen Dingen in meiner üblichen, unbeteiligten Weise zu sprechen. Ich bin ein so unwillentlicher Bluffer! Aber, sehen Sie, in der letzten Nacht ist es wieder geschehen. Doch nun, um Himmels willen«, unterbrach sie meine Worte der Besorgnis, »um Himmels willen lassen Sie uns nicht mehr von Margaret Clewer sprechen! Bitte lesen Sie mir vor. Ich möchte mit meiner Stickerei weitermachen.«

Im Rückblick sehe ich diesen Abend als das Ende einer Zeit der Ruhe und des Friedens. Der nächste Morgen ist unauslöschlich in mein Gedächtnis eingemeißelt. Von da an versuchte ich durch ein Netz der Verwirrung, das sich Stück für Stück zu einem unvorstellbaren Grauen verdichtete, meinen Verstand zu wahren.

Ich hatte gerade mein Frühstück beendet, als man mir mitteilte, daß Miß Clewers Mädchen mich am Telefon zu sprechen wünschte. Ich kannte Rebecca Park gut. Sie vergötterte ihre Herrin, der sie seit ihrer Kindheit treu gedient hatte, und ich war überzeugt, daß sie in mir mit dem Instinkt der Einfachen und Ergebenen einen wahren Freund erkannte. Ihre Stimme war schrill vor Angst.

»Bitte, kommen Sie schnell, Sir. Ich kann meine Herrin heute morgen nicht aufwecken, und ihr Schlaf scheint nicht natürlich zu sein.«

Zehn Minuten später betrat ich das vertraute Zimmer. Margaret lag in einer Mischung aus Ohnmacht und Schlaf da. Sie atmete unregelmäßig, und ich bemerkte, daß ihre Hände zu Fäusten geballt waren. Kein Mann, der eine Frau liebt, kann sie ohne Regung zum erstenmal schlafend daliegen sehen. Etwas preßte mein Herz zusammen, als ich auf Margarets bewußtloses Gesicht schaute. Ich kann mich nicht erinnern, ob ich sie mir jemals wirklich schlafend vorgestellt hatte. Sollte ich es getan haben, so war es ohne

Zweifel nie so, wie ich sie nun vor mir sah. Wie konnten geschlossene Augen und ein Mangel an Farbe eine so große, wenn auch subtile Veränderung in einem vertrauten Gesicht bewirken? Was war in dem Ausdruck jener lieblichen Züge, das so vollkommen anders – so beunruhigend anders – war als bei der Margaret, die ich liebte?

Erschreckt von der Kälte ihres Handgelenks, als ich ihren Puls fühlte, befahl ich Rebecca, eine Wärmflasche zu holen, und als wir gemeinsam das Laken zurückschlugen, um sie ihr unterzulegen, erlebten wir beide einen Schock. Margarets Füße waren nicht nur eiskalt, sondern auch feucht und mit Erde beschmutzt: kleine Lehmklumpen, die sich zwischen den Zehen festgesetzt hatten. Es war eine sehr regnerische Nacht gewesen.

»Sie ist im Schlaf umhergewandelt«, flüsterte ich Rebecca zu. »Sagen Sie ihr kein Sterbenswörtchen davon, wenn sie aufwacht, und bitte, waschen Sie alle Spuren von ihren Füßen. Schnell, bevor sie erwacht.«

Ich legte ein feuchtes Tuch auf ihre blaugeäderten Schläfen. Margaret stieß einen langgezogenen, bebenden Seufzer aus und hauchte jämmerlich klagend: »Nein! Nein! *Nein!*« Ihre Stimme hob sich, während sie flehte.

Als sie das Bewußtsein wiedererlangte und die langen Wimpern hob, kehrte langsam der ihr eigene Ausdruck in ihre Augen zurück, wie eine liebliche Blume, die durch schlammiges Wasser nach oben an die Oberfläche stieg. Ihre ersten Worte waren seltsam, und in jenem Augenblick fragte ich mich, ob Rebecca sie gehört hatte.

»Bin ich es?« fragte sie, den Blick zur Decke gewandt. Nicht, wie ich erwartet hätte: »Sind Sie es?« Sondern: »Bin *ich* es?«

Ich erklärte meine Anwesenheit, indem ich ihr so unbeteiligt wie möglich erzählte, daß man mich herbeigerufen hatte, weil sie in Ohnmacht gefallen war.

Sie runzelte die Brauen, und ein Ausdruck der Angst trat in ihre Augen. Sobald Rebecca das Zimmer verlassen hatte, begann sie in der hastigen, tonlosen Stimme, die ich mit ihren seltenen Momenten der Vertraulichkeit assoziierte, zu sprechen.

»Es ist letzte Nacht wieder geschehen.«

»Was ist geschehen?«

»Ich wurde aus mir selbst hinausgedrängt, kein Spiegelbild mehr – nichts. Sie erinnern sich, daß ich Ihnen schon einmal erzählt habe, wie verzweifelt das, was immer von mir übrigbleibt, dagegen ankämpfen muß, nicht das Bewußtsein zu verlieren. Nun, diesmal bin ich in Ohnmacht gefallen. Eine schreckliche Benommenheit überkam mich. Ich konnte mich nicht dagegen wehren.« Sie stieß ein merkwürdiges kleines Lachen aus. »Ja, diesmal habe ich wirklich den Halt verloren, und offensichtlich hat meine Ohnmacht – wie Sie es nennen – erstaunlich lange angedauert. Nicht daß ich wüßte, wann ich weggetreten bin. ›Weggetreten‹ ist die korrekte Bezeichnung, nicht wahr?«

Nachdem ich Rebecca die Notwendigkeit zu absoluter Ruhe eingeschärft hatte, machte ich mich zu meinen Hausbesuchen auf, doch nicht für einen Augenblick dieses geschäftigen Tages konnte ich meine Gedanken von Margaret abwenden. Eine unbestimmte, doch tiefe Angst nistete sich in meinem Herzen ein.

Ich habe schon eingestanden, daß ich sie liebte. Auf eine Erwiderung meiner Liebe zu hoffen, war mir nie in den Sinn gekommen. Es wäre mir niemals eingefallen, daß ich das Recht hätte, ein solch erhabenes Geschöpf mein eigen zu nennen. Ebensogut hätte ich dem Mond meine Liebe erklären können. Welch ein Narr ich war! Wie oft habe ich mich gefragt, ob nicht erklärte Liebe geholfen hätte, wo Freundschaft versagte.

Etwa gegen halb eins in jener Nacht wachte ich plötzlich auf. Gedanken an Margaret drehten sich in meinem Kopf. Angenommen, sie würde wieder schlafwandeln? Könnte sie sich dann nicht verletzen oder aufwachen und sich zu Tode erschrecken? Wie konnte ich es riskieren, daß so etwas noch einmal geschah, ohne sie wenigstens zu warnen? Natürlich hätte ich dafür Sorge tragen müssen, daß jemand bei ihr im Zimmer schlief. Noch bevor mir bewußt wurde, daß ich mich entschieden hatte, zum Herrenhaus hinüberzugehen, hatte ich schon meine Kleider übergestreift. Wenn ich sie umherirrend vorfand, würde ich sie schlafend zum Haus zurückgeleiten.

Der Vollmond überflutete das Haus mit einer eigentümlichen, grünen Schönheit. Als ich zu Margarets Fenster hinaufschaute, stellte ich zu meinem Erstaunen fest, daß es trotz der lauen Nacht geschlossen war. Ich beschloß, im Hof Posten zu beziehen und die Tür im Auge zu behalten, für den Fall, daß sie dort herauskommen sollte. Ich ging, so leise ich konnte, umher. Abgesehen von dem entfernten Bellen eines unvermeidlichen Hundes, schien ich vollkommen allein auf der Welt zu sein. Die Nacht war erfüllt von einer unbeschreiblichen Bedrohlichkeit. Ein leiser Wind strich durch die Bäume, und die Blätter flüsterten augenblicklich. Im Schein des Mondes mutete das Haus bleich und erhaben an, als wiese es jegliche menschliche Allianz, die es bei Tage zu billigen schien, zurück. Der laute Ruf einer Eule erschreckte mich, ein Laut, den ich nicht hören kann, ohne daß tief in meinem Innern eine seltsame, vergessene und doch eindringliche Erinnerung wachgerufen wird. »Sie können sich gar nicht vorstellten, wie schön er bei Mondschein ist, wenn eine weiße Eule umherflattert.« Ich erinnerte mich an Margarets Worte und gehorchte einem inneren Drang, auf den Friedhof zu gehen. Eine weiße Eule streifte beinahe meine Wange, als sie ungelenk an mir vorbeiflog.

Im Schein des alles verwandelnden Mondes wirkten die Umrisse der eng beieinanderstehenden Grabsteine schärfer gezogen, viel weniger mit der grünen Stille des langen Grases verschmolzen. Bei Tage wohnte der Atmosphäre ein Gefühl der Ergebenheit inne, als ob der oft wiederholte Ausspruch ›Dein Wille geschehe‹ in der Luft selbst übergegangen war, doch nun schien der Frieden von begrabenen Jahrhunderten gestört, schien die geweihte Erde bebend den Gehorsam zu verweigern. Selbst die Eiben schienen bedrohlich. Tiefschwarz ragten sie wie rebellische Wächter auf.

Als ich meine Augen zur östlichen Seite des Friedhofs wandte, hörte ich mich selbst erschreckt nach Atem ringen. Im entferntesten Winkel schimmerte etwas Weißes auf dem Boden. Ich wußte augenblicklich, was es war. Zehn lange Schritte brachten mich zu der Stelle, wo Margaret, in ihrem langen Nachthemd, ausgestreckt auf einem flachen Grabstein lag. Die Arme waren nach vorn gereckt, die Hände zu Fäusten geballt; ihr ranker, protestierender Körper wandt sich. Es sah so aus, als wollte sie sich erheben, doch nicht die Kraft dazu zu haben; beinahe als ob irgendeine Macht sie hinunterzog. Ich vernahm ein leises, klägliches Stöhnen und kniete mich nieder, um ihr bleiches, verzerrtes Gesicht zu untersuchen. Die Augen waren geschlossen. Ihr gepeinigter Körper rollte auf die Seite, so daß die Inschrift auf dem grauen, moosbewachsenen Stein zu erkennen war. Während ich so kniete, las ich unwillkürlich die kurzen Worte:

Hier ruht der sterbliche Leib von Elspeth Clewer.
Gebe Gott, daß sie in Frieden ruhe.

Ich erinnerte mich an meinen ersten Besuch auf dem Friedhof. Also war es das Grab von Elspeth Clewer, der ungeehrten Ahnin, die meine Neugier geweckt hatte, auf dem Margaret lag.

»Nein! Nein! *Nein!*« entrang sich ihren Lippen, und sie wandt sich wie unter Qualen.

Ich hob sie vorsichtig auf. Es erforderte Kraft. Es war, als würde man einen Körper aus Treibsand herausziehen. Immer in der Angst, ich könnte sie aufwecken, führte ich sie langsam zum Haus und in ihr Zimmer.

Sheen, der Golden Retriever, begrüßte mich schläfrig, doch mit seiner üblichen ausgesuchten Höflichkeit, und als ich sie auf das Bett gelegt hatte, leckte er die weiße Hand seiner Herrin. Ich hielt eine Weile an ihrer Seite Wache, bis ihr Schlaf ruhig und normal schien. Dann ließ ich sie in fälschlichem Vertrauen allein mit ihrem Hund, der in seiner ganzen goldenen Länge auf dem Bett ausgestreckt lag. Von Sorge gequält, machte ich mich am nächsten Morgen so früh wie möglich zu ihr auf, wobei ich mein unangemeldetes Erscheinen mit dem Wunsch, ein Rezept zu ändern, zu erklären gedachte. Doch Rebecca fing mich in der Halle ab. Auf ihrer ehrlichen Stirn stand Sorge.

»Welch ein Glück, Herr Doktor. Ich wollte gerade nach Ihnen schicken. Miß Margaret ist in demselben Zustand wie gestern – tief versunken in einem Schlaf, der nicht natürlich scheint. Ich kann nicht ertragen sie so zu sehen.«

»Ich denke, es bedeutet einfach, daß sie übermüdet ist«, sagte ich, bedacht darauf, sie zu beruhigen.

»Das mag wohl sein«, erwiderte sie ohne Überzeugung. »Auch wenn ich nicht weiß, was sie getan hat, um so müde zu werden. Und, Herr Doktor, es ist etwas Schreckliches geschehen. Ich vermutete, diese vermaledeite Katze ist in der Nacht in das Zimmer meiner Herrin geschlichen und in das Vogelbauer eingedrungen, dieses durchtriebene Biest. Da liegen sie nun, diese beiden süßen Vögelchen, die Miß Margarets ganzer Stolz waren, in ihrem Blut, und ihre armen kleinen Köpfchen sind von ihren Körpern abgerissen worden. Wirklich, ich weiß nicht, wie ich das Miß Margaret sagen soll, wenn sie erwacht. Sie wird es sich so zu Herzen nehmen!«

»Ich werde es ihr sagen«, sagte ich, während ich ihr in das Schlafzimmer folgte, dann fügte ich hinzu: »Aber bringen Sie um Himmels willen den Käfig fort. Sie darf diesen scheußlichen Anblick nicht sehen, wenn sie erwacht.«

Mit kleinen sorgenvollen Seufzern eilte das Mädchen mit ihrer grauenerregenden Last von dannen.

Margaret lag in tiefer Bewußtlosigkeit da. Sie sah genauso aus wie am vorigen Morgen. Ich drehte ihre schlaffe Hand um, um den Puls zu fühlen. Dann hörte ich in meinen Ohren das Pochen meines eigenen Herzens. Es war, als hätte es etwas erkannt und angenommen, das mein Verstand sich zu akzeptieren weigerte. Augenblicklich überkam mich eine große Benommenheit. Selbstschutz und Vernunft kämpften gegen das an, was meine Augen sahen, doch ohne Erfolg. Die liebliche weiße Hand, die zu küssen ich mich so oft gesehnt hatte, war dick mit Blut verschmiert, und zwischen den Fingern und dem Daumen klebte ein Büschel blutbefleckter Federn.

Zum erstenmal in meinem Leben erfuhr ich, was es bedeutete, in tiefster Seele zu erschaudern. So schwer es mir auch fiel, meine Gedanken unter Kontrolle zu bekommen, unverzügliches Handeln war verlangt, und so wusch ich, nachdem ich warmes Wasser herbeigeholt hatte, eilends alle Spuren von ihrer Hand.

Bald darauf drehte sie sich um und kam, nachdem sie sich durch all die Schichten der Vergessenheit und des Unterbewußtseins gekämpft hatte, wieder zu sich. Verwirrung stand in ihren Augen geschrieben, gefolgt von Erleichterung und freudigem Wiedererkennen.

»Was ist denn?« fragte sie und schaute mir ins Gesicht.

Mühsam versuchend, das Entsetzen, das ich empfand, zu verbergen, erklärte ich meine Anwesenheit und schrieb ein Rezept aus.

Margaret schaute sich suchend im Zimmer nach ihrem Gefährten um. »Wo ist Sheen?« fragte sie.

»Er war nicht hier, als ich heute morgen hereingekommen bin, Miß«, erwiderte Rebecca, »und ich kann ihn nirgendwo finden. Ich habe überall herumgefragt, aber keiner hat ihn gesehen.«

»Er muß aus dem Fenster gesprungen sein«, sagte Margaret. »Dabei ist das sonst gar nicht seine Art.«

Auf ihre Bitte hin schaute ich aus dem Fenster. Im Blumenbeet darunter waren deutlich die Abdrücke von Hundepfoten auszumachen.

»Ich muß aufstehen und hinausgehen und nach ihm suchen«, sagte Margaret. »Ich habe ganz scheußlich von ihm geträumt.«

Sie war totenbleich, gänzlich außerstande, das Bett zu verlassen, doch ich wußte, daß es nutzlos wäre zu versuchen, sie zurückzuhalten. Ich war zu dem Schluß gekommen, daß ich ihr von ihrer Schlafwandelei erzählen und darauf bestehen mußte, daß sie für eine Weile eine Nachtschwester in ihre Dienste nahm. Ich suchte eine Gelegenheit, ihr dies so schonend wie möglich zu unterbreiten, also erinnerte ich sie an ihr Versprechen, eine Bauersfrau aufzusuchen und zu versuchen, die widerspenstige Frau davon zu überzeugen, meinen Empfehlungen zu folgen und ihr verkrüppeltes Kind in ein Krankenhaus zu bringen. Sie stimmte zu, noch an jenem Nachmittag mitzukommen.

Als ich das Haus verließ, erinnerte ich mich, daß ich ihr noch nichts von dem Tod der Vögel erzählt hatte: ebensowenig hatte sie das Fehlen des Käfigs bemerkt.

Um drei Uhr machten wir uns zu unserem Spaziergang über die Felder auf. Es war ein herrlicher Nachmittag, voll sommerlicher Süße, obgleich ein köstlich herbes Aroma in der Luft vom Herbst kündete und ein liebliches Rosa auf Margarets Wangen zauberte. Mehr als je zuvor fiel mir ihr erstaunlich jugendliches, taufrisches Aussehen auf. Wie eine gerade aufgegangene Wildrose, mutete ihr Gesicht vollkommen unverbraucht an, als hätte es nie einen anderen Ausdruck gekannt als den unbestimmter Erwartung. Meine schrecklichen Ahnungen schienen mit einemmal vollkommen unwirklich und aus der Luft gegriffen.

»Haben Sie von der schändlichen Tat der Katze gehört?« fragte sie. Ihre Augen sahen aus wie taubenetzte Blumen, und ihre Stimme bebte, obgleich sie, wie es so ihre Art war, zu lachen versuchte, als sie hinzufügte: »Von allen Adjektiven Shakespeares, halte ich ›harmlos‹ und ›nützlich‹ in bezug auf eine Katze für die merkwürdigsten. Ich habe diese kleinen Vögelchen geliebt.«

Ich murmelte Mitgefühl.

»Ich bin auch über Sheens Verschwinden zutiefst besorgt«, sagte sie. »Er ist zuvor noch nie von mir getrennt gewesen, noch nicht einmal für eine Stunde. Er wird ohne mich vor Kummer ganz krank werden. Glauben Sie, daß er vielleicht gestohlen wurde?«

»Ich bin ganz sicher, daß niemand ihn gestohlen hat«, sagte ich mit Nachdruck.

Ich lenkte die Unterhaltung, bis ich ihr, so beiläufig wie möglich, erzählte, daß sie unter der recht verbreiteten, doch nicht ungefährlichen Angewohnheit des Schlafwandelns litt.

Bestürzung flackerte in ihren Augen auf, und sie errötete tief. Sie versuchte, es mit einem Lachen abzutun.

»Ich frage mich, was wohl mein ›dunkles Geheimnis‹ sein mag. Es ist immer irgendein dunkles Geheimnis, das nicht ›herauskommen‹ will, das Menschen dazu bringt, im Schlaf umherzuwandeln – oder nicht? Oder vielleicht liegt es doch nur an schwerverdaulichem Essen?«

»Verdauungsstörungen sind weit häufiger der Grund dafür als das Gewissen«, erwiderte ich mit einem Lachen, und ich ergriff die Gelegenheit, die mir diese momentane Heiterkeit bot, um das Gespräch auf die Krankenschwester zu bringen.

Zu meiner Überraschung und Erleichterung stimmte Margaret ohne Zögern zu. In der Tat schien es mir, daß ein eindeutiger Ausdruck der Erleichterung über ihr Gesicht huschte. Ich erzählte, daß eine ausgezeichnete Schwester gerade im Begriff stand, einen meiner Patienten zu verlassen, und ich mich darum kümmern würde, daß sie noch an diesem Abend kam.

»Sie werden sich tagsüber in keiner Weise mit ihr abgeben müssen«, sagte ich. »Sie wird nur in der Nacht bei Ihnen im Zimmer wachen.«

»Oh, ich hoffe, sie strickt nicht«, lachte Margaret. »Ich glaube kaum, daß ich je ein Auge zumachen kann, solange sie da sitzt. Ich werde wie der Topf sein, der niemals zum Kochen kommt, wenn man ihn beobachtet! Aber was soll's, kein Schlaf – kein Umherwandeln; so geschieht schließlich doch alles zum Besten.«

Mit diesen Worten beendeten wir das Thema.

»Lassen Sie uns nun an nichts anderes mehr denken, als an diese flüchtige Stunde. Es ist ein so herrlicher Nachmittag!« rief sie aus. »Gott sei Dank, daß ich immer in der Gegenwart zu leben vermag. Ich hoffe, Sie finden es nicht schrecklich, ein Gemüt wie ein Pferdehintern zu haben?«

Sie schritt wohlgemut aus, und der Schatten, der seit jenem unerwarteten Ausbruch in ihrem Wohnzimmer über ihr gehangen zu haben schien, verschwand. Sie erstrahlte nun wieder wie das hinreißende Geschöpf, dem ich zuerst begegnet war. Es war unmöglich, nicht von ihrer überschwenglichen Heiterkeit angesteckt zu werden, und als ihr liebliches Lachen durch die Luft schallte, wurde mein Alptraum zum erstenmal beinahe verscheucht. Ihre unvergleichlichen Possen, ihre entzückende Neckerei und der beständige Strom hinreißend durcheinander geworfener Zitate ließ mich beinahe das Unvergeßliche vergessen. Doch ihre strahlende Mine verdüsterte sich, als ich sagte:

»Was für ein erstaunliches Gedächtnis Sie haben!«

»Gedächtnis?« fragte sie beinahe unwirsch. »Ja, ich gebe zu, ich besitze ein gutes Erinnerungsvermögen und viel Verständnis. Doch welchen Schutz bieten solche rein *rezeptiven* Eigenschaften?«

»Schutz?« wiederholte ich verständnislos.

»Nun, da sind wir schon«, sagte sie ausweichend, die Hand auf die Pforte des Bauernhofs gelegt. »Nun würde ich vorschlagen, daß Sie hier draußen warten, während ich selbst hineingehe und die gute Frau um meinen kleinen Finger wickle. Ich bin sicher, Ihre Anwesenheit würde das Geschick meines kleinen Fingers schmälern. Bitte, wünschen Sie ihm Glück«, und mit einem Lächeln zog sie den Handschuh ab und hielt ihren schlanken, von einem rosafarbenen Nagel gekrönten Finger hoch. »Was ist denn?« fragte sie verstört.

Ich fürchte, ein unwillkürlicher innerlicher Schauder muß sich auf meinem Gesicht gespiegelt haben. Das letztemal, daß ich jenen schlanken Finger angeschaut hatte, war er blutverschmiert gewesen, und ich konnte vor meinem geistigen Augen noch immer die zarten Federn sehen, die daran geklebt hatten.

»Meine Nase juckt«, log ich. »Ich werde hier auf gute Nachrichten von Ihnen warten. Viel Glück.«

Eine Schar ungebetener Gedanken ging mir durch den Kopf, wie ich so gegen die Pforte gelehnt dastand.

Ungefähr fünf Minuten später hörte ich, wie mein Name gerufen wurde, und erblickte mit Freude den Gärtner, der Sheen an einer Kette hinter sich herführte. Als ich den schönen Kopf des Hundes tätschelte, wedelte er träge mit seinem buschigen Schwanz.

»Bitte, Sir«, erklärte der Gärtner, »der Forstaufseher hat ihn in einem entlegenen Waldstück gefunden, und als er ihn dann nach Hause gebracht hat, hat mich Miß Park gebeten, Ihnen nachzugehen, weil sie sich gedacht hat, daß Miß Clewer sicher froh ist, wenn sie weiß, daß es ihm gut geht.«

Voller Freude, der Überbringer so guter Nachricht zu sein, eilte ich zum Bauernhaus. Auf halbem Weg traf ich auf Margaret.

»Mein kleiner Finger hat den Sieg davongetragen!« begann sie, doch sobald ich ihr von Sheen erzählte, war ihre erfolgreiche Mission vor Freude vergessen, und sie lief zur Pforte hinüber. »Liebster, liebster Sheen! Wie konntest du mich verlassen?« hörte ich ihre aufgeregte Stimme.

Dann geschah etwas Schreckliches – etwas so Schmerzliches, daß ich es selbst jetzt kaum ertragen kann, mich daran zurückzuerinnern.

Als Margaret sich in Erwartung einer überschwenglichen Begrüßung ihrem Hund näherte, trat eine unerklärliche Wandlung in ihm ein. Er zog den Schwanz ein, bis dieser zwischen seinen Beinen verschwand, und sein ganzer Leib zitterte vor Angst.

»Sheen – was *ist* denn?«

Ihre Stimme klang kläglich, und als ich in ihr Gesicht blickte, sah ich, daß es von unerträglichem Leiden verzerrt war.

»Ich bin's!« flehte sie. »Sheen, *ich* bin's!«

Doch der Hund, von dem sie gesagt hatte, daß er ohne sie ›vor Kummer ganz krank werden‹ würde, duckte sich tiefer und tiefer, als wäre er am liebsten im Boden versunken, und sein goldenes Fell wurde dunkel von Schweiß.

»Oh, was ist nur in der letzten Nacht geschehen?« jammerte Margaret und streckte in dem verzweifelten Versuch, den Hund zu besänftigen, die Hände nach ihm aus.

»Zurück, Miß, zurück!« rief der erschreckte Gärtner.

Das Weiße in den Augen des Hundes trat hervor, er jaulte, schnappte bösartig nach Margarets Hand und zerrte in dem verzweifelten Versuch zu fliehen an seinem Halsband.

»Bringen Sie ihn fort!« rief Margaret. »Bringen Sie ihn fort! Ich gehe auf der Straße zurück.« Sie machte sich so eilig davon, wie es ihre schnellen Schritte erlaubten.

Ich holte sie ein, doch ich wußte nicht, was ich sagen sollte. Eine schreckliche Befangenheit trat zwischen uns. Ich schaute sie an. Tränen strömten über ihr bleiches, angespanntes Gesicht, und ihre zutiefst verletzten Augen waren starr geradeaus gerichtet.

»Undurchschaubare Viecher, diese Hunde«, versuchte ich es schließlich.

»Undurchschaubar? Sehen Sie das so?« sagte sie unwirsch. »Ich weiß nicht.« Und sie marschierte weiter, die Hände so fest zusammengeballt, daß die Knöchel weiß hervortraten.

Einen Augenblick später wandte sie sich zu mir, als wollte sie sich endlich alles von der Seele reden. Sie machte mit der einen Hand eine kleine Geste, doch dann war es plötzlich so, als würde sich eine eiserne Wand zwischen uns schieben, und sie erzählte mir in kühlem, unpersönlichen Ton von ihrer erfolgreichen Unterredung mit der Bauersfrau. Weiter sprachen wir nichts. Wir hätten beinahe Fremde sein können.

Am nächsten Morgen ging ich zu ihr, um die Elektrotherapie fortzusetzen. Sie schien von großen Sorgen geplagt, doch sie sagte, daß sie die Krankenschwester mochte, eine umgängliche, junge Frau mit ernstem Gesicht. Ich vermißte das vertraute Gezwitscher der Vögel, und das Zimmer mutete seltsam verlassen an ohne den schönen, goldenen Hund. Ich wagte nicht, mich nach ihm zu erkundigen, und ich habe ihn nie wieder gesehen.

Mitleidig stellte ich fest, daß alle Spiegel entfernt worden waren.

»Ist diese merkwürdige Sache wieder aufgetreten?« erkundigte ich mich vorsichtig. »Hatten Sie das Gefühl, daß etwas mit Ihrem Spiegelbild nicht in Ordnung wäre?«

»Fragen Sie mich nicht mehr danach«, erwiderte sie aufgebracht. »Ich habe mit all diesem Unsinn abgeschlossen, und ich möchte nie wieder auch nur ein Wort davon hören. Nie, nie, nie!«

Mit diesen Worten senkte sich ein eiserner Vorhang unglücklicher Reserviertheit zwischen uns herab. Sie schien sich vollkommen in sich selbst zurückgezogen und der Einsamkeit ergeben zu haben, und von jenem Tag an verdüsterte sich ihr schönes Gesicht mehr und mehr.

Einige Tage, nachdem sie ihren Dienst angetreten hatte, bat ich die Schwester, zu mir zu kommen und mir von ihrer Patientin zu berichten. Sie wußte nichts Bemerkenswertes zu erzählen, nur daß der Schlaf ihrer Patientin sehr unruhig war und nur wenig Erholung brachte. Tatsächlich wirkte sie morgens immer besonders müde und überreizt.

»Natürlich«, sagte sie, »bin ich der Meinung, daß ihr Zustand zum Teil darauf zurückzuführen ist, daß ihr in diesen brütend heißen Nächten die frische Luft fehlt.«

»Aber«, fragte ich, »wollen Sie etwa sagen, daß sie bei diesem Wetter kein Fenster geöffnet hat?«

Der trotzige Sommer war zu einer letzten Hitzewelle aufgelodert, und ich war in der Tat erstaunt.

»Nein, Sir, ich kann sie nicht dazu bringen, und manchmal kann ich selbst die Wärme kaum ertragen.«

Ich versprach, meinen Einfluß geltend zu machen.

»Dann ist da noch etwas anderes«, fuhr die Schwester fort. »Halten Sie es für richtig, wenn jemand in einem so überreizten Gemütszustand so viel probt? Wenn ich so offen sprechen darf, Sir, ich denke, Sie sollten sie anweisen, das Theaterspielen aufzugeben.«

»Theaterspielen?« wiederholte ich verständnislos. »Welches Theaterspielen?«

»Ich weiß nicht, wann die Aufführung sein soll, aber ich weiß, daß sie sehr viel dafür übt. Wann immer sie mich in der Nacht ausschickt, etwas für sie zu holen, und sie bittet mich immer, irgendein Buch oder etwas Bestimmtes aus der Vorratskammer zu holen – obwohl sie die Dinge, die ich hole, nie zu brauchen scheint –, nun, wenn ich zurückkomme, höre ich sie schon über den ganzen langen Flur hinweg, wie sie ihren Text förmlich herausschreit. Was für eine ausgezeichnete Schauspielerin sie sein muß! Man mag gar nicht glauben, daß es ihre eigene Stimme ist; nein, man kann sich nicht vorstellen, daß eine so freundliche junge Dame eine so schreckliche Stimme hervorbringen kann. Mir stehen jedesmal die Haare zu Berge, wenn ich diese fremde Stimme höre. Und wie ich schon sagte, ich kann mir nicht vorstellen, daß es für jemanden, dessen Nerven derart überreizt sind, gut sein kann, eine so aufreibende Rolle einzustudieren.«

»Vielen Dank, Schwester. Ich werde mit ihr darüber sprechen.«

An jenem Nachmittag besuchte ich Margaret. Nachdem wir uns eine Weile über alles mögliche unterhalten hatten, sagte ich: »Ich habe gehört, Sie schlafen bei geschlossenem Fenster. Wissen Sie, Sie sehen sehr blaß aus. Es ist närrisch, darauf zu bestehen, das ganze Jahr über das Fenster geöffnet zu lassen, doch bei einem Wetter wie diesem ist es wirklich notwendig.«

»Wenn die Schwester sich darüber beschwert, werde ich sie hinauswerfen«, wetterte Margaret. »Wie kann ich das Fenster auflassen, wenn ich gerade von dort her dieses schreckliche Hereindrängen – dieses Pressen und Wegstoßen spüre? Wie kann ich das? Auch wenn ich nur zu gut weiß, wie dumm es ist zu glauben, daß es irgendeinen Sinn hat, Dinge zu verschließen. ›Steinerne Mauern machen noch kein Gefängnis, eiserne Stangen keinen Käfig‹, und um so weniger können sie eine Festung bilden.« Plötzlich schien sie wieder aus ihrer Versenkung zu erwachen. »Doch das sind nichts weiter als ›wirre und sinnlose Worte‹«, sagte sie lächelnd. »Es tut mir leid. Bitte beachten Sie sie gar nicht. Mein krankhafter Hang zum Zitieren wird immer schlimmer. Das ist nur, weil ich keine eigene Meinung habe.«

Sie schien beunruhigend erregt, und mein Kopf begann sich zu drehen. ›Dieses schreckliche Hereindrängen?‹ Was bedeutete das, was konnte das bedeuten? Ein Gefühl furchtbarer Bedrohung erstickte mich beinahe, und ich fühlte mich ganz benommen; aber etwas mußte gesagt werden.

»Wann soll denn die Aufführung sein?« fragte ich. »Ich wußte gar nicht, daß Sie Theater spielen.«

»Theater spielen?« wiederholte sie. »Was meinen Sie?«

»Die Schwester sagte mir, daß sie Sie oft in der Nacht proben hört.«

Sie wurde dunkelrot. »Ach, das!« sagte sie. »Oh, ja! Wissen Sie, ich habe diese dumme Angewohnheit, Gedichte laut zu rezitieren, und es war mir peinlich zu wissen, daß sie es gehört hatte, also habe ich gesagt, ich probte für eine Theateraufführung.«

»Ich verstehe«, sagte ich; doch mein Herz wurde schwer, als ich sie lügen hörte.

Dann sprachen wir von anderen Dingen, doch wir waren beide hoffnungslos geistesabwesend, und es war keine Lebhaftigkeit in unserer Unterhaltung. Sie war beinahe gezwungen, und ich bemerkte, daß nahezu alles, was Margaret sagte, in Anführungszeichen stand. Fast alles, was über ihre Lippen kam, war ein Zitat. Mir war schon früher aufgefallen, daß dies um so öfter der Fall war, je müder, angespannter oder abwesender sie schien. Wenn ihre Lebensgeister niedergeschlagen waren, war es, um ihre eigenen Worte zu benutzen, als ob sie keine eigene ›Meinung, Emotion oder Antrieb‹ hätte, sondern bloß ein Durchgang für die Gedanken anderer war – als ob nichts von ihr geblieben war als ihre Erinnerung.

Ich glaube, es war drei Tage später, daß die Schwester aus eigenem Antrieb zu mir kam, um mir abermals Bericht zu erstatten und mir erzählte, daß ihre Patientin zunehmend nervöser und niedergeschlagener schien. Auf meine Frage, wie Miß Clewer schliefe, erwiderte sie:

»Nur noch sehr wenig.« Wobei sie vielsagend hinzufügte: »Und wenn Sie mich fragen, Sir, ich glaube nicht, daß sie schlafen möchte.«

»Aber sie hat das Theaterspielen aufgegeben, nicht wahr?« fragte ich so beiläufig wie möglich.

»Aufgegeben, Sir? Nein, ich wünschte, sie würde es tun. Ich kann wirklich kaum ertragen, es zu hören. Die Art, wie sie ihren Text herausschreit, bringt mich ganz um den Verstand. Wann immer ich den Flur entlangkomme, ist sie am Üben. Ich kenne schon selbst einen Teil der Rolle auswendig. Ich glaube nicht, daß ich diese merkwürdigen Worte je vergessen kann.«

»Was sind das für Worte, die Sie sie sprechen gehört haben?« fragte ich so unbeteiligt wie möglich.

»Sprechen? Sie würden es nicht ›sprechen‹ nennen, wenn Sie sie selbst gehört hätten. Wie ich letztens schon gesagt habe, man mag gar nicht glauben, daß eine so freundliche Dame eine solch schreckliche Stimme hervorbringen kann. Die Worte, die sie am häufigsten wiederholt, sind: ›Laß mich herein! Ergib dich! Was kann ich ohne Körper ausrichten? Welche Verwendung hast du denn für deinen Körper? Ich will ihn! Verschwinde daraus! Ich brauche einen Körper! Ich brauche einen Körper! *Ich brauche einen Körper!*‹ Und wenn sie ›Ich brauche einen Körper‹ zum drittenmal wiederholt, erhebt sich ihre Stimme zu einem Kreischen. Aber was ist denn, Sir? Sie sind ja weiß wie eine Wand geworden!«

Ich murmelte etwas von einem Schwächeanfall und davon, daß ich einen Brandy zur Stärkung brauchte. Dann sagte ich ihr, daß ich am Abend nach ihrer Patientin sehen würde, und verließ das Zimmer.

Meine Beine wollten unter mir nachgeben, als ich die Treppe nach oben ging, und sobald ich mein Schlafzimmer erreicht hatte, drehte ich den Schlüssel im Schloß um, auch wenn nur der Himmel allein weiß, was ich damit auszusperren glaubte! Mit zitternden Händen schlug ich das Buch auf, das ich in der letzten Nacht im Bett gelesen hatte.

Es war ein gebundenes Heft, gefüllt mit einer verblichenen, braunen, krakeligen Handschrift aus dem sechzehnten Jahrhundert. Margaret hatte mir schon vor einiger Zeit freien Zugang zu ihrer Bibliothek gewährt, und ich hatte dort auf einem hohen Regal ein Handschriftenbuch gefunden – eine Art sporadisches Tagebuch, das eine Ahnin von ihr, ebenfalls eine Margaret Clewer, geführt hatte. Ich hatte bis tief in die Nacht darin gelesen. Es war alles sehr interessant, und der letzte, von tiefer Gram gezeichnete Eintrag hatte einen besonders nachdrücklichen und schmerzlichen Eindruck bei mir hinterlassen. Waren bestimmte Worte wirklich so, wie ich sie mit Schrecken erinnerte, oder spielte die Erinnerung meinen überreizten Nerven einen Streich?

Zitternd schlug ich die Seiten um, bis ich zu folgenden Worten kam:

Nun ist sie todt! Elspeth, unsre Schande, ist todt. Dass ich einmal Gott dafür danken würde, dass mein eigen Kind zu Grabe getragen wurde! Gestern waren es sieben Tage, dass mein eigen Kind zu Grabe getragen wurde! Gestern waren es sieben Tage, dass sie sie nach ihrem Sturz vom Pferde zurückbrachten. Sieben Tage unvorstellbaren Leydens für uns alle. Das Dahinscheiden ihrer verderbten Seele war eine unvorstellbare Qual. Das Nahen des Todes vermochte ihre boshafte, gierige Seele nicht zu besänftigen. Sie hielt mit erschröcklicher Kraft am Leben fest. Atemzug um Atemzug entrang sich ihrem zermalmten Leib. So unnachgiebig klammerte sich ihre Seele an ihren schönen, sterbenden Leib. Gott sei uns allen gnädig! Kann es einen Tod geben, der tief genug wäre, mich vergessen zu lassen, wie sie mit dem letzten Atemzug ausrief: ›Ich will nicht sterben! Ich will nicht sterben! Es gibt noch so viel zu tun! Ich werde zurückkehren! Ich muss zurückkehren! Mein Geist dürstet noch nach Leben! Ich *muß* einen anderen Körper finden. Ich brauche einen Körper! Ich brauche einen Körper! *Ich brauche einen Körper!*‹

Das Manuskript der lange toten Frau glitt aus meinen Fingern, und ich versuchte, meine Gedanken zu ordnen. Schon in der letzten Nacht hatten mich die Worte des sterbenden Wechselbalgs erschaudern lassen. Nun, nach dem, was die Schwester zitiert hatte, brannten sie sich in mein Hirn ein. Elspeth Clewer! Ich erinnerte mich an das graue, schmucklose Grab unter der Eibe. Seine schmucklose Verschwiegenheit hatte meine Fantasie bei meinem ersten Besuch auf dem Friedhof angespornt, und nun war es in meinem Innern auf ewig mit Margarets hilflosem, sich windendem Körper verbunden.

›Gebe Gott, daß sie in Frieden ruht! Gebe Gott, daß sie in Frieden ruht!‹ Eine schwache, flüchtige Hoffnung keimt in mir. Vielleicht kannte Margaret das Tagebuch, das ich gefunden hatte. Wenn dem so wäre, konnte es sehr wohl sein, daß sein Inhalt sie verfolgte. Konnte es nicht sein, daß das, was die Schwester für Theaterproben gehalten hatte, in Wirklichkeit nur Margaret war, die in unruhigen Träumen aus diesem Buch zitierte?

An jenem Abend fand ich sie bleich und mit fiebrigen Augen vor. Ich erzählte ihr von meiner Entdeckung des Tagebuchs und fragte, ob sie es je gelesen hätte. Sie stritt jegliche Kenntnis des Buches ab, und diesmal wußte ich, daß sie die Wahrheit sprach. Ich sagte, es fände sich darin ein seltsamer Bericht über eine Ahnin von ihr – einer Elspeth Clewer. War es meine Einbildung, oder erschrak sie tatsächlich bei der Erwähnung dieses Namens?

»Oh, wirklich?« sagte sie. »Ja, ich habe von ihr gehört. Obgleich sie starb, bevor sie noch dreiundzwanzig war, ist sie doch das einzige berühmte Mitglied der Clewer-Familie, denn sie krönte ihr kurzes Leben mit jeder erdenklichen Sünde und Untat. Ich glaube, sie war ein beinahe sprichwörtliches Monstrum an Verderbtheit und Grausamkeit: Doch wie ich Ihnen schon oft erzählt habe, hege ich wirklich nicht das geringste Interesse an meinen Vorfahren.«

Zwei Tage später, als ich gerade beim Frühstück saß, wurde die Türglocke so stürmisch geläutet, daß ich selbst zur Tür ging. Draußen stand die treue Rebecca, das Gesicht vor Erregung verzerrt.

»Oh, Sir! Sie ist auf und davon!«

»Miß Clewer?« keuchte ich.

»Nein, Sir«, plapperte sie atemlos. »Diese Schwester von ihnen, sie ist einfach auf und davon – hat mein armes Lämmchen verlassen, ohne ein Sterbenswörtchen. Ja, als ich heute morgen hereinkomme, liegt meine Herrin in tiefem Schlaf da, und, was soll ich Ihnen sagen, auf dem Boden ist ein Tablett mit den Scherben einer Tasse und eines Tellers und die Benger's-Suppe ist über den ganzen Teppich vergossen. Es muß der Schwester einfach aus der Hand gefallen sein. Und sie ist nirgendwo zu finden; hat sich einfach aus dem Staub gemacht – ist davongelaufen und hat ihre ganzen Sachen dagelassen. Der Gärtnerbursche sagt, er hätte sie durch den Garten stürmen sehen wie von tausend Furien gehetzt. Ich bin zum Bahnhof gegangen, und dort haben sie mir gesagt, daß sie eine volle Stunde, bevor der erste Zug fährt, da war, und sie hat ganz seltsam ausgesehen, ohne Hut und alles. Und meine Herrin – es kann einem das Herz brechen, wie sie heut morgen ausschaut – sagt, sie hätte der Schwester aufgegeben, ihr eine Tasse Benger's zu bringen – und dann muß sie wohl, wie sie glaubt, eingeschlafen sein, denn sie kann sich an nichts sonst erinnern.«

Wütend über die Schwester, rief ich die Londoner Vermittlung, von der sie gekommen war, an und gab ihnen den Auftrag, mich augenblicklich anzurufen, wenn sie einträfe. Mit den schlimmsten Ahnungen eilte ich zum Herrenhaus. Bei meinem Eintreffen fand ich Margaret im Garten vor, wo sie mit angespanntem, entschlossenem Gesicht hin und her ging.

»Es tut mir leid, daß ich Ihrer Schwester solche angst gemacht habe«, sagte sie bitter.

»Ihr angst gemacht haben? Sie?« Ich versuchte zu lachen.

»So scheint es. Eine erfahrene Schwester, die ihr Tablett fallen läßt und aus dem Haus stürmt, muß wohl ein wenig erregt sein.«

»Sie muß verrückt geworden sein«, erwiderte ich trokken. »Glücklicherweise weiß ich von einer ganz ausgezeichneten Schwester, die gerade ohne Stellung ist.«

»Nein, vielen Dank. Ich habe genug von Krankenschwestern! Ich kann nicht behaupten, daß ich die letzte als besonders beruhigend empfunden habe. Nein, ich habe gerade allen meinen Freunden telegrafiert, daß sie hierherkommen sollen. Ich bin in der letzten Zeit zu ungesellig gewesen.« Sie sprach sehr trotzig, und ich wußte, daß es keinen Sinn haben würde, darüber zu streiten.

An jenem Nachmittag erhielt ich einen Anruf von der Leiterin der Vermittlung für Krankenpflegerinnen. Schwester Newton war nicht erschienen, doch Nachfragen hatten ergeben, daß sie zu ihrer Mutter gefahren war, deren Telefonnummer man mir gab.

»Mrs. Newton am Apparat«, antwortete eine gewollt vornehme Stimme.

Ich erklärte, wer ich war, und sagte, daß ich ihre Tochter zu sprechen wünschte, deren erstaunliches Verhalten nach einer Erklärung verlangte.

Die Stimme verlor ihren vorgeblich vornehmen Ton, und ihre Erregung verriet deutlich, welchen Genuß ihr die heraufziehende Krise bereitete.

»Oh, Sir! Ich fürchte, Sie können nicht mit meiner Tochter sprechen. Sie liegt ganz krank im Bett, und der Arzt sagt, sie hätte einen Schock erlitten und darf nicht gestört werden. Oh, Sir, was ist nur geschehen, daß es sie so verstört hat, wo sie doch so ein ruhiges Mädchen ist? In was für einem Zustand sie ist! Ich habe noch nie jemanden gesehen, der so aufgelöst war, und ich kann nicht aus ihr herausbekommen, wovor sie solche Angst hat – zumindest nicht in verständlichen Worte. Und, bitte, Sir, sie sagt, es tut ihr furchtbar leid, daß sie Sie so enttäuscht hat, aber sie konnte einfach nicht bleiben – um keinen Preis.«

Ohne jegliches Mitleid wetterte ich: »Ich habe noch nie ein derartig unverschämtes Verhalten erlebt. Eine Schwester, die mitten in der Nacht einen Patienten im Stich läßt. Sie muß vollkommen hysterisch sein. Was für eine Entschuldigung kann es dafür geben? Ihre Patientin ist die charmanteste junge Dame, die man sich vorstellen kann.«

»Ja, sie sagt auch, daß die junge Dame, derentwegen man sie eingestellt hat, wirklich sehr nett war, aber, Herr Doktor – ich verstehe es nicht ganz – sie spricht so wirres Zeug, und wenn ich nachfasse, fleht sie mich an, nicht in sie zu dringen, aber war da nicht noch eine *andere* junge Dame?«

Vollkommen außer mir knallte ich den Hörer auf die Gabel.

Es war nötig, zum Herrenhaus zu gehen, um dort die Adresse zu hinterlassen, zu der man das Gepäck der Schwester nachsenden sollte. Ich wäre hineingegangen, doch zwei Automobile entließen gerade ihre Fracht an Gästen. Laute Stimmen hallten durch den Hof, und übermütige, mit Tennisschlägern bewehrte junge Leute sprangen die Stufen hinauf auf ihre Gastgeberin zu, die mit entschlossen fröhlichem Gesicht in der Tür stand.

Erfüllt von dem traurigen Gefühl, von ihr getrennt zu sein, und von Sorge, die schwer auf meinem Herzen lastete, stahl ich mich davon. Als ich zu dem von der

Abendsonne vergoldeten Haus zurückschaute, haßte ich es beinahe für seine mitleidslose Schönheit.

Zwei Tage später erhielt ich eine Nachricht, geschrieben in ihrer wechselhaften, doch immer unverwechselbaren Handschrift. Sie hatte keinen Anfang:

Ich gehe fort ... Ich muß sofort fahren. Wenn Sie dies erreicht, werde ich schon im Zug sitzen. Ich konnte keine weitere Nacht bleiben. Bitte, suchen Sie nie um eine Erklärung nach. Etwas unvorstellbar Schreckliches ist in der letzten Nacht geschehen. Ich werde es nie wieder wagen können, jemanden hier im Hause zu beherbergen. Nie wieder.

Genausowenig kann ich hier allein leben.

Ich verstehe es nicht; doch glauben Sie mir, es ist beängstigend, und ich muß gehen. O Gott! Es gibt mehr *Dinge zwischen Himmel und Erde!*

Ich werde schreiben.

Margaret Clewer

Sie reiste ins Ausland, und ich war glücklich, sie fort zu wissen. Wenn auch mein Leben unbeschreiblich öde wurde, so waren doch zumindest meine alptraumhaften Ängste beruhigt. Natürlich schrieb ich ihr und bat um eine Erklärung für ihre Nachricht, doch ich erhielt keine Antwort. Ich bekam viele Briefe von ihr; doch mit Ausnahme der einen Zeile, ›Ich bin froh, davongekommen zu sein‹, sagten sie mir nichts. Sie waren nichts weiter als hinreißende Schilderungen ihrer Reisen – kaum mehr als gekonnte Baedecker-Beschreibungen, in denen kaum ein Wort verriet, daß wir einst enge Freunde gewesen waren und gemeinsam eine nie ausgesprochene Bedrohung durchstanden hatten. Ich schrieb an Rebecca, um mich nach dem Gesundheitszustand ihrer Herrin zu erkundigen. Ihre Antwort lautete, daß ihre junge Herrin wohlauf zu sein schien, auch wenn sie rastlos wirkte und anscheinend nicht wirklich das überschwengliche Leben, das sie führte, genoß.

Als das Laub von den Bäumen fiel und sich schließlich der Winter wie Eisen über das Land legte, begannen die verzauberten Tage jenes langen Sommers die goldene, schemenhafte Qualität eines Traums anzunehmen. Oft ging ich aus und betrachtete ihr nun leeres Haus. Ich begann mich zu fragen, ob ich sie jemals wiedersehen würde. Es kam sogar das Gerücht auf, daß das Herrenhaus zu vermieten stand.

Eines Morgens, als der ungewöhnlich zögerliche Frühling endlich die Felder zu neuem Leben erweckt hatte, entdeckte ich zu meinem Erstaunen auf einem Umschlag, der einen Londoner Poststempel trug, die Handschrift, die mein Herz immer mit Freude erfüllte. Ich las:

Es ist mir unmöglich, noch länger fortzubleiben. Ich verspüre den unwiderstehlichen Drang, nach Hause zurückzukehren, doch ich werde nicht in meinem alten Zimmer schlafen. Ich werde am Montag eintreffen, allerdings erst sehr spät am Abend. Bitte kommen Sie am Dienstag zum Mittagessen.

Margaret Clewer

Sie kehrte am Montag heim? Es war Montag. Ich würde sie in kaum mehr als vierundzwanzig Stunden sehen. Der

Tag schleppte sich mit unglaublicher Trägheit dahin. Um die Zeit bis zum nächsten Morgen zu verkürzen, ging ich ungewöhnlich früh zu Bett.

Mitten in der Nacht erwachte ich plötzlich mit dem deutlichen Gefühl, von irgendeinem Geräusch aufgeschreckt worden zu sein. Ja, da war es wieder; es kam von draußen. Kleine Kieselsteine wurden gegen mein Fenster geworfen. In der Erwartung eines Notfalls, kämpfte ich mich aus dem Schlaf und schaute aus meinem niedrigen Fenster. Es war Vollmond; unten stand eine hochgewachsene Gestalt; ein weißes, nach oben gewandtes Gesicht glänzte im silbergrünen Licht. Es war Margaret! Ihre Lieblichkeit schimmerte in der seltsamen, kühlen Nacht, doch sie sah verwirrt aus, und in ihrer Stimme lag ein verzweifeltes Drängen.

»Schnell, schnell!« rief sie. »Ich brauche Ihre Hilfe. Ich habe solche Angst. Schnell! Lassen Sie mich ein! Lassen Sie mich ein! Diesmal werde ich Ihnen alles erzählen!«

Ich griff nach meinem Mantel und eilte, aus Angst, ich könnte meinen Diener aufwecken, so leise wie möglich nach unten. Dort angekommen, öffnete ich die Tür.

Es war kein Traum. Dort draußen stand die weiße Gestalt und streckte mir ihre Arme entgegen. Eine köstliche Hoffnung flammte in meinem Herzen auf; doch als ich mich näherte, entdeckte ich einen unbeschreiblichen Ausdruck in ihren Augen. Ihre Hände bewegten sich mit verzweifelter Hast, und einen Augenblick später war ihr Gesicht vollkommen von dem Chiffonschal verdeckt, in den sie es eingehüllt hatte.

»Zu spät! Zu spät!« jammerte sie mit sich verändernder Stimme. »Geht zurück, geht zurück, und wagen Sie es um Himmels willen nicht, mir zu folgen!« Die weiße Gestalt eilte davon.

Zutiefst verwirrt wollte ich ihr nachsetzen, doch nach nur wenigen Schritten wandte sich die verhüllte, gesichtslose Gestalt um. Ein Sturzbach von Worten, die in einer mir unbekannten Stimme gerufen wurden, ließ mich wie erstarrt innehalten, reglos vor Schrecken. Eine unbezähmbare Angst schnürte mir die Kehle zu. Ich ließ sie im Stich, möge Gott mir vergeben. Ich konnte keinen weiteren Schritt tun, und wenn mein Leben davon abgehangen hätte. Ich stahl mich zurück ins Haus, und lag zitternd und schweißgebadet auf meinem Bett. Schlaf wollte sich nicht einstellen, doch ich fühlte mich zu zerschlagen und krank, um zur üblichen Stunde aufzustehen. Um zehn Uhr läutete das Telefon. Voller Angst, welche schreckliche Eröffnung mir nun ins Haus stand, nahm ich den Hörer auf.

Margarets liebliche Stimme drang an mein erstauntes Ohr.

»*Ich* bin's. Bitte kommen Sie zu mir. Man sagt mir, es ginge mir nicht gut.«

Es war ihre liebliche Stimme, die jemals wieder zu hören, ich nicht zu hoffen gewagt hatte. Hatte irgendein heimtückischer Traum mir die Sinne benebelt? Ich begann beinahe es zu glauben.

Als ich das Herrenhaus erreichte, erkundigte ich mich, wo sich Miß Clewers neues Zimmer befand.

»Es ist genau dasselbe wie zuvor, Sir«, erwiderte das Mädchen. »Miß Clewer hatte mir aufgetragen, ein Zimmer im anderen Flügel des Hauses herzurichten, doch als sie hier eintraf, sagte sie, daß sie wieder ihr altes Zimmer beziehen würde.«

Rebecca erwartete mich in der vertrauten Halle.

»Gott sei Dank, daß Sie gekommen sind, Herr Doktor«,

flüsterte sie. »Ihr Verstand scheint heute morgen verwirrt.«

Ich schlich ins Zimmer. Margaret, seltsam schön, doch bleich und matt, saß gegen ein großes Kissen gelehnt im Bett. Sie streckte mir zur Begrüßung beide Hände entgegen. Augenblicklich erkannte ich, daß sie keine Erinnerung an die letzte Nacht hatte. Sie begrüßte mich, als würden wir uns nun zum erstenmal seit ihrer all diese langen Monate zurückliegenden Abreise sehen.

»Rebecca denkt, ich sei krank«, sagte sie. »Doch ich muß ein Geschöpf sein, das den eigenen Zustand nicht zu erkennen vermag, denn ich versichere Ihnen, daß ich mich recht wohl fühle und ach so glücklich bin, meinen Arzt zu sehen!«

Habe ich erwähnt, daß es mir nach dem Zwischenfall mit dem Hund nur noch einmal gegeben war, Margaret in ihrer unvergleichlichen, strahlenden Heiterkeit zu sehen? Seltsam, daß es gerade jetzt sein sollte, wenn ich erwartet hatte, sie im Delirium vorzufinden. Doch so war es. Noch einmal schien sie ihr typisches, unbekümmertes, hinreißendes Selbst zu sein.

Sie befragte mich nach allen Neuigkeiten in Mosstone und gab mir unwiderstehlich komische Beschreibungen von den Menschen, denen sie auf ihren Reisen begegnet war. Alles war so, wie ich es von unserer ersten Begegnung erinnerte: die singende Stimme, das liebliche Lachen, die lebhaften, mitreißenden Gespräche, ihre blitzschnellen Erwiderungen, der stete Strom von Zitaten. Was hatte Rebecca gemeint, als sie sie als verwirrt bezeichnete?

Doch plötzlich veränderte sich der Ausdruck in ihren Augen. Sie ergriff meine Hände und hielt sie fest umklammert. Dann begann sie, wirres Zeug zu reden, wie Rebecca es beschrieben hatte. Ihre Stimme war ernst.

»Wie der Baum fällt, so soll er liegenbleiben! So ist es doch, nicht wahr, John?« John? Ich hatte meinen selten gebrauchten Taufnamen beinahe vergessen. »So ist es doch wirklich«, fuhr sie fort, »nicht wahr, Liebling? Und wie der Baum liegenbleibt, so soll er liegen bis in alle Ewigkeit – das stimmt doch auch, nicht wahr, John – das ist doch absolut wahr?«

»Ja – ja, natürlich«, beruhigte ich sie.

»Oh, John«, fuhr sie fort, »ich habe ein so wundervolles, wundervolles Gedicht gefunden. Ich habe es vorher nicht gekannt. Ich weiß nicht, wie ich es übersehen konnte. Es ist von Barnefield. Hör doch nur, welch wehmütiger Zauber diesen beiden Zeilen innewohnt:

König Pandion ist tot,
All deine Freunde sind eingehüllt in Blei.«

»Eingehüllt in Blei! Läßt das den Tod nicht köstlich und wunderbar erscheinen? Als ob das Leben selbst nur etwas Behelfsmäßiges wäre.« Sie schenkte mir ein kurzes Lachen. »Eingehüllt in Blei – eingehüllt in Blei«, wiederholte sie sehr langsam. »Oh, wie lieblich und friedlich und sorglos das klingt! Du weißt sicher, was das Beste wäre, was mir geschehen könnte, nicht wahr? Das Beste, das meinem dir gehörenden *Ich* geschehen könnte. Dann wäre mein *dir* gehörendes Ich in Sicherheit.«

Ein dringender Anruf erreichte mich, und ich mußte mich zu einem weit entfernten Notfall aufmachen. Nachdem ich Rebecca eingebleut hatte, sie nicht auch nur für einen Moment aus den Augen zu lassen, und ihr versichert hatte, mich darum zu kümmern, daß sobald wie möglich eine Schwester kam, eilte ich davon.

Es war eine Geburt, zu der man mich gerufen hatte. Das Kind schien ebenso unwillig auf die Welt zu kommen, wie seine Mutter entschlossen schien, sie zu verlassen, und es hatte schon lange Mitternacht geschlagen, als ich nach Hause kam.

Durch all die Anstrengungen jenes nie enden wollenden Tages hindurch ließ mich der Gedanke an Margaret nicht los, und ich hatte vor, nur ein schnelles Mahl einzunehmen und dann zum Herrenhaus zu eilen. Doch bevor ich mich noch zu Tisch gesetzt hatte, läutete das Telefon. Es war Rebeccas Stimme:

»Kommen Sie schnell, kommen Sie unverzüglich! Miß Margaret scheint so schwach, daß sie kaum zu atmen vermag. Ich spreche aus ihrem Zimmer. Bitte...« Die Stimme erstarb; sie war nicht mehr an der Sprechmuschel, doch ich hörte sie in Todesangst ausrufen: »O Gott, wer...« Und dann muß sie das Telefon fallengelassen haben.

Kein weiteres Geräusch drang zu mir herüber. Ich legte den Hörer auf, und nach einer kurzen Denkpause rief ich das Amt an, wobei ich in meiner Ungeduld wütend auf die Gabel hämmerte. »Die Nummer, bitte; die Nummer, bitte«, verlangte die Vermittlung. Ich nannte die Nummer mehrere Male, doch ich erhielt keine andere Antwort als das unablässige Tuten eines besetzten Anschlusses... Ich stellte mir vor meinem geistigen Auge das heruntergefallene Telefon vor, wie es auf dem Boden in Margarets Zimmer lag. Was war geschehen?

Ich sprang in mein Automobil und fuhr zum Herrenhaus hinüber. Die Vordertür stand sperrangelweit offen, doch es war niemand zu sehen. Auch auf meinem Weg zu

Margarets Zimmer begegnete ich niemandem. Das ganze Haus war verlassen.

Was ich erblickte, als ich mich dem Bett näherte, kann niemand beschreiben, ohne den Verstand zu verlieren. Es wälzte sich und stöhnte und schien nur mit furchtbarer Mühe atmen zu können. Ich wandte meine Augen von dem Gesicht ab und verabreichte mit dem mechanischem ärztlichen Instinkt, Leben zu retten, eine Injektion.

Das Ding auf dem Bett wurde von einem krampfartigen Zittern geschüttelt, und ich hörte das schnelle, schwere Atmen eines verzweifelten Kampfes. Entschlossen, das Wesen, das von Margaret Besitz ergriffen hatte, nicht noch einmal anzusehen, hielt ich meine Augen geschlossen. Ich wagte nicht hinzuschauen! Dann war es plötzlich still, gefolgt von einem leisen Seufzer.

Etwas in jenem leisen Seufzer veranlaßte mich, die Augen zu öffnen. Unendliche Erleichterung durchströmte mich. Wie reines Silber, das durch den Urschlamm nach oben stieg, hatte das Geschöpf, das ich liebte, gekämpft und über die grauenhafte, spirituelle Scheußlichkeit jener Invasion gesiegt. Es war Margarets Gesicht, das mich anlächelte. Ihre Stimme war süß, doch unendlich schwach.

»Es ist alles in Ordnung, Liebling«, hauchte sie, und in ihrer Stimme lag eine Zärtlichkeit, die ich mir nie vorzustellen gewagt hätte. »Es ist alles in Ordnung. Ich habe gesiegt. Ich bin's, *dein* Ich. Laß nicht zu, daß ich mich wieder ergebe. Beschütze mich...«

Sich ihres schützenden Hafens sicher, schaute sie mich an. Ihre Hand umklammerte die meine, und ihre Lippen lächelten, doch die Anstrengung dieses letzten Kampfes war zuviel für ihr schon geschwächtes Herz gewesen. Die Augenlider zuckten ein-, zweimal, während sich ihr Griff um meine Hand löste. Beinahe unhörbar, doch mit der Erregung endlich gefundenen Friedens, hauchte sie die Worte: »Eingehüllt in Blei – eingehüllt in Blei...« Und noch etwas anderes, das ich nicht ganz verstehen konnte. Ich spürte, wie meine Hand ein letztesmal gedrückt wurde, und dann löste sich die Seele, die ich liebte, mit ein oder zwei langen Seufzern aus seiner schönen Behausung.

Einige Stunden später verließ ich das Haus und kehrte in die nun leere Welt zurück. Dankbarkeit vermengte sich mit meiner Trauer; mein gebrochenes Herz hatte Ruhe gefunden, denn ich wußte, daß sie nun auf ewig in Sicherheit weilte. Der lange Schrecken hatte ein Ende gefunden.

Es ist ein trostloser Pfad, auf dem ich wandle, doch manchmal, wenn er am steilsten und ödesten scheint, vermeine ich, wie eine sanfte Welle, die gegen mein müdes Hirn schlägt, den leisen Trost ihrer Stimme zu hören, die haucht: ›Eingehüllt in Blei – eingehüllt in Blei.‹ Und abermals höre ich das Versprechen in der unendlichen Zärtlichkeit ihres geflüsterten ›Liebling‹.

Was waren die Worte, die ich nicht zu verstehen vermocht hatte?

Ich halte mich oft in der Nähe ihres verlassenen Hauses auf. Kein Rauch steigt von den gebogenen Schornsteinen auf, doch die Tauben flattern noch immer umher und gurren, und das graue Haus, das mir oft so abweisend vorgekommen war, scheint mich in einer Atmosphäre gütigen Friedens aufzunehmen.

Aus dem Englischen von
Ute Thiemann

DAVID H. KELLER

Das Ding im Keller

Der hauptberufliche Psychologe Keller schrieb überwiegend Erzählungen, die der Science-fiction zuzurechnen sind, aber auch im Bereich der unheimlichen Fantastik und der Horror-Geschichte hat er sich einen Namen gemacht. Seine knappen, lakonischen, oft mit einem grimmigen Humor gewürzten Geschichten wirken wie amerikanische Versionen der französischen ›contes cruels‹, wie Rein A. Zondergeld im Lexikon der fantastischen Literatur *anmerkt. Im deutschen Sprachraum ist David H. Keller – der auf dem europäischen Kontinent besonders in Frankreich hoch geschätzt wird – so gut wie unbekannt geblieben; lediglich einige wenige Übersetzungen seiner Erzählungen liegen in Anthologien verstreut vor. Die nachfolgende Geschichte, die ich für diesen Band ausgewählt habe, zeigt auf bemerkenswerte Weise, wie man die Fantasie des Lesers anregen und ihn mit Unbehagen erfüllen kann, indem man* nichts *zeigt.*

Es war ein großer Keller, der in keinem Verhältnis zum Haus darüber stand. Der Besitzer gab zu, daß er wahrscheinlich für ein völlig anderes Bauwerk gedacht gewesen war als das, welches sich jetzt tatsächlich darüber befand. Möglicherweise war das erste Haus abgebrannt, und Armut hatte für einen kleineren Maßstab des Neubaus gesorgt.

Eine Wendeltreppe aus Stein verband den Keller mit der Küche. Rings um die Basis dieser Treppenflucht herum hatten die aufeinander folgenden Bewohner des

Hauses Brennholz, eingemachtes Gemüse und Sperrmüll gestapelt. Der Sperrmüll war nach und nach in den hinteren Teil geschoben worden, bis er mannshoch zu einer Barrikade des Nutzlosen geworden war. Niemand wußte, was hinter dieser Barriere lag, und niemanden kümmerte es. Seit rund hundert Jahren hatte sie niemand überquert, um in die dunklen Weiten des Kellers dahinter vorzustoßen.

Oben, am Ende der Treppe, befand sich eine kräftige Eichentür, die den Keller von der Küche trennte. Diese Tür war in gewisser Weise in diesem Haus ebenso eigentümlich wie der Keller. Es war eine merkwürdige Tür für ein neues Haus, und ganz sicher eine höchst ungewöhnliche Tür für das Innere eines Hauses – dick, massiv gebaut, mit schweren Metallbeschlägen und großen schmiedeeisernen Scharnieren und einem Vorhängeschloß, das ganz den Anschein erweckte, als würde es von Schloß Verzweiflung stammen. Eine solche Tür hätte man sich gefallen lassen, um das Haus von der Außenwelt abzuschirmen; aber zwischen Küche und Keller wirkte sie doch übertrieben.

Von den frühesten Monaten seines Lebens an schien Tommy Tucker unglücklich in der Küche zu sein. Im Wohnzimmer, im formellen Eßzimmer und besonders im zweiten Stock des Hauses benahm er sich wie ein normales, gesundes Kind; aber trug man ihn in die Küche, fing er an zu weinen. Seine Eltern, die einfache Leute waren, aßen in der Küche, außer wenn Besuch da war. Da sie arm waren, erledigte Mrs. Tucker fast alle Arbeiten selbst, nur manchmal kam eine Zugehfrau, die samstags beim Putzen half, und daher verbrachte sie notgedrungen viel Zeit in der Küche. Tommy blieb bei ihr, jedenfalls so lange, bis er anfing zu laufen. Die meiste Zeit war er sichtlich unglücklich.

Als Tommy zu krabbeln lernte, verlor er keine Zeit und floh aus der Küche. Kaum drehte ihm seine Mutter den Rücken zu, krabbelte der kleine Kerl, so schnell er konnte, zur Tür, die zum vorderen Teil des Hauses, dem Eßzimmer und dem Wohnzimmer führte. Wenn er die Küche verlassen hatte, schien er glücklich zu sein; wenigstens hörte er auf zu weinen. Trug man ihn in die Küche zurück, brachte sein Heulen die Nachbarn auf den Gedanken, er habe eine Kolik, so daß ihm mehr als eine Tasse Katzenminze und Kräutertee gebracht wurde.

Erst als der Junge sprechen lernte, bekamen die Tuckers einen Hinweis, warum er so sehr weinte, wenn er in der Küche war. Er mußte monatelang leiden, bis eine Besserung eintrat, aber als er seinen Eltern erzählte, was los war, konnten sie es absolut nicht begreifen. Darüber sollte man sich nicht wundern, denn sie waren beide schwer arbeitende, schlichte Gemüter.

Was sie schließlich von ihrem kleinen Jungen erfuhren, war folgendes: Wenn die Kellertür geschlossen und das schwere Vorhängeschloß vorgelegt war, konnte Tommy zumindest in Frieden sein Essen zu sich nehmen; wenn die Tür nur geschlossen und das Schloß nicht vorgelegt war, bibberte er vor Angst, blieb aber ruhig; aber wenn die Tür offen war und man nur den schmalsten Streifen Schwarz sehen konnte, der bewies, daß sie nicht fest zu war, dann kreischte der kleine Dreijährige fast bis zur Erschöpfung, besonders wenn sein Vater ihm nicht die Erlaubnis gab, die Küche zu verlassen.

Wenn es in der Küche spielte, entwickelte das Kind zwei interessante Angewohnheiten. Lumpen, Papierschnitzel und Holzsplitter wurden ständig unter die dicke Eichentür geschoben, um den Spalt zwischen Tür und Schwelle abzudichten. Wenn Mrs. Tucker die Tür aufmachte, lag stets Abfall darunter, den ihr Sohn hingelegt hatte. Das erboste sie, und der kleine Kerl bekam mehr als einmal eine Tracht Prügel dafür, aber Bestrafung erwies sich keineswegs als Abschreckung. Die andere Angewohnheit war ebenso einmalig. Wenn die Tür abgeschlossen war, ging er tapfer zu ihr hin und streichelte das alte Schloß. Schon als er noch so klein war, daß er sich auf die Zehenspitzen stellen mußte, um überhaupt hinzukommen, streichelte er es mit langsamen Bewegungen; später gewöhnte er sich an, es zu küssen.

Sein Vater, der den Jungen nur abends sah, kam zum Ergebnis, daß ein derartiges Gebaren unsinnig war und versuchte auf seine männliche Art, dem Jungen seine Narretei auszutreiben. Der schwer arbeitende Mann unternahm keinen Versuch, die psychologischen Beweggründe dieses Verhaltens zu untersuchen. Der Mann wußte nur, daß sich sein Sohn in einer Weise verhielt, die entschieden seltsam war.

Tommy liebte seine Mutter und war bereit, alles zu tun, um ihr bei der Hausarbeit zu helfen, aber eines wollte er nicht und machte er auch nie, nämlich etwas in den Keller zu tragen oder aus dem Keller zu holen. Wenn seine Mutter die Tür aufmachte, rannte er schreiend aus der Küche und kam erst freiwillig wieder zurück, wenn ihm versichert wurde, daß die Tür abgeschlossen war.

Er erklärte nie, warum er sich so benahm. Er weigerte sich überhaupt, darüber zu reden, jedenfalls mit seinen Eltern, und das war gut so, denn hätte er es getan, hätte sie das nur um so mehr in ihrer Überzeugung bestärkt, daß mit ihrem einzigen Sohn etwas nicht stimmte: Sie versuchten auf ihre Weise, dem Kind seine ungewöhnlichen Verhaltensmuster abzugewöhnen, und als ihnen das nicht gelang, beschlossen sie, seine Eigenheiten einfach nicht mehr zur Kenntnis zu nehmen.

Das heißt, sie nahmen sie nicht zur Kenntnis, bis er sechs Jahre alt war und eingeschult wurde. Zu der Zeit war er ein kräftiger kleiner Kerl und aufgeweckter als der durchschnittliche Erstkläßler. Mr. Tucker war meistens stolz auf ihn; das Verhalten des Kindes hinsichtlich der Kellertür war der größte Schlag für den Stolz des Vaters. Schließlich blieb der Familie Tucker nichts anderes mehr übrig, als den Hausarzt der Familie zu besuchen. Es war ein bedeutendes Ereignis im Leben der Tuckers.

»Das Problem ist folgendes, Dr. Hawthorn«, sagte Mr. Tucker in einem leicht verlegenen Tonfall. »Unser kleiner Tommy ist alt genug, um zur Schule zu gehen, aber er benimmt sich kindisch, wenn es um den Keller geht; daher haben meine Frau und ich gedacht, Sie könnten uns vielleicht sagen, was man dagegen tun kann. Es müssen seine Nerven sein.«

»Seit er ein Baby war«, fuhr Mrs. Tucker fort und griff die Geschichte auf, wo ihr Mann aufgehört hatte, »hat Tommy große Angst vor dem Keller. Auch heute liebt er mich noch nicht so sehr, daß er etwas für mich aus dem Keller holen oder hinunterbringen würde, obwohl er doch schon ein großer Junge ist. Es ist nicht normal, daß ein Kind sich so benimmt, und weil er obendrein noch den Spalt mit Decken und Kissen zustopft und das Schloß küßt, glaube ich manchmal, er könnte verschroben werden, wenn er älter ist.«

Der Arzt, der seine Kunden zufriedenstellen wollte und

sich vage an ein paar Vorlesungen über das Nervensystem erinnerte, die er während des Medizinstudiums gehört hatte, stellte ein paar allgemeine Fragen, hörte sich den Herzschlag des Jungen an, horchte die Lunge ab und betrachtete sich Augen und Fingernägel.

»Sieht wie ein gesunder, prachtvoller Junge aus«, sagte er schließlich.

»Ja, bis auf die Sache mit der Kellertür«, antwortete der Vater.

»Ist er jemals krank gewesen?«

»Nein, nur ein- oder zweimal hat er geschrien, bis er blau im Gesicht wurde«, antwortete die Mutter.

»Ängstlich?«

»Schon möglich. Aber immer nur in der Küche.«

»Würden Sie mich reingehen und mit Tommy selbst reden lassen?«

Und da saßen der Arzt sehr behaglich und der kleine sechsjährige Junge sehr unbehaglich zusammen.

»Tommy, warum hast du solche Angst vor dem Keller?«

»Ich weiß nicht.«

»Hast du ihn schon mal gesehen?«

»Nein, Sir.«

»Schon mal was gehört? Was gerochen?«

»Nein, Sir.«

»Woher weißt du dann, daß etwas da ist?«

»Weil es so ist.«

Weiter wollte der Junge nicht gehen, und seine scheinbare Verstocktheit erboste den Arzt so sehr, wie sie Mr. Tucker einige Jahre lang erbost hatte. Er ging zur Tür und bat die Eltern ins Zimmer.

»Er glaubt, daß da unten im Keller etwas ist«, sagte er.

Die Tuckers sahen einander nur an.

»Das ist albern«, antwortete Mr. Tucker schließlich.

»Es ist nur ein ganz normaler Keller mit Feuerholz und Sperrmüll und Apfelweinfässern«, fügte Mrs. Tucker hinzu. »Seit wir in diesem Haus wohnen, gab es keinen Tag, an dem ich nicht mindestens einmal die Treppe hinuntergegangen wäre, und ich weiß, daß nichts da unten ist. Aber der Junge hat immer geschrien, wenn die Tür offen war. Jetzt fällt mir wieder ein: Seit ich ihn als Neugeborenen auf den Armen getragen habe, hat er geschrien, wenn die Tür offen war.«

»Er glaubt, daß da unten etwas ist«, wiederholte der Arzt.

»Darum haben wir Sie gebeten, ihn sich anzusehen«, sagte der Vater. »Es sind die Nerven des Jungen.«

»Ich sage Ihnen, was zu tun ist«, meinte der Arzt. »Er glaubt, daß etwas da unten ist. Wenn er herausfindet, daß er sich irrt und nichts da ist, wird er die ganze Sache schnell vergessen. Sie haben es zu lange geduldet. Sie sollten die Kellertür aufmachen und ihn zwingen, ganz allein in der Küche zu bleiben. Nageln Sie die Tür fest, damit er sie nicht zumachen kann. Lassen Sie ihn eine Stunde allein, dann gehen Sie rein und lachen Sie und zeigen Sie ihm, wie albern es war, vor einem leeren Keller Angst zu haben. Ich gebe Ihnen eine Nerven- und Blutmedizin, die wird ihm helfen; aber Sie müssen ihm zeigen, daß kein Grund besteht, Angst zu haben.«

Auf dem Rückweg zum Haus der Tuckers riß sich Tommy von seinen Eltern los. Sie fingen ihn nach einer aufregenden Jagd wieder ein und hielten ihn den restlichen Weg nach Hause zwischen sich. Als sie im Haus waren, verschwand er; sie fanden ihn im Gästezimmer unter dem Bett. Da der Nachmittag für Mr. Tucker schon verdorben war, beschloß er, den Jungen den Rest des Tages unter Beobachtung zu halten. Obwohl ihn seine unglückliche Mutter bedrängte, aß Tommy keinen Bissen. Das Geschirr wurde gespült, die Abendzeitung gelesen, die abendliche Pfeife geraucht; dann holte Mr. Tucker den Werkzeugkasten und nahm einen Hammer und lange Nägel heraus.

»Und ich werde die Tür festnageln, Tommy, damit du sie nicht zumachen kannst, das hat der Doktor gesagt. Du mußt ein Mann sein und eine Stunde allein in der Küche bleiben. Wir lassen das Licht an, und wenn du festgestellt hast, daß du keine Angst haben mußt, bist du gesund und ein richtiger Mann und kein Sohn, dessen ein Vater sich schämen müßte.«

Schließlich küßte Mrs. Tucker Tommy und weinte und flüsterte ihrem Mann zu, es nicht zu machen, sondern zu warten, bis der Junge größer war; aber es blieb nichts anderes mehr zu tun, als die dicke Tür festzunageln, damit sie nicht zugemacht werden konnte, und den Jungen allein zu lassen mit der brennenden Lampe und dem dunklen, offenen Raum hinter der Tür, den er mit Augen anstarrte, die so heiß und brennend wurden wie die Flamme der Lampe.

Am selben Tag ging Dr. Hawthorn mit einem Klassenkameraden essen, einem Mann, der sich auf Psychiatrie spezialisiert hatte und sich ganz besonders für Kinder interessierte. Hawthorn erzählte Johnson von seinem neuesten Fall, dem kleinen Jungen der Tuckers, und fragte ihn nach seiner Meinung. Johnson runzelte die Stirn.

»Kinder sind seltsam, Hawthorn. Vielleicht sind sie wie Hunde. Es könnte sein, daß ihr Nervensystem feiner ist als bei Erwachsenen. Wir wissen, daß unsere Sehfähigkeit begrenzt ist, ebenso unser Gehör und unser Geruchssinn. Ich bin fest davon überzeugt, daß es Lebensformen gibt, die dergestalt existieren, daß wir sie weder sehen, hören noch riechen können. Wir wiegen uns vergnügt in dem Irrglauben daß sie nicht existieren, weil wir ihre Existenz nicht beweisen können. Dieser kleine Tucker ist vielleicht besonders empfindlich. Er nimmt vielleicht vage etwas in dem Keller wahr, das seine Eltern nicht feststellen können. Seine Angst scheint offenbar nicht völlig unbegründet. Ich will nicht sagen, *daß* sich etwas in dem Keller befindet. Ich gehe sogar davon aus, daß es ein ganz normaler Keller ist, aber dieser Junge glaubt, seit er ein Baby war, daß dort etwas ist, und das ist fast ebenso schlimm. Ich wüßte gerne, wie kommt er darauf? Geben Sie mir seine Adresse, dann rufe ich morgen an und unterhalte mich einmal mit dem kleinen Kerl.«

»Was halten Sie von meinem Rat?«

»Tut mir leid, alter Junge, aber ich halte ihn für durch und durch bescheuert. Ich an Ihrer Stelle würde auf dem Heimweg vorbeischauen und verhindern, daß sie ihn in die Tat umsetzen. Der kleine Kerl könnte eine Heidenangst bekommen. Sehen Sie, er ist ja überzeugt davon, daß da unten etwas ist.«

»Aber da ist nichts.«

»Wahrscheinlich nicht. Er irrt sich zweifellos, aber er ist nun mal davon überzeugt.«

Dr. Hawthorn machte sich solche Sorgen, daß er beschloß, dem Rat seines Freundes zu folgen. Es war eine kalte, neblige Nacht, der Arzt fror, als er durch die Straßen ging, aber schließlich gelangte er zum Haus der Tuckers.

Er erinnerte sich jetzt, daß er schon einmal hier gewesen war, vor langer Zeit, als der kleine Tommy Tucker zur Welt gekommen war. Im Fenster zur Straße schien Licht, und es dauerte nur einen Augenblick, bis Mr. Tucker die Tür aufmachte.

»Ich wollte nach Tommy sehen«, sagte der Arzt.

»Der ist hinten in der Küche«, antwortete der Vater.

»Er hat einmal geschrien, aber seither herrscht Stille«, schluchzte Mrs. Tucker.

»Wenn es nach ihr gegangen wäre, hätte ich die Küchentür aufmachen müssen, aber ich habe zu ihr gesagt: ›Mutter, jetzt ist der Zeitpunkt gekommen, einen Mann aus unserem Tommy zu machen.‹ Und ich denke, er weiß inzwischen, daß er keinen Grund hat, Angst zu haben. Die Stunde ist um, wie wäre es, wenn wir ihn holen und ins Bett bringen?«

»Es ist eine schwere Zeit für das Kind gewesen«, flüsterte Mrs. Tucker.

Der Mann ging mit der Kerze in der Hand vor der Frau und dem Arzt her und machte schließlich die Küchentür auf. Der Raum war dunkel.

»Die Lampe ist ausgegangen«, sagte der Mann. »Wartet, bis ich sie wieder angezündet habe.«

»Tommy! Tommy!« rief Mrs. Tucker.

Aber der Arzt lief zu der weißen Gestalt, die am Boden lag. Er verlangte schroffen Tonfalls nach mehr Licht. Zitternd betrachtete er, was von dem kleinen Tommy noch übrig war. Er sah zuckend die Kellertür hinunter. Schließlich drehte er sich zu Tucker und Tuckers Frau um.

»Tommy – Tommy ist verletzt. Ich glaube, er ist tot!« stammelte er.

Die Mutter warf sich auf den Boden und hob das zerfetzte, verstümmelte Ding auf, das vor kurzer Zeit noch ihr Sohn gewesen war.

Tucker nahm den Hammer, zog die Nägel heraus und machte die Tür zu. Er sah sie an und schlug einen langen Nagel hinein, um das Schloß zu verstärken. Dann packte er den Arzt an den Schultern und schüttelte ihn.

»Was hat ihn getötet, Doktor? Was hat ihn getötet?« brüllte er Hawthorn an.

Der Arzt sah ihn trotz seiner Angst tapfer an.

»Woher soll ich das wissen, Tucker?« antwortete er. »Woher soll ich das wissen? Haben Sie mir nicht gesagt, daß nichts da war? Nichts da unten? Unten im Keller?«

Aus dem Amerikanischen von Joachim Körber

CLARK ASHTON SMITH

Teichlandschaft mit Erlen und Weide

(Genius loci)

»Ziemlich unguter Ort«, sagte Amberville. »Und ich weiß nicht recht, wie ich Ihnen meinen Eindruck schildern soll. Manche Dinge, wenn man sie ausspricht, werden gleich so simpel und banal. Eigentlich besteht das Ganze nur aus einer feuchten Wiese mit saurem Gras, die nach drei Seiten hin von fichtenbestandenen Hängen umschlossen ist. Von der freien Seite windet sich ein trüber, verschlafener Bach herein und verliert sich in einer sumpfigen Sackgasse aus hohem Riedgras und grundlosem Morast. Das Wasser fließt immer langsamer, immer träger dahin und wird schließlich zu einem stehenden, brackigen Tümpel von mäßiger Größe, von dem ein paar krüpplige Erlen mit sämtlichen Ästen und Zweigen wegzustreben scheinen, als wollten sie sich um keinen Preis in diesem Wasser spiegeln. Nur das Skelett einer Weide neigt sich über die sumpfige Pfütze und vermengt sein bleiches, knöchernes Spiegelbild mit dem grünlichen, schleimigen Schaum, der die Fläche in Flecken überzieht. Nichts regt sich, keinerlei Leben – weder eine Amsel, noch irgendein Sumpfvogel sind zu sehen, ja nicht einmal die Libellen, die doch sonst unfehlbar an derlei Orten umherschwirren. Alles ist ein einziges, verlassenes Schweigen. Es ist der Wohnsitz des Bösen – ist nicht geheuer auf eine Art, die ich einfach nicht in Worte fassen kann. Irgend etwas hat mich gezwungen, diesen Ort im Bild festzuhalten, und es war fast gegen meinen Willen, weil mir Ausgefallenheiten dieser Art im allgemeinen gar nicht liegen. Genauer gesagt, es sind zwei Blätter geworden. Interessiert Sie's? Ich zeig' sie Ihnen.«

Da ich Ambervilles künstlerische Qualitäten überaus schätzte, ja ihn seit langem für einen der hervorragendsten Landschafter seiner Generation hielt, war ich nur zu begierig, die Blätter zu sehen. Er aber wartete gar nicht erst auf irgendwelche Bekundungen von meiner Seite, sondern war schon dabei, seine Mappe aufzunesteln. Indes, seine Miene, ja noch die geringsten seiner Handbewegungen drückten nur zu beredt den sonderbaren Widerspruch zwischen innerer Bereitwilligkeit und äußerem Widerstreben aus, wie er da die zwei erwähnten Aquarellskizzen zum Vorschein brachte und vor mir auf den Tisch breitete.

Ich erkannte das dargestellte Motiv auf keinem der beiden Blätter wieder. Offenbar war mir der Ort auf meinen planlosen Streifzügen durch die hügelige Umgebung von Bowman entgangen, jenes Fleckens, wo ich vor zwei Jahren eine leerstehende Ranch erworben hatte, um mich so in jene Ungestörtheit zurückziehen zu können, wie sie ja für jedes umfangreichere literarische Vorhaben unumgänglich ist. Hingegen war Francis Amberville während seines vierzehntägigen Besuchs infolge seines Gespürs für das Malerische einer Landschaft mit der hiesigen Umgebung zweifellos vertrauter geworden als ich. Er hatte ja, bewaffnet mit seinem Malzubehör, jeden Vormittag gewohnheitsmäßig die Gegend durchstreift und auf diese Weise schon ein Fülle lohnender Motive aufgespürt. Seine Tageseinteilung war auch mir durchaus genehm, denn ich konnte die Stunden seines Fortseins dazu benützen, mich in allem Eifer meiner alten Remington zu widmen.

Gespannt betrachtete ich die beiden Blätter. Jedes von ihnen war von hoher Qualität und zeigte trotz aller Flüchtigkeit des Vortrags den für Amberville charakteristischen, kraftvollen Duktus, der dennoch nicht ohne Anmut ist. Und trotzdem: schon auf den ersten Blick war da etwas, das der sonstigen Art des Malers widersprach. Hier war genau das gemalt, was er vorhin vergeblich zu sagen versucht hatte. Auf dem einen Bild lag der Tümpel zum Teil hinter dem Schilfbestand des Ufers verborgen, und die abgestorbene Weide neigte sich in so verzweifelter Schräge darüber, als wär' ihr Fall in das faulige Wasser auf rätselhafte Weise aufgehalten worden. Die Erlen im Hintergrund aber schienen den Tümpel fliehen zu wollen, und ihre knorrigen Wurzeln waren eine einzige, unablässige Verzweiflung. Auf dem anderen Blatt nahm der Tümpel fast den gesamten Vordergrund ein. Das düstre, bedrohliche Weidengerippe sprang seitlich ins Bild, und am jenseitigen Ufer schienen die Rispengräser sich flüsternd und wehend zu unterreden in einem ersterbenden Wind. Der fichtenbestandene Hang aber, der die Wiese umschloß, war eine Mauer aus düsterm Grün, eine finstere Grenze gegen den Himmel, dessen herbstliche Helle nur als schmaler Streifen am oberen Bildrand erschien.

Das ganze war, wie der Maler gesagt hatte, durchaus nichts Besonderes. Und dennoch war da ein profundes Entsetzen, das in den scheinbar so harmlosen Formen lauerte und diese Landschaft zu etwas verzerrte, das viel eher an das Bösartige einer dämonischen Fratze gemahnte. In beiden Blättern kam dieser finstere Zug zum Ausdruck, ganz als zeigten sie ein und dieselbe Person, nur das eine Mal im Profil, das andre Mal en face. Unmöglich, im einzelnen zu sagen, was nun eigentlich diesen bedrohlichen

Eindruck in mir hervorrief, doch je länger ich auf diese Blätter starrte, desto intensiver, unverhohlener, ja haßerfüllter lurte mir's daraus entgegen in der ganzen Abscheulichkeit des radikal Bösen, das nichts denn Feindschaft kennt, Trostlosigkeit und Verzweiflung. Die gesamte Örtlichkeit schien sich zu einer makabren, infernalischen Grimasse verdichten zu wollen. Es war, als könnt' es mit jeder Sekunde hallend aus ihr hervorbrechen, als würden schon im nächsten Moment die Verwünschungen eines luziferischen Giganten ertönen, oder aber das höhnende Gellen eines nach Tausenden zählenden Schwarmes unheilverkündender Vögel. Das Böse, dessen Botschafter diese Bilder waren, es schien aus Bereichen des Außermenschlichen zu kommen – schien älter als alt zu sein, uralt, ja älter noch als die Menschheit. Auf befremdliche Weise – und so phantastisch das klingen mag – war dem gesamten sumpfigen Grund das Wesen eines Wiedergängers eigen, eines in unaussprechlicher Niedertracht und Gemeinheit alt und grau und gräßlich gewordenen Vampirs! Auf unwägbar heimtückische Art dürstete er nach ganz anderen Dingen, die nichts mit dem trägen Gerinn und Geträufel zu tun hatten, welches ihn nährte.

»Wo ist das?« fragte ich nach einiger Zeit der schweigenden Betrachtung. Ich konnte nicht glauben, daß es dergleichen in Wahrheit geben sollte, und nicht minder unglaublich schien es mir, daß eine so robuste Natur wie Amberville für solche Abstrusität empfänglich sein könnte.

»Es ist am hintersten Ende jener verlassenen Ranch, nicht ganz eine Meile den Fahrweg nach Bear River hinaus«, versetzte er. »Sie müßten es eigentlich kennen. Gleich überm Haus, die Berglehne hinauf, gibt's dort einen kleinen Obstgarten. Aber am unteren Hang, der in jene Sumpfwiese ausläuft, wächst alles wild durcheinander.«

Im Geist ließ ich die Gegend an mir vorüberziehen. »Dann muß es der ehemalige Chapman-Grund sein«, sagte ich schließlich. »An der ganzen Straße weiß ich sonst keine Ranch, auf die Ihre Schilderung zutreffen würde.«

»Schön – aber wem immer jene Wiese gehören mag, jedenfalls ist sie der beklemmendste Fleck Erde, den ich mein Lebtag angetroffen habe. Und ich hab' schon eine ganze Reihe Landschaften gesehen, wo's nicht geheuer war! Aber so etwas ist mir bisher noch nie untergekommen.«

»Vielleicht geht's dort um?«, sagte ich halb im Spaß. »Nach Ihrer Beschreibung muß es die Wiese sein, wo eines Morgens der alte Chapman von seiner jüngsten Tochter tot aufgefunden wurde. Das war ein paar Monate nach meiner Übersiedlung hierher. Man glaubte damals, es sei Herzschwäche gewesen. Er war schon kalt und mochte die ganze Nacht dort gelegen haben, denn die Familie hatte ihn schon beim Abendessen vermißt. Ich kann mich nicht mehr deutlich an ihn erinnern, weiß aber, daß er im Ruf stand, ein Sonderling zu sein. In der letzten Zeit vor seinem Tod glaubten die Leute schon, er würde überschnappen. Doch lassen wir die Einzelheiten. Jedenfalls haben Frau und Kinder bald nach seinem Tod das Haus verlassen, und seither ist niemand mehr dort eingezogen, hat sich keine Menschenseele um den Obstgarten gekümmert. Eine dieser ländlichen Tragödien eben.«

»Ich bin nicht sonderlich gespensteranfällig«, bemerkte Amberville, der meine diesbezügliche Äußerung ernstgenommen hatte. »Aber was immer von dort ausstrahlen mag – menschlichen Ursprungs ist es wohl kaum. Obschon, wenn ich's recht überlege, so hab' ich dort ein-

oder zweimal ein recht merkwürdiges Gefühl gehabt – zu dumm, aber beim Malen an diesen Blättern war's mir, als würde ich andauernd beobachtet. Komisch – das hatt' ich beinah schon vergessen! Erst jetzt, da Sie von Geistern reden, fällt's mir wieder ein. Offenbar hab' ich den Kerl ja nur ganz verschwommen bemerkt – er muß sich knapp außerhalb meines Blickfelds befunden haben –, irgend so ein verkommener alter Strolch mit schmutzig-grauem Schnauzbart und bedrohlichem Blick. Merkwürdig ist auch, daß ich bei aller Verschwommenheit des Eindrucks ein so deutliches Bild von ihm bewahrt habe. Ich hielt ihn für einen Landstreicher, der bei seinem Herumstreunen versehentlich auf jene Wiese geraten war. Als ich aber den Kopf wandte, um ihn ins Auge zu fassen, war er weg – einfach weg! Einsgeworden mit dem sumpfigen Grund, dem Schilfrohr und den Gräsern.«

»Das alles paßt nicht übel auf den alten Chapman«, sagte ich. »Sein Schnauzbart – ich hab' ihn noch vor Augen – war bis auf den ewigen Tabakschmant nahezu weiß. Eine auf den Hund gekommene Ehrwürdigkeit, würd' ich sagen, falls es so was überhaupt gibt. Und ein Ausbund an Unfreundlichkeit obendrein. Er hatte auf seine alten Tage einen richtig giftigen Blick bekommen, und zweifellos trug dieser Umstand viel zu den Gerüchten über seine Verrücktheit bei. Manches von dem, was man damals über ihn geredet hat, fällt mir jetzt wieder ein. So hieß es zum Beispiel, er lasse seinen Obstgarten mehr und mehr verkommen, und wer ihn besuchen wolle, finde ihn meist unten auf jener Wiese, wo er nur untätig herumstreune und geistesabwesend auf die Bäume und ins Wasser starre. Vielleicht glaubten die Leute auch deshalb, er sei am Überschnappen. Aber ganz sicher weiß ich, daß ich über die Wiese als solche nie etwas Ungewöhnliches oder Sonderbares gehört habe – nicht zur Zeit von Chapmans Tod, und auch nicht späterhin. Es ist eine einsame Gegend dort, und ich kann mir nicht vorstellen, warum ausgerechnet jetzt jemand dorthin kommen sollte.«

»Ich bin sozusagen blind hineingetappt«, sagte Amberville. »Der Platz ist von der Straße aus gar nicht zu sehen, der Fichtenbestand deckt ihn vollkommen ab... Aber da ist noch so eine Merkwürdigkeit: ich machte mich nämlich an jenem Morgen auf den Weg mit der ganz festen und deutlichen Vorstellung, irgend etwas Außergewöhnliches werde mir unterkommen. Ich schlug sozusagen die Luftlinie zu der Wiese ein und muß zugeben, daß meine Erwartung sich voll und ganz erfüllt hat. Der Ort wirkt auf mich abstoßend und faszinierend zugleich. Ich muß hinter sein Geheimnis kommen, falls es da überhaupt eine Lösung gibt.« Es klang, als wollte er seinen Entschluß verteidigen. »Gleich morgen früh bin ich wieder dort, ganz zeitig, aber diesmal mit Ölfarben, um ein richtiges Bild anzufangen.«

Ambervilles Worte überraschten mich, da ich seine Vorliebe für brillante und heitere Motive kannte. Sie hatte ihm ja den Vergleich mit Sorolla eingetragen. »Dieses Bild wird für Sie etwas ganz Neues sein«, sagte ich denn auch. »Ich muß demnächst hingehen und mir den Ort selber anschauen. Eigentlich müßte er viel eher in mein Gebiet fallen – müßte Stoff liefern für eine Gruselgeschichte, wenn es mit Ihren Skizzen und Ihrer Schilderung seine Richtigkeit hat.«

Dann verstrichen mehrere Tage. Ich war damals von den schwierigen, verwickelten Schlußkapiteln meines neuen Romans stark in Anspruch genommen, so daß ich den geplanten Besuch von Ambervilles Wiese immer wieder verschob. Was aber meinen Freund betrifft, so schien sein neuer Bildvorwurf von ihm mit Haut und Haar Besitz ergriffen zu haben. Morgen für Morgen machte Amberville sich mit seiner Staffelei und dem Ölfarbenkasten auf die Beine und kehrte jeden Tag zu späterer Stunde zurück, unerachtet der Essenszeit, an die er sich bisher stets gehalten hatte. Am dritten Tag kam er gar erst mit Sonnenuntergang heim. Ganz gegen seine sonstige Gewohnheit zeigte er mir nicht mehr, was er tagsüber gemalt hatte, und wenn ich mich nach dem Fortschreiten seiner Arbeit erkundigte, antwortete er unbestimmt und ausweichend. Aus irgendeinem Grund wollte er nicht darüber reden. Auch empfand er ganz offenkundig Abneigung dagegen, über die Wiese als solche zu sprechen, und auf meine direkten Fragen wartete er bloß mit einer zerstreuten, mechanischen Wiederholung dessen auf, was er mir gleich nach Entdeckung jenes Ortes erzählt hatte. Auf geheimnisvolle, mir unerklärliche Weise schien sein gesamtes Wesen sich gewandelt zu haben.

Aber das war nicht die einzige Veränderung. Auch seine gewohnte Munterkeit schien mit einem Mal verflogen. Oft genug ertappte ich ihn, wie er finster vor sich hinbrütete, und bemerkte mit Erstaunen die unstete Verschattung seines früher so offenen Blicks. Auch machte eine Übellaunigkeit, ja Morbidität sich bemerkbar, die, soweit ich dies nach fünf Jahren der Bekanntschaft zu beurteilen vermochte, ganz neue Wesenszüge an den Tag brachte. Wären mir nicht damals die eigenen Probleme über den Kopf gewachsen, so hätte ich mich vielleicht eingehender nach dem Grund einer Verdüsterung gefragt, die ich fürs erste nur zu gern irgendeiner kniffligen, maltechnischen Schwierigkeit zuschrieb. Immer weniger ward er der mir vertraute Amberville – und als er am vierten Tag erst mit Hereinbruch der Dämmerung heimkam, geschah's mit einer Verdrossenheit, die seiner Art bislang völlig fremd gewesen.

Schließlich raffte ich mich zu einer Frage auf. »Was ist denn los mit Ihnen?« sagte ich. »Gibt's Schwierigkeiten mit dem Bild? Oder geht die Gespensterwiese des alten Chapman Ihnen auf die Nerven?«

Nur mit Mühe, so schien es, kämpfte der Gefragte gegen seine düstere Stimmung an, suchte er Schweigsamkeit und üble Laune abzuschütteln.

»Es ist dieses höllische Geheimnis«, erklärte er. »Ich *muß* dahinterkommen – so oder so! Der ganze Ort hat etwas wie ein Eigenleben – als wohnte ihm Persönlichkeit inne. Hat ihren Sitz darin wie die Seele im Körper, aber ich kann sie nicht festnageln, es ist nichts Greifbares da! Sie wissen ja, ich bin nicht abergläubisch, doch andererseits auch kein blinder Materialist. Ich bin in meinem Leben schon auf so manches Merkwürdige gestoßen. Mag sein, daß dieser Fleck Erde von etwas bewohnt ist, das die Alten den *Genius loci* genannt haben. Auch vordem schon hab' ich oft genug vermutet, daß es so etwas geben – daß es an besondern Orten noch hausen könnte. Aber daß ich aus gutem Grund eine aktiv böse oder doch unfreundliche Wesenheit vermuten muß, das passiert mir zum erstenmal. So oft ich bisher die Gegenwart solcher fremden Einflüsse verspürt habe, sind sie gutartig gewesen auf eine großzügige, unbestimmte, ja unpersönliche Art – oder aber dem menschlichen Wohl und Wehe gegenüber gänzlich gleichgültig, vielleicht sogar ohne jede Wahrnehmung unserer Existenz. Dies Ding aber liegt haßerfüllt und wachsam auf der Lauer: immer wieder spür' ich, daß die Wiese als solche – oder die Macht, die sich in ihr verkörpert – mich unablässig und scharf beobachtet. Der gesamte Ort hat etwas Lechzendes, Vampirhaftes an sich, als wollt' er mich, wenn irgend möglich, einschlürfen. Er ist eine Wohnstatt, ein Schnappsack alles Bösen, darin eine unbedachte Seele sehr wohl eingefangen und aufgesaugt werden könnte. Und doch, Murray, ob Sie's nun glauben oder nicht, ich kann mich ihm einfach nicht fernhalten!«

»Man möchte meinen, der Ort *habe* Sie schon eingefangen«, sagte ich, von so ungewöhnlicher Erklärung nicht minder in Staunen versetzt als von der bangen und krankhaften Überzeugung, mit der sie vorgebracht worden.

Offenbar hatte er mich gar nicht gehört, denn er reagierte nicht auf meinen Einwurf. »Und noch einen weitern Gesichtspunkt gibt es«, fuhr er mit fiebriger Eindringlichkeit fort. »Sie erinnern sich ja, daß ich beim erstenmal einen herumstreunenden Alten zu sehen glaubte, der mich heimlich beobachtete. Nun – ich hab' ihn wiedergesehen, schon oft, doch stets nur am Rand meines Blickfelds. Aber gestern und heute ist er mir schon deutlicher erschienen, wenn auch auf sonderbar unvollständige Art. Manchmal nämlich, wenn ich die tote Weide genau studiere, seh' ich sein finstres Gesicht mit dem schmutzigen Schnauzbart aus dem Strunk mir entgegenstarren. Dann wieder schwebt es im kahlen Gezweig, als hätte sich's drin verfangen. Und zuweilen taucht eine gichtknotige Hand, ein zerlumpter Ärmel aus der fauligen Algendecke des Tümpels, als trieb' es den Körper eines Ertrunknen an die Oberfläche. Und gleich danach – oder noch im selben Moment – ist etwas von ihm in den Erlen oder den Rispen zu sehen. Doch sind derlei Erscheinungen stets nur ganz flüchtig, und sobald ich sie genauer ins Auge fassen will, verschmelzen sie gleich einem Dunst mit ihrer Umgebung. Aber irgendwie ist der alte Schuft, wer und was immer er sein mag, andauernd gegenwärtig, und er ist ebenso bösartig wie alles andere an diesem Ort, obwohl ich das Gefühl habe, daß nicht er es ist, der das Böse dort hervorruft.«

»Du lieber Himmel!« rief ich. »Sie sind das Opfer einer Halluzination! Wenn's Ihnen nichts ausmacht, werd' ich morgen nachmittag hinunterkommen und Ihnen eine Zeitlang Gesellschaft leisten. Das Geheimnisvolle an der Sache beginnt mich zu locken.«

»Natürlich macht's mir nichts aus! Kommen Sie nur.« Damit verfiel er ohne ersichtlichen Grund wieder in die unnatürliche Wortkargheit der vergangenen vier Tage und musterte mich mit heimlichem, düsterem, ja nahezu feindseligem Blick. Es war, als sei jene unsichtbare Scheidewand, die zeitweilig verschwunden gewesen, plötzlich aufs neue zwischen uns errichtet. Offenbar ergriff nun jene sonderbare Verdüsterung abermals von ihm Besitz, und so sah ich meine Versuche, das Gespräch fortzusetzen, lediglich durch halb mürrische, halb geistesabwesende Einsilbigkeiten belohnt. Nicht so sehr verstimmt, denn von plötzlicher Unruhe befallen, gewahrte ich zum ersten Mal, daß eine ungewohnte Blässe sein Gesicht überzog, und daß seine Augen einen fiebrig schimmernden Glanz angenommen hatten. Ein vages Unbehagen schien ihn überkommen zu haben, als hätte seine übersprudelnde Vitalität etwas Fremdem Raum gegeben, einem neuen Antrieb von zweifelhafter, ungesunder Art. Ohne ein weiteres Wort zu verlieren, gab ich es auf, den Freund jenem unergründlichen Dämmerzustand zu entreißen, in den er verfallen war. Während des ganzen verbleibenden

Abends gab ich mir den Anschein, als wär' ich in die Lektüre eines Romans vertieft, wogegen Amberville in seiner befremdlichen Zerstreutheit verharrte. Ich wußte mir keinen rechten Reim darauf zu machen und rätselte bis zur Schlafenszeit an der Sache herum. Immerhin aber raffte ich mich zu dem Entschluß auf, Chapmans Wiese einen Besuch abzustatten. Zwar glaubte ich nicht an übernatürliche Dinge, doch lag's auf der Hand, daß der Ort auf Amberville einen zersetzenden Einfluß ausübte.

Den nächsten Morgen, gleich nach dem Aufstehn, teilte mir mein chinesischer Diener mit, der Maler habe schon gefrühstückt und danach mit Staffelei und Farbkasten das Haus verlassen. Dieser neuerliche Beweis von Besessenheit machte mir Sorgen, doch zwang ich mich eisern dazu, den Vormittag an der Schreibmaschine zu verbringen.

Unmittelbar nach dem Mittagessen aber fuhr ich die Hauptstraße hinunter, bog dann in den schmalen Fahrweg ein, der nach Bear River abzweigt, und parkte den Wagen oberhalb des Fichtenhügels, der die Wiese des alten Chapman begrenzt. Obwohl ich noch nie dort gewesen war, wußte ich doch ganz genau, wo ich sie zu suchen hatte. Ohne mich an den grasüberwucherten, fast nicht mehr sichtbaren Karrenweg zu halten, schritt ich durch den Fichtenwald geradewegs auf die kleine, blind auslaufende Senke zu, wobei ich den Hang hinauf zu wiederholten Malen das einstige Chapman-Anwesen mit den Apfel- und Birnenbäumen des verwahrlosten Obstgartens hinter der zerfallenden Baracke zu Gesicht bekam. Es war ein warmer Oktobertag. Die heitere Ruhe und Einsamkeit des Waldes, das herbstlich milde Licht und die linde Luft ließen jede Vorstellung von etwas Bösartigem, Finsterem als die reine Unmöglichkeit erscheinen. So war ich, im Wiesengrund angelangt, schon bereit, Ambervilles Wahrnehmungen mit einem Lachen abzutun. Auch die Wiese als solche machte mir lediglich einen verschlafnen, trübseligen Eindruck. Zwar entsprach jedes Detail der Szenerie durchaus Ambervilles exakter Beschreibung, doch konnte ich nichts von jenem Übel gewahren, das mir auf den Aquarellskizzen so unverhohlen aus Tümpel wie Weide, aus Erlen wie Schilfbestand entgegengelurt hatte.

Der Maler saß, mir den Rücken zuwendend, auf einem Klappsessel vor seiner Staffelei, die er inmitten des offenen, von tiefgrünem Sumpfgras durchsetzten Geländes überm Ufer des Tümpels aufgebaut hatte. Dennoch schien er gar nicht zu arbeiten, sondern starrte nur wie gebannt auf die vor seinen Augen sich breitende Szenerie, wobei ihm die Farbe von dem müßig gehaltenen Pinsel tropfte. Der Grasboden dämpfte meinen Schritt, und so hörte Amberville mich nicht näherkommen.

Voll Neugierde sah ich ihm über die Schulter und auf die große Leinwand, an der er gearbeitet hatte. Soweit ich es beurteilen konnte, war das Gemälde schon zu bemerkenswerter Vollkommenheit gediehen. Der schleimige Abschaum des Tümpels, das weißliche, schräge Weidenskelett, die krüppligen, halb schon entwurzelten Erlen, die Büschel nickenden Schilfrohrs – all das war mit nahezu fotografischer Treue wiedergegeben. Dennoch starrte mir daraus das nämliche makabre, ja dämonische Element entgegen, das mir schon auf den Skizzen aufgefallen war: auch auf diesem Bild schien die Wiese mich zu belauern, als wär sie eine zu abgründiger Gehässigkeit verzerrte Grimasse. Das Ganze wirkte wie eine Falle, aufgerichtet von nichts als Bosheit und Verzweiflung, und ohne irgendwelchen Zusammenhang mit der ringsum sich breitenden, herbstlichen Landschaft. Es war ein Schandfleck, eine Pestbeule der Natur, auf ewig verflucht und sich selbst überlassen.

Ich wandte den Blick von der Leinwand, um mir zum Vergleich nochmals die wirkliche Landschaft anzusehen – und mußte jetzt feststellen, daß sie tatsächlich so war, wie Amberville sie gemalt hatte! Insgesamt formte der Ort sich zu einer aberwitzigen, vampirhaften Fratze, die erfüllt war von sprungbereitem Haß. Erst jetzt auch ward ich mir voll Unbehagen der hier herrschenden tödlichen Stille bewußt: ganz wie der Maler gesagt hatte, es gab im Umkreis weder Vögel noch Insekten, und überdies gewann ich den Eindruck, als könnte höchstens ein schaler, ersterbender Windhauch sich hierher verirren, herab in diesen aus aller Umwelt abgesunkenen Talgrund. Das schwächliche Rinnsal vollends, das sich in dem sumpfigen Boden verlor, gemahnte an eine abgeschiedne Seele auf ihrem Weg zur Verdammnis. Im übrigen war es ein weiterer Bestandteil des Rätsels, denn ich konnte mich an keinerlei Gewässer erinnern, das an der abgewandten Seite des Hügels, welcher das Tal abschloß, auf einen unterirdischen Verlauf hätte schließen lassen.

Ambervilles Gebanntheit im Verein mit der starren Kopf- und Schulterhaltung gemahnte an einen Menschen, der unter hypnotischem Zwang steht. Schon wollte ich mich bemerkbar machen, als mich plötzlich das unbehagliche Gefühl überkam, wir beide befänden uns nicht allein auf der Wiese. Knapp außerhalb meines Gesichtsfeldes schien eine Gestalt sich herumzutreiben und uns spähenden Blickes zu mustern. Ich fuhr herum – doch da war nichts. Und gleich darauf hörte ich Amberville erschrocken aufschreien und sah, als ich mich ihm zuwandte, daß er mich entgeistert anstarrte. Seine Züge waren von entsetzter Überraschung gezeichnet, was indes den Ausdruck seiner hypnotischen Gebanntheit nicht ganz verdrängt hatte.

»Mein Gott!« sagte er. »Ich hab' schon geglaubt, der Alte steht hinter mir!«

Ich kann heute nicht mehr sagen, ob einer von uns ein weiteres Wort gesprochen hat, doch bewahre ich noch den Eindruck absoluter Stille. Gleich nach dem Ausruf, den die Überraschung ihm abgepreßt hatte, schien Amberville in undurchdringliche Grübelei zu verfallen, als wär' er meiner Anwesenheit gar nicht mehr inne und hätte mich, einmal erkannt, sofort wieder restlos vergessen. Ich meinerseits fühlte mich unter einem unheimlichen, überwältigenden Zwang stehen. Die heimtückische Niedertracht dieser nicht ganz geheuren Umgebung bedrückte mich bis zur Unerträglichkeit. Mir war's, als trachtete der sumpfige Grund auf unfaßliche Weise danach, mich hinabzuzerren in seine morastige Tiefe. Mit allem Gezweig winkten die krüppligen Erlen mir zu, und der Tümpel, über dem jenes Totengerippe von Weide ihr knöchernes Zepter schwang, schien sich mir lockend entgegenzubreiten mit all der eklen Fäulnis seines abschaumbesudelten Wassers.

Doch schlimmer als der bedrohliche Dunstkreis solcher Umgebung war die schmerzliche Erkenntnis, daß mit Amberville ein weiterer Wandel vor sich gegangen war – eine Veränderung, die einer echten Entfremdung gleichkam. Jene neue Gemütsverfassung, welchen Ursprungs sie immer sein mochte, hatte sich seiner Person in enormem Ausmaß bemächtigt: er war jetzt noch viel tiefer in ihren morbiden Dämmerzustand verstrickt und hatte nun nichts mehr von jenem stets gutgelaunten, lebhaften Menschen an sich, als den ich ihn gekannt. Es war, als lauerte der Wahnsinn nur darauf, aus ihm hervorzubrechen, und diese Möglichkeit erfüllte mich mit Entsetzen.

Mit langsamen, schlafwandlerischen Bewegungen, ohne mich eines weiteren Blickes zu würdigen, nahm er die Arbeit an seinem Bild wieder auf, und ich sah ihm eine Zeitlang dabei zu, nicht wissend, was ich denn tun oder sagen sollte. Immer wieder legte er lange Pausen ein, in denen er wie von einem Traum befangen und mit äußerster Intensität auf irgendeinen Wesenszug der vor ihm liegenden Landschaft starrte. Die groteske Idee einer wachsenden Blutsverwandtschaft, einer auf rätselhafte Weise sich verfestigenden Bindung zwischen Amberville und seiner Wiese, ging mir durch den Sinn. Auf unfaßliche Weise, so schien es, hatte dieser Ort seinem Maler ein Stück der Seele geraubt – und ihm dafür etwas vom eigenen, morastigen Wesen eingepflanzt! Amberville machte jetzt den Eindruck eines Menschen, der zum Teilhaber eines ruchlosen Geheimnisses, zum Handlanger irgendwelchen außermenschlichen Wissens geworden ist. Und in einem Anfall schrecklicher Klarsicht erkannte ich mit aller Deutlichkeit das Vampirhafte dieses Ortes – und in Amberville dessen williges Opfer.

Wie lange ich dort so verharrt habe, vermag ich nicht mehr zu sagen. Schließlich trat ich an ihn heran und schüttelte ihn heftig an der Schulter.

»Sie machen sich zum Sklaven Ihrer Arbeit«, sagte ich. »Folgen Sie meinem Rat und gönnen Sie sich ein, zwei Tage Ruhe.«

Er wandte sich mir zu mit dem wirren Blick eines Menschen, der in einen schweren Traum verstrickt ist. Nur allmählich wich dieser Ausdruck einem verdrossenen, irgendwie aufsässigen Ärger.

»Ach, zur Hölle mit Ihnen!« knurrte er mich an. »Sehn Sie denn nicht, daß ich arbeite?«

Daraufhin machte ich, daß ich fortkam, denn etwas anderes blieb mir jetzt nicht mehr zu tun. Die aberwitzige Natur der gesamten Situation war schlimm genug, mich an den eigenen fünf Sinnen zweifeln zu lassen. Der Eindruck, den die Wiese – und auch Amberville – auf mich geübt, war vergiftet von einem heimtückischen Horror, wie ich ihn noch nie zuvor, in keiner Sekunde meines wachen Lebens und normalen Bewußtseins, verspürt hatte.

Am Fuß des Hanges angelangt, schon unter den Fichten des Waldrands, zwang mich die Neugierde, einen letzten, widerstrebenden Blick zurückzuwerfen. Der Maler verharrte noch immer in seiner Stellung, saß noch immer Aug in Aug mit der unheilträchtigen Landschaft, und glich damit nur zu sehr einem vom tödlichen Blick der Schlange gebannten Vogel. Ob mich in jenem Moment ein Sehfehler genarrt hat oder nicht, ist mir nie klar geworden, doch glaubte ich damals, einen schwachen, widerwärtig unnatürlichen Schimmer wahrzunehmen, der, weder einer Lichterscheinung noch einem Nebel vergleichbar, wabernd über die Wiese hinstrich, ohne indes die Konturen der Weide, der Erlen, des Röhrichts und des Tümpels zu verschleiern. Auf heimtückische Weise schien dieser Schimmer sich zu strecken, als griffe ein gestaltloses Etwas mit geisterhaften Armen nach Amberville, doch war dies flüchtige Bild von ungemeiner Transparenz und mochte sich sehr wohl der bloßen Einbildung verdanken. Immerhin bewirkte es, daß ich mich schaudernd in den Schatten der großen, schützenden Fichten zurückzog.

Der noch verbleibende Nachmittag sowie der ihm folgende Abend waren durchsetzt von der Düsternis jenes Grauens, das auf Chapmans Wiese von mir Besitz ergriffen hatte. Ich glaube, ich habe fast die ganze Zeit damit vertan, gegen mein besseres Wissen anzukämpfen in dem vergeblichen Versuch, dem rationalen Teil meines Ichs einzureden, alles, was ich an jenem Tage gesehen und empfunden hatte, stehe im krassesten Widerspruch zu den Gesetzen der Natur. Doch vermochte ich zu keinem anderen Schluß denn zu der Überzeugung zu kommen, daß Ambervilles geistige Gesundheit durch jenes fluchwürdige, wie auch immer geartete Etwas, das der Wiese innewohnte, aufs schwerste gefährdet war. Auch auf mich wirkte ja die zutiefst böse Wesensart jenes Ortes, sein unfaßbar Schreckliches, Rätselvolles und zaubrisch Verlockendes, wie ein Gespinst, das sich um mein Hirn zusammenzog und von keinem der vielen Abwehrversuche meines Bewußtseins zerreißen ließ.

Immerhin raffte ich mich zu zwei Entschlüssen auf: der eine davon war, mich sogleich hinzusetzen und Ambervilles Verlobte, Miß Avis Olcott, brieflich einzuladen, sie möge doch für die Dauer von des Malers restlichem Aufenthalt in Bowman mein Gast sein. Ihr Einfluß, so glaubte ich, würde mir im Kampf gegen jene Mächte helfen, welche ihm so verderblich zusetzten. Da ich Avis ziemlich gut kannte, haftete solcher Einladung ja nichts Verfängliches an. Ich beschloß aber, Amberville gegenüber kein Wort davon verlauten zu lassen, da ich hoffte, daß sich gerade das Moment der Überraschung besonders segensreich auswirken werde.

Mein zweiter Entschluß bestand darin, die Wiese in Hinkunft nach Möglichkeit zu meiden und auf indirekte

Weise – da ich ja nur zu gut wußte, wie dumm es wäre, einer mentalen Besessenheit offen zu begegnen – auch des Malers Interesse für jenen Ort zu verringern, indem ich etwa seine Aufmerksamkeit auf andere Motive lenkte. Auch konnte ich ihm Ausflüge oder sonstige Zerstreuung vorschlagen, alles um den vergleichsweise geringen Preis, mit meiner eigenen Arbeit in Rückstand zu geraten.

Während ich solchen Gedanken nachhing, brach die nebelfeuchte Dämmerung des Herbstabends herein. Amberville aber war noch immer nicht zurückgekehrt. Wie ich nun so auf ihn wartete, begannen in all ihrer Gestalt- und Namenlosigkeit die schrecklichsten Vorahnungen mich zu quälen. Schon dunkelte draußen die Nacht, und auf dem Tisch wurde das Abendessen kalt. Erst ganz zuletzt, gegen neun Uhr abends, als ich das Warten nicht länger ertragen konnte und mich schon auf die Suche machen wollte, trat der Vermißte hastig ein. Er war bleich, zerrauft, ganz außer Atem und starrte mit weitaufgerissenen Augen ins Leere, als hätte etwas ihn über die Maßen in Furcht und Schrecken versetzt.

Er verlor kein Wort über seine Verspätung und kam auch nicht auf meinen Besuch im Wiesengrund zu sprechen. Augenscheinlich hatte er den Vorfall ebenso vergessen wie sein barsches Verhalten.

»Ich bin fertig damit!« rief er. »Heut' war's das letzte Mal, daß ich dort war – ich riskier' es nie wieder! Der Ort ist bei Nacht ja noch höllischer als bei Tageslicht! Unbeschreiblich, was ich dort gesehn und empfunden habe – ich muß es, wenn irgend möglich, vergessen. Aus dieser Wiese steigt etwas auf – doch kommt es erst nach Sonnenuntergang richtig zum Vorschein. Tagsüber hält sich's verborgen. Es hat mich verlockt, hat mich versucht, heute abend dortzubleiben – und beinahe wär's ihm gelungen... Herrgott! Nie hätt' ich geglaubt, daß solche Dinge möglich sein können, daß eine so entsetzliche Mischung aus –« Er ließ den Satz unvollendet, und seine Augen weiteten sich, so sehr schien der bloße Gedanke an das Unbeschreibliche ihn zu entsetzen. Sein Blick erinnerte mich plötzlich an die geisterhaften, nahezu giftigen Augen des alten Chapman, den ich seinerzeit ab und zu in der Umgebung des Weilers angetroffen hatte. Damals war er mir nicht sonderlich interessant gewesen, weil ich in ihm ja nur eine der üblichen ländlichen Typen gesehen hatte, die gar nicht so selten zum Dunklen, Abseitigen hin tendieren. Jetzt aber, da ich den nämlichen Ausdruck in den Augen eines sensiblen Künstlers gewahrte, begann ich mich ernstlich zu fragen – und die Vorstellung machte mich schaudern –, ob nicht auch Chapman jenes grauenvolle Etwas erblickt hatte, das in seiner Wiese auf der Lauer lag. Vielleicht blieb das ganze auf irgendeine Weise wirklich außerhalb des menschlichen Begriffsvermögens, vielleicht war auch er solchem Spuk zum Opfer gefallen?... Seinen Tod hatte er ja an jenem Ort gefunden, doch war daran überhaupt nichts Rätselhaftes gewesen. Aber in Anbetracht dessen, was Amberville und auch ich dort wahrgenommen hatten, mochte an der ganzen Sache doch mehr sein, als zuvor irgend jemand vermutet hatte.

»So sagen Sie doch endlich, *was* Sie gesehen haben«, forderte ich den Freund heraus.

Mit dieser Frage schien ein Schleier sich zwischen uns herabzusenken, eine hauchfeine, kaum fühlbare, doch undurchdringliche Wand. Bis auf ein moroses Kopfschütteln erhielt ich denn auch keinerlei Antwort. Das nur allzu menschliche Entsetzen, welches ihn wider Willen in sein gesünderes Ich zurückgetrieben haben mochte, ja ihn ein letztes Mal fast gezwungen hatte zu reden, fiel von Amberville ab. Jener Schatten, der noch dunkler war als die Furcht, jene undurchdringliche, fremde Verdüsterung hüllte ihn aufs neue ein. Plötzlich durchlief's mich eiskalt, doch war's mehr ein geistiger denn ein körperlicher Schauder. Und abermals befiel mich die zwanghafte Vorstellung von einer zwischen ihm und dem ghulischen, sumpfigen Grund erwachsenden Blutsverwandtschaft: mit mir im nämlichen Zimmer, nur durch das Licht der Lampe von mir getrennt, schien ja, verborgen hinter der menschlichen Maske des Freundes, mit einem Mal ein Etwas zu sitzen und zu warten, das gar nicht mehr menschlich war!

Die alptraumhaften Tage, welche jenem Abend folgten, will ich in summarischer Kürze abtun. Unmöglich, einen Begriff des gefrornen, phantasmagorischen Entsetzens zu geben, darin wir hausten und uns bewegten.

Das erste, was ich tat, war, an Miß Olcott zu schreiben und sie dringend zu bitten, mir noch während Ambervilles Aufenthalt einen Besuch abzustatten. Um keine abschlägige Antwort zu erhalten, ließ ich eine gewisse Besorgnis hinsichtlich seines Zustandes durchblicken und deutete an, daß mir an ihrem Beistand gelegen wäre. Bis zum Eintreffen einer Antwort suchte ich den Maler abzulenken, indem ich ihm immer wieder Ausflüge zu den verschiedensten, landschaftlich reizvollen Punkten in der näheren Umgebung vorschlug. Indes, all meine Anregungen wurden abgelehnt mit distanzierter Knappheit und auf eine Weise, die zwar nicht bewußt schroff war, doch von einer rätselhaften, inneren Starre diktiert schien. Im Grunde genommen ignorierte er meine Gegenwart und zeigte mir mit aller Deutlichkeit, daß er mit sich allein zu sein wünsche. Schließlich gab ich es auf und beschloß, Miß Olcotts Ankunft abzuwarten. Er aber, mit Staffelei und Farbkasten versehen, verließ wie bisher jeden Morgen das Haus und kam stets erst gegen Sonnenuntergang oder gar noch später zurück. Niemals sagte er mir, wo er gewesen war, und ich selbst enthielt mich aller diesbezüglichen Fragen.

Erst am dritten Nachmittag traf Miß Olcott ein. Sie war ein junges, geschmeidiges, betont weibliches Geschöpf und schien ihrem Verlobten mit ganzem Wesen ergeben. Ja ich glaube sogar, sie fürchtete sich ein wenig vor ihm. Ich teilte ihr so viel mit, wie mir geraten schien, und warnte sie vor der krankhaften Veränderung, welche mit Amberville vor sich gegangen war, und die – so sagte ich – wohl seiner Nervosität und Überarbeitung zuzuschreiben sei. Ich brachte es einfach nicht über mich, Chapmans Wiese und ihren unheilvollen Einfluß zu erwähnen. Das Ganze war ja auch viel zu unglaubwürdig, viel zu fantastisch, als daß man es einem modern denkenden Mädchen wie Avis als Erklärung hätte offerieren können. Als ich indes der irgendwie hilflosen Angst und Bestürzung ansichtig ward, mit der sie meinen Worten lauschte, hätte ich wünschen mögen, einen willensstärkeren und entschlosseneren Charakter vor mir zu haben, ein Amberville weniger vorbehaltlos ergebenes Wesen. Eine stärkere Frau hätte ihm vielleicht helfen können, doch wie die Dinge nun einmal lagen, begann ich jetzt ernstlich daran zu zweifeln, ob denn Avis auch nur das Geringste gegen jenes unwägbare Übel würde tun können, das den Freund zu verschlingen drohte.

Ein träger Sichelmond hing gleich einem blutgeröteten

Horn im dämmrigen Himmel, als Amberville ins Haus trat. Indes, zu meiner namenlosen Erleichterung schien die Gegenwart von Avis eine überaus heilsame Wirkung auf ihn auszuüben. Kaum hatte er sie erblickt, erwachte er auch schon aus der sonderbaren Verdüsterung, die, wie ich schon fürchten gemußt, sich seiner Person auf unwiderrufliche Weise bemächtigt hatte, und war nahezu wieder der offene liebenswürdige Gesellschafter von früher. Mag sein, daß er sich nur verstellte um eines tieferliegenden Zweckes willen, doch war in jenem Augenblick die Situation nicht dazu angetan, derlei Vermutungen in mir zu wecken. So begann ich schon, mich ob der Verabreichung solch wirksamen Heilmittels innerlich zu beglückwünschen. Auch das Mädchen schien offensichtlich erleichtert, wiewohl ich bemerkte, daß sie den Verlobten ein wenig betroffen und erstaunt betrachtete, so oft er zeitweilig in ein düsteres Grübeln verfiel, als hätt' er das Mädchen vollkommen vergessen. Im ganzen aber war eine Verwandlung mit ihm vorgegangen, die im Hinblick auf seine bisherige, düstere Verlorenheit nahezu sagenhaft anmutete. So zog ich mich nach angemessener Frist zurück und überließ das Paar sich selbst.

Den andern Morgen erhob ich mich zu ziemlich später Stunde – ich hatte verschlafen. Avis und Amberville waren schon fort, und mein chinesischer Koch sagte mir, sie seien miteinander aufgebrochen und hätten sich von ihm ein Eßpaket mit auf den Weg geben lassen. Offensichtlich hatte der Maler das Mädchen auf eine seiner Motivsuchen mitgenommen, und ich erblickte in diesem Umstand ein recht günstiges Vorzeichen für seine Genesung. Hingegen kam es mir überhaupt nicht in den Sinn, daß er sie zu Chapmans Wiese geführt haben könnte, so sehr hatte der kaum wahrnehmbare Schatten des Bösen, der über dem gesamten Geschehen lag, sich schon von mir gehoben. Vielmehr wiegte ich mich in dem angenehmen Gefühl, nunmehr der drückendsten Verantwortung ledig zu sein, und war zum erstenmal seit einer Woche wieder fähig, mich völlig auf den Abschluß meines Romans zu konzentrieren.

Die beiden kehrten erst mit Einbruch der Dämmerung zurück, und ich erkannte sofort, daß ich mich in mehr als einem Punkt geirrt hatte. Amberville war aufs neue in sein unheilvoll-finsteres Brüten verfallen. Neben seiner drohend vor dem dämmrigen Himmel aufragenden, breitschultrigen Gestalt wirkte das Mädchen sehr klein, sehr verlassen, ja bejammernswert verschüchtert und verängstigt. Allem Anschein nach war ihr etwas begegnet, das über ihre Begriffe ging, für das ihre menschlichen Maßstäbe nicht mehr ausreichten.

Die beiden sprachen sehr wenig. Keiner verriet mir, wo sie gewesen waren. Indes, es war nicht mehr nötig, danach zu fragen. Ambervilles Schweigen schien wie gewöhnlich eine Folge der Versunkenheit in seine düstere Stimmung und verdrossene Grübelei zu sein. Avis jedoch erweckte den Eindruck, als litte sie unter einem doppelten Zwang – als wäre ihr, abgesehen von irgendwelchem bedrückenden Schrecknis, auch noch das Gebot auferlegt worden, über die Ereignisse und Erfahrungen des heutigen Tages zu schweigen. So wußte ich zwar, daß die beiden sehr wohl jene verwünschte Wiese aufgesucht hatten, doch war ich bei weitem nicht so sicher, ob Avis in eigener Person das grauenvolle, verderbliche Weben jenes Ortes wahrgenommen hatte oder lediglich durch das unter so vergiftendem Einfluß gewandelte Wesen des Freundes in Angst versetzt worden war. Wie dem auch sein mochte, sie war ihm nahezu sklavisch unterworfen, und ich begann schon, mich für die Dummheit zu verwünschen, das Mädchen überhaupt nach Bowman eingeladen zu haben – wiewohl der bitterste Anlaß für solche Reue mir erst noch bevorstand.

Eine weitere Woche verstrich, und tagtäglich unternahmen der Maler und seine Verlobte ihre Exkursionen – Amberville nach wie vor düster, mit sich selbst zerfallen und geheimnisvoll, das Mädchen aber gleichbleibend verschüchtert, hilflos, unterwürfig und gezwungen. Wohin das alles noch führen mochte, war mir schlechterdings nicht vorstellbar, doch befürchtete ich angesichts des unheilvollen Wandels in Ambervilles Wesen, daß er auf irgendeine Form der geistigen Umnachtung zutrieb, wenn nicht auf noch Schlimmeres. Meine auf Zerstreuung gerichteten Angebote, meine Vorschläge, Streifzüge in die Umgebung zu unternehmen, wurden von den beiden zurückgewiesen, und die wenigen, unverblümten Fragen, die ich an Avis richtete, trafen auf eine Mauer nahezu feindseliger Verstocktheit. Dieser Umstand bestärkte mich in der Überzeugung, daß Amberville ihr zu schweigen geboten, ja meine Beweggründe vor dem Mädchen vielleicht sogar in ein schiefes Licht gerückt hatte.

»Sie verstehn ihn nicht«, äußerte sie zu wiederholten Malen. »Er hat eben seine Launen.«

Das Rätselhafte der Situation war nachgerade dazu angetan, einen um den Verstand zu bringen, und man hatte mehr und mehr den Eindruck, als würde auch das Mädchen auf direkte oder indirekte Weise in das nämliche Gespinst aus krankhafter Fantasterei hineingezogen, darein auch der Maler schon verstrickt war.

Im übrigen hegte ich den Verdacht, Amberville habe noch weitere Bilder von jener Wiese gemalt. Indes, er zeigte sie mir weder, noch ließ er ein Wort darüber verlauten. Was aber meinen eigenen Eindruck von jenem Ort anlangte, so entfaltete er sich mit der Zeit zu solch unbeschreiblicher Lebendigkeit, daß es fast schon an Halluzination grenzte. Die unglaubliche Vorstellung, daß der Wiese eine böswillige, vampirhafte Kraft, ja Persönlichkeit innewohne, festigte sich, ganz gegen meinen Willen, nach und nach zur Überzeugung, wenngleich ich mir dies nicht eingestehen mochte. Der Gedanke an den zwielichtigen Ort erfüllte mich mit wahrer Besessenheit, ja ward mir zu einem ebenso entsetzlichen wie verführerischen Wahngebilde. Ich verspürte eine drängende, krankhafte Neugier, ein heilloses Begehren, den Tümpel abermals aufzusuchen und, wenn möglich, sein Geheimnis zu ergründen. Immer wieder mußte ich an Ambervilles Worte von jenem *Genius loci* denken, der in dem Wiesengrund hause, und an die spukhafte Erscheinung des alten Mannes, die auf irgendwelche Weise an jenen Ort gebunden schien. Auch ließ mir die Frage keine Ruhe, was denn eigentlich der Künstler gesehen haben mochte, als er jenes eine Mal bis nach Einbruch der Nacht sich auf der Wiese verweilt hatte und danach ins Haus gestürzt war, als säße ihm das nackte Grauen im Genick. Allem Anschein nach hatte er nicht mehr gewagt, seinen nächtlichen Versuch zu wiederholen, trotz der offenkundigen Anfälligkeit für jene unbekannte Lockung.

Das Ende kam abrupt und ohne jede Warnung. Ich hatte an jenem Nachmittag geschäftlich in der Kreisstadt zu tun gehabt und kam erst spätabends nach Hause. Schon stand der volle Mond hoch über dem Dunkel der fichtenbewaldeten Hügel, und so betrat ich das Haus in der Erwartung, Avis und den Maler im Wohnzimmer anzutreffen. Doch sie waren nicht da. Mein Faktotum Li Sing berichtete mir, die beiden seien zwar zur Tischzeit zurückgekommen, aber nach einer Stunde habe Amberville, während das Mädchen noch auf ihrem Zimmer gewesen sei, in aller Stille das Haus wieder verlassen. Die nur wenige Minuten später nachkommende Avis habe die größte Beunruhigung darüber bekundet, ihren Verlobten nicht mehr anzutreffen, und habe gleichfalls das Haus verlassen, offenbar um Amberville zu folgen, ohne indes ihm, Li Sing, zu sagen, wohin sie denn gehe und wann sie zurück sein werde. All das habe sich schon vor drei Stunden ereignet, und seither habe keiner der beiden sich wieder gezeigt.

Eine schwarze, von kriechendem Frösteln begleitete Vorahnung des Bösen befiel mich, als ich Li Sings Worte vernahm. Nur allzu groß schien ja die Gewißheit, daß Amberville der Verlockung nachgegeben und der heillosen Wiese einen zweiten Nachtbesuch abgestattet hatte. Irgendeine verborgene Anziehungskraft hatte sich als stärker erwiesen denn das Grauenvolle jenes ersten, mir nicht bekannten Erlebnisses! Und Avis, die um des Verlobten Aufenthalt wußte und vielleicht sogar um Francis' Gesundheit, ja Sicherheit besorgt war, hatte das Haus verlassen, um nach dem Verschwundenen zu suchen! Immer stärker, immer gebieterischer wuchs in mir die Überzeugung, daß eine ungeheure Gefahr den beiden drohe – irgendein gräßliches, namenloses Etwas, dessen finsterer Macht sie vielleicht schon im nämlichen Augenblick erlegen waren.

Wie töricht und träg ich mich bisher in dieser Sache auch verhalten hatte – jetzt gab es kein Zögern mehr!

Schon nach wenigen Minuten einer halsbrecherischen Fahrt durch das sanfte Mondlicht stand ich an dem waldigen Abhang des Chapman-Besitzes. Dort ließ ich, wie beim letzten Mal, den Wagen stehen und stürzte Hals über Kopf auf kürzestem Weg durch den nachtschwarzen Wald zu der Wiese hinunter. Aber während ich noch in größter Eile voranhastete, gellte von weit unten, aus dem sumpfigen Grund, ein schriller, langgezogener Angstschrei an mein Ohr – und brach plötzlich ab! Ich war ganz sicher, daß es Avis gewesen war! Doch wie ich auch lauschen mochte, es ward kein weiterer Laut vernehmbar.

Noch ein verzweifelter Anlauf – und ich hatte den Talgrund erreicht. Weder Avis noch Amberville waren zu sehen, doch schien's mir in meinem gehetzten Umherspähen, als wär' die gesamte Lichtung erfüllt von geheimnisvoll quellenden und in steter Bewegung befindlichen Dünsten, die dem Blick nur Teile des Weidenskeletts und der übrigen Vegetation freigaben. Ich rannte auf den schleimigen Tümpel zu, doch stockte mir der Schritt, sobald ich im Näherkommen urplötzlich des ganzen, doppelten Grauens ansichtig ward!

Avis und Amberville trieben eng nebeneinander im seichten Gewässer des Tümpels, die Leiber zum Teil schon bedeckt von dem trüben, verhüllenden Grün der alles mit ihrem schleimigen Mantel bedeckenden Algen. Das Mädchen war in die gierig umklammernden Arme des Malers verstrickt, als hätt' er sie gegen ihr eigenes Wollen mit sich gezogen in diesen erbärmlichen Tod. Schon war ihr Gesicht überschwemmt von dem widerlichgrünlichen Schaum, und auch das seine konnt' ich nicht sehen, weggedreht wie es war, in die Schulter der Toten vergraben. Die beiden erweckten den Anschein, als hätten sie vorher gekämpft. Jetzt schwebten sie reglos im Wasser, still in ihr Schicksal ergeben.

Doch war's nicht nur dieser Anblick allein, der mir den Atem benahm und mich in kopfloser Flucht von der Wiese vertrieb, noch eh' ich auch nur dran gedacht, die treibenden Leichen zu bergen. Das wirkliche Grauen erwuchs aus dem Etwas, das ich, vom Waldrand mich nähernd, nur für das langsame, brauende Wölken des Nebels gehalten, nur für das Wogen der Dünste, die sich vom Tümpel erhoben. Doch war es mitnichten der Dunst, mitnichten der Nebel – ja ließ sich auf keine vernünftige Weise erklären: vielmehr war's ein bösartig phosphoreszierendes Etwas, ein bleiches Geleucht, welches die nächtliche Szene aufschluckte vor meinen Augen in ruhelos gierigem, waberndem Schwellen der eignen Konturen – war ein phantomhaftes Abbild der bleichen, skelettgleichen Weide, der sterbenden Erlen, des Röhrichts, des grünlichen Tümpels sowie seiner willigen Opfer! Und dennoch, die Landschaft blieb sichtbar in all dem Gewoge, als wär's nur ein ziehender Schleier, der über sie hintrieb. Doch schien sie bald hier und bald dort sich verdichten zu wollen, schien zu gerinnen in einer abscheulichen, grauenerregenden Eigenbewegung. Jetzt aber schwebte es aufwärts aus solcher Verdichtung, als würgte der dunstende Sumpf seinen schleimigen Atem hervor, und schwebte aufwärts und ward zu Gesichtern aus quirlenden Schwaden, zu dreifachem Antlitz aus etwas wie qualligem Dunst, der doch weder Schleim war noch Nebel! Eins der Gesichter schien sich dem Strunk des gespenstischen Weidenskeletts zu entwinden – das zweite und dritte entschwebte dem geisterhaft brodelnden Teich, und hinter jedem von ihnen zog sich ein formloser Körper durchs Weidengezweig! Die Gesichter aber zeigten des alten Chapman, Francis Ambervilles und Avis Olcotts Züge.

Doch hinter dem jenseitig-spukhaften, eigenen Abbild lurte die wirkliche Landschaft hervor mit dem nämlichen höllisch-vampirhaften Ausdruck, welchen sie schon bei Tage gezeigt. Und mit einem Mal schien es, als läge der Ort nicht mehr still – als kochte er über von bösartig-heimlichem Leben, als griffen die schaumigen Wasser die knöchernen Finger der Bäume, und auch die drei Geistergesichter, die von der tödlichen, sumpfigen Falle hervorgewürgt worden, nach *mir!*

Sekundenlang erstarrte selbst das Entsetzen in mir zu Eis. Ich stand wie angewurzelt und konnte den Blick nicht von der bleichen, unflätigen Ausdünstung wenden, wie sie da höher und höher heraufstieg über der Wiese! Jetzt trieben die drei Gesichter inmitten des stärker werdenden Gewoges aus brodelnden Schwaden träg aufeinander zu! Langsam – unsagbar langsam verschmolzen sie zu einem einzigen, androgynen Gebilde, das, alters- und geschlechtslos, schließlich eins wurde mit den länger und länger sich streckenden Gespensterzweigen der Weide – mit diesem baumgestaltigen Tod, der schon im Begriff war, mich mit gieriger Umarmung an sich zu ziehen! Da konnt' ich den Anblick nicht länger ertragen und stürzte davon.

Was bleibt mir noch viel zu erzählen! Denn was auch immer ich diesem Bericht hinzufügen wollte – es könnte das Rätsel solcher Abscheulichkeit nicht um ein Gran vermindern. Die Wiese – oder jenes Etwas, das in ihr haust – hat nun schon drei Opfer gefordert... Bisweilen frage ich mich, ob sie nicht auch ihr viertes verschlingen wird. Es hat ja den Anschein, als wär' ich der einzige lebende

Mensch, der hinter das Geheimnis von Chapmans, Avis' und Ambervilles Tod gekommen ist. Und offensichtlich hat auch niemand anderer den Anhauch des Bösen wahrgenommen, der von jener Wiese ausgeht. Ich bin seit dem Morgen, an welchem man die Leichen des Künstlers und seiner Verlobten aus dem Tümpel geborgen hat, nicht mehr dort gewesen – noch auch hab' ich mich zu dem Entschluß aufraffen können, die vier Ölbilder und die beiden Aquarelle zu vernichten oder sonstwie loszuwerden. »Teichlandschaft mit Erlen und Weide«? – Vielleicht... und trotz allem, was mich eigentlich davon abhalten sollte... vielleicht werd' ich doch wieder hingehen...

ROBERT BLOCH

Das Grauen von den Sternen

Der 1917 in Chicago geborene Robert Bloch begann seine schriftstellerische Laufbahn wie viele Zeitgenossen unter dem Einfluß von H. P. Lovecraft, mit dem er auch einen Briefwechsel führte. Später löste er sich von Lovecrafts Einfluß und verfaßte eigenwillige Romane, deren berühmtester zweifellos Psycho *wurde, von Alfred Hitchcock genial verfilmt. Seine Geschichten laufen nicht selten auf grausame, manchmal grausig-komische Pointen hinaus. Berühmt wurde sein häufig zitierter Ausspruch ›Ich habe das Herz eines kleinen Kindes – es steht in einem Glas auf meinem Schreibtisch.‹ Die nachfolgende frühe Erzählung gehört zum Cthulhu-Mythos und ist zugleich eine Hommage an Lovecraft selbst.*

H. P. Lovecraft gewidmet

Ich bin, was ich vorgebe zu sein – ein Schreiber von Schauergeschichten. Seit frühester Kindheit bin ich gefesselt von der kryptischen Faszination des Unbekannten und des noch nicht einmal Erahnten. Die namenlosen Ängste, die grotesken Träume, die seltsamen, aus der Intuition geborenen Fantasien, die unseren Verstand heimsuchen, waren für mich seit jeher Quell eines mächtigen und unerklärlichen Vergnügens.

In der Literatur wandelte ich mit Poe auf mitternächtlich dunklen Pfaden oder schlich mit Machen unter düsteren Schatten einher; durchstreifte mit Baudelaire die Reiche schrecklicher Sterne oder tauchte mit der im Herzen der

Welt wohnenden Tollheit in die uralten Legenden und Mythen ein. Ein bescheidenes Talent für die Kunst des Zeichnens ließ mich ungelenke Darstellungen der fremdartigen Bewohner meiner nächtlichen Gedanken versuchen. Dieselbe düstere Neigung des Intellekts, der mich in meiner Kunst bewegte, weckte mein Interesse an obskuren Bereichen der Musik und der Komposition; die symphonischen Klänge der *Planetensuite* und andere Werke dieser Art waren mir die liebsten. Schon bald war mein Innenleben zu einem makabren Festplatz schauerlicher, unwiderstehlicher Schrecken geworden.

Mein äußeres Leben war im Vergleich dazu langweilig. Über die Jahre stellte ich fest, daß ich mehr und mehr zu einem knauserigen Einsiedler wurde: ein geruhsames, vom Nachdenken bestimmtes Dasein inmitten einer Welt aus Büchern und Träumen.

Ein Mensch muß leben. Von Natur aus sowohl konstitutionell als auch geistig ungeeignet für körperliche Arbeit, gab mir die Suche nach einer passenden Beschäftigung zuerst Rätsel auf. Die Depression erschwerte die ganze Angelegenheit noch in beinahe unerträglicher Weise, und eine Weile stand ich nahe am Abgrund des völligen finanziellen Ruins. In jener Zeit entschied ich mich zu schreiben.

Ich erstand eine klapprige Schreibmaschine, ein Ries billigen Papiers und einige Bögen Blaupause. Welchem Thema ich mich zuwenden sollte, war keine Frage für mich. Welch besseres Betätigungsfeld hätte ich mir wählen können, als die grenzenlosen Reiche einer überschäumenden Fantasie? Ich würde von Schrecken, Angst und dem ewigen Rätsel des Todes schreiben. Zumindest war dies in der Unerfahrenheit meiner Unbildung meine Absicht.

Meine ersten Versuche überzeugten mich schon bald davon, wie vollkommen mein Versagen war. In trauriger, erbärmlicher Weise verfehlte ich mein angestrebtes Ziel. Meine so lebhaften Träume verwandelten sich auf dem Papier in bedeutungslose Anhäufungen von schwerfälligen Adjektiven, und ich fand keine einfachen Worten, mit denen ich das wundersame Grauen des Unbekannten hätte beschreiben können. Meine ersten Manuskripte waren erbärmliche und nutzlose Dokumente; die wenigen Magazine, die solches Material verwendeten, bekundeten mir dies einhellig in ihren Ablehnungsschreiben.

Ich mußte leben. Langsam und stetig begann ich, meinen Stil meinen Ideen anzupassen. Mühsam experimentierte ich mit Worten, Ausdrücken, Satzstrukturen. Es war Arbeit, und beileibe keine leichte. Schon bald wußte ich, was der Schweiß der Mühsal war. Schließlich jedoch fand eine meiner Geschichten Gefallen; dann eine zweite, eine dritte, eine vierte. Bald hatte ich die einfacheren und offensichtlicheren Kunstfertigkeiten des Schreibens gemeistert, und endlich sah die Zukunft freundlicher aus. Nunmehr der Sorgen des täglichen Lebens entbunden, wandte ich mich wieder meinem Traumleben und meinen geliebten Büchern zu. Meine Geschichten brachten mir ein wenn auch bescheidenes Einkommen, und eine Weile lang genügte dies. Doch nicht für lange. Ehrgeiz, dieser nur Unheil bringende Trug, war der Grund meines Niedergangs.

Ich wollte eine wirkliche Geschichte schreiben; nicht die stereotype, ephemere Art von Erzählung, die ich für die Magazine ausstieß, sondern ein wirkliches Kunstwerk. Das Erschaffen eines solchen Meisterwerks wurde mein Lebensziel. Ich war kein guter Schreiber, doch dies war nicht einzig auf die rein technischen Unzulänglichkeiten meines Stils zurückzuführen. Es war, so fühlte ich, die Schuld meiner Themenwahl. Vampire, Werwölfe, Dämonen, mythologische Monstren – diese Dinge stellten Material von nur minderer Güte dar. Eine durchschnittliche Fantasie, der Einsatz gewöhnlichster Adjektive und eine prosaisch anthropozentrische Erzählperspektive waren die vornehmlichen Hindernisse für das Schreiben einer wahrlich guten Erzählung des Fantastischen.

Ich brauchte dringlichst ein neues Thema, wirklich ungewöhnliches Material für eine Geschichte. Wenn mir doch nur etwas einfiele, das unvorstellbar wäre!

Von ganzem Herzen wünschte ich mir, die Lieder zu erlernen, die die Dämonen sangen, während sie zwischen den Sternen einhersausten, oder die Stimmen der uralten Götter zu hören, wenn sie ihre Geheimnisse flüsternd dem Widerhall des unendlichen Nichts anvertrauten. Ich sehnte mich danach, die Schrecken des Grabes zu kennen; den Kuß der Maden auf meiner Zunge, die kalte Liebkosung des verfaulenden Leichentuchs auf meiner Haut. Ich dürstete nach dem Wissen, das in den Höhlen von mumifizierten Augen verborgen liegt, und hungerte nach der Weisheit, die nur den Maden offenbart war. Dann würde ich wahrlich schreiben können, und all meine Hoffnungen würden sich erfüllen.

Ich suchte nach einem Weg. Unauffällig begann ich, mit zurückgezogen lebenden Denkern und Träumern im ganzen Lande zu korrespondieren. Da war ein Eremit in den westlichen Bergen, ein Gelehrter in der nördlichen Wildnis, ein Mystiker in New England. Von letzterem erfuhr ich von den uralten Büchern, in denen seltsamste Kunde festgehalten ist. Vorsichtig zitierte er aus dem legendären *Necronomicon* und sprach zaghaft von einem gewissen *Buch Eibon*, das es in der völligen Zügellosigkeit seiner Blasphemie noch übertreffen sollte. Er selbst hatte diese von Urschrecken handelnden Bände studiert, doch er wollte nicht, daß ich auf meiner Suche zu weit vorstieß. Als kleiner Junge im hexengeplagten Arkham, in dem die alten Schatten immer noch lüstern lauern, hatte er manch seltsame Dinge gehört, und seit dieser Zeit hatte er weise die dunkleren Seiten des verbotenen Wissens gemieden.

Auf mein unnachgiebiges Drängen hin erklärte er sich schließlich zögernd bereit, mir die Namen gewisser Personen zu nennen, die er für fähig hielt, mich bei meiner Suche zu leiten. Er war ein Schriftsteller von bemerkenswerter Gabe, der unter den wenigen, die dies zu beurteilen vermochten, höchstes Ansehen genoß, und ich wußte, daß er ein starkes Interesse am Ausgang der ganzen Angelegenheit hatte.

Sobald ich seine kostbare Liste in Händen hielt, begann ich, in alle Richtungen Briefe zu entsenden, um an die von mir so begehrten Bücher zu gelangen. Meine Schreiben gingen an Universitäten, private Bibliotheken, angebliche Seher und die Anführer sorgsam geheimgehaltener Kulte. Doch das Schicksal hielt nur Enttäuschung für mich bereit.

Die Antworten, die ich erhielt, waren von entschiedener Unfreundlichkeit gekennzeichnet, beinahe feindselig. Offenkundig waren die vermeintlichen Besitzer solch esoterischer Kenntnisse verärgert darüber, daß ihre Geheimnisse auf diese Art von einem neugierigen Fremden entschleiert wurden. In der folgenden Zeit erhielt ich mit der Post verschiedene anonyme Drohungen, und ich bekam einen höchst beängstigenden Anruf. Dies verdroß mich nicht halb so sehr wie die enttäuschende Feststellung, daß meine Anstrengungen versagt hatten. Verleugnungen, Ausflüchte, Abweisungen, Drohungen – dies alles würde mich nicht weiterbringen. Ich mußte mich anderweitig umsehen.

Die Buchläden! Vielleicht würde ich auf irgendeinem modrigen, vergessenen Regal entdecken, wonach ich suchte.

Damit begann ein endloser Kreuzzug. Ich lernte, meine vielfältigen Enttäuschungen mit unerschütterlicher Gemütsruhe zu tragen. In den üblichen Geschäften schien niemand jemals gehört zu haben von dem furchtbaren *Necronomicon*, dem verderbten *Buch Eibon* oder dem erschütternden *Cultes des Goules*.

Beharrlichkeit führt endlich zum Ziel. In einem kleinen alten Laden an der South Dearborn Street, inmitten von verstaubten Regalen, die die Zeit selbst vergessen zu haben schien, fand meine Suche ihr Ende. Dort, fest eingeklemmt zwischen zwei jahrhundertealte Shakespeare-Bände, stand ein großes schwarzes Buch mit eisernen Beschlägen. Darauf stand von Hand eingraviert die Inschrift *De Vermis Mysteriis*, ›Die Mysterien der Maden‹.

Der Ladenbesitzer vermochte nicht zu sagen, wie es in seinen Besitz gelangt war. Vielleicht war es vor Jahren Teil einer Büchersammlung aus zweiter Hand gewesen. Er war sich offensichtlich der Natur des Buches nicht bewußt, denn ich erstand es mit einer einzigen Dollarnote. Offenkundig beglückt über diesen unerwarteten Verkauf, wickelte er das schwere Ding für mich ein und wünschte mir höchst zufrieden einen guten Tag.

Mit der kostbaren Trophäe unter dem Arm verließ ich

eiligst das Geschäft. Was für ein Fund! Ich hatte schon von diesem Buch gehört. Sein Autor war Ludvig Prinn; jener Mann, der in Brüssel auf dem Scheiterhaufen der Inquisition gestorben war, als die Hexenprozesse auf ihrem Höhepunkt waren. Ein seltsamer Mann – Alchemist, Hexenmeister, angeblicher Totenbeschwörer – er prahlte damit, ein wahrlich wundersames Alter erreicht zu haben, als er schließlich dem Feuer zum Opfer übergeben wurde. Es wird erzählt, er hätte sich selbst als einzigen überlebenden des glücklosen neunten Kreuzzuges bezeichnet, wobei er zum Beweis gewisse vergilbte Beglaubigungsschreiben vorlegte. Es ist wahr, daß in den alten Chroniken ein gewisser Ludvig Prinn unter den Gefolgsmännern von Montserrat aufgeführt wird, doch die Ungläubigen brandmarkten Ludvig als einen verrückten Hochstapler, selbst wenn er ein direkter Nachfahre des ursprünglichen Ritters war.

Ludvig gab als Ursprung seiner hexerischen Kenntnisse die Jahre an, die er als Gefangener unter den Zauberern und Wundertätigen von Syrien verbrachte, und sprach zungenfertig von Begegnungen mit den *djinns* und *efreets* der alten östlichen Mythen. Es ist bekannt, daß er einige Zeit in Ägypten verbrachte, und es gibt Legenden unter den libyschen Derwischen, die von den Taten des alten Sehers in Alexandria berichten.

Wie dem auch sei, seine letzten Jahre verbrachte er in den flämischen Niederlanden seiner Geburt, wo er, trefflich genug, in den Ruinen einer vorrömischen Grabstätte lebte, die sich in dem Wald nahe Brüssel befand. Ludvig wird nachgesagt, er habe dort inmitten eines Schwarms von Dienstgeistern und durch furchteinflößende Rituale herbeibeschworenen Dämonen gehaust. Noch erhaltene Manuskripte berichten vorsichtig, er sei von ›unsichtbaren Gefährten‹ und ›von den Sternen gesandten Dienern‹ umgeben gewesen. Die Bauersleute mieden den Wald bei Nacht, denn ihnen gefielen gewisse Geräusche nicht, die sich zum Mond erhoben, und sie waren schon gar nicht begierig darauf zu sehen, was dort an den alten heidnischen Altären, die verfallen auf einigen der finstereren Lichtungen standen, seine Rituale abhielt.

Ob da nun etwas Wahres darangewesen ist oder nicht, die Geschöpfe, die er befehligt haben soll, wurden nach Prinns Festnahme durch die Spießgesellen der Inquisition niemals gesehen. Die Soldaten fanden die Grabstätte vollkommen verlassen vor, obwohl sie einer sorgfältigen Durchsuchung unterzogen wurde, bevor man sie zerstörte. Die übernatürlichen Wesen, die ungewöhnlichen Instrumente und Elixiere – sie alle waren auf höchst merkwürdige Weise verschwunden. Auch das Durchforsten des unheimlichen Waldes und eine zaghafte Untersuchung der seltsamen Altäre brachte keine weiteren Einblicke. Es fanden sich frische Blutspuren auf den Altären, und ebenso fanden sich frische Blutspuren auf der Streckbank, bevor die peinliche Befragung von Prinn beendet war. Auch mit Hilfe einer Reihe von besonders scheußlichen Foltern gelang es nicht, dem schweigenden Zauberer weitergehende Eröffnungen zu entlocken, und schließlich ließen die erschöpften Befrager nach und warfen den betagten Hexenmeister in ein Verließ.

Es war in diesem Gefängnis, während er auf sein Gerichtsverfahren wartete, daß er die morbiden, von unerahnten Schrecken kündenden Zeilen des *De Vermis Mysteriis* niederschrieb. Wie sie jemals ihren Weg an den achtsamen Wachen vorbeifanden, ist selbst ein Mysterium, doch ein Jahr nach seinem Tode wurde das Buch in Köln gedruckt. Es wurde augenblicklich verboten, doch einige Ausgaben waren schon unter der Hand verteilt worden. Diese wurden nun ihrerseits kopiert, und obwohl es eine spätere, zensierte und gekürzte Ausgabe gab, so gilt nur das lateinische Original als wahrlich echt. Durch die Jahrhunderte hindurch haben einige wenige der Auserwählten seinen Inhalt gelesen und studiert. Die Geheimnisse des alten Hexenmeisters sind heute nur den Eingeweihten bekannt, und diese entmutigen, aus nicht unverständlichen Gründen, jeglichen Versuch, sie größerer Bekanntheit zuzuführen.

Dies war, in Kürze, was ich zu der Zeit, da es in meinen Besitz kam, von der Geschichte des Buches wußte. Allein als Sammlerstück war das Buch ein phänomenaler Fund, doch über seinen Inhalt konnte ich kein Urteil fällen. Es war in Latein geschrieben. Da ich nur wenige Worte dieser gelehrten Sprache sprechen oder übersetzen kann, stieß ich schon in dem Moment, da ich die vergilbten Seiten öffnete, an eine Grenze. Es war zum Verrücktwerden, eine solche Schatztruhe dunklen Wissens in meinen Händen zu halten und doch des Schlüssels zu entbehren, sie zu öffnen.

Einen Augenblick lang verzweifelte ich, denn ich wollte mich in Zusammenhang mit einem solch verderbten und blasphemischen Text an keinen der örtlichen Altphilologen oder Lateingelehrten wenden. Dann kam mir eine Erleuchtung. Warum fuhr ich nicht nach Osten und suchte um die Hilfe meines Freundes nach? Er hatte die Klassiker studiert und wäre wohl kaum schockiert von den Schrekken, die Prinns bösartige Enthüllungen bieten mochten. Ich schrieb ihm eiligst einen Brief und erhielt bald darauf Antwort. Er wäre glücklich, mir behilflich sein zu können. Ich sollte mich augenblicklich zu ihm aufmachen.

Providence ist eine hübsche Stadt. Das Haus meines Freundes war alt und im gediegenen georgianischen Stil erbaut. Das erste Stockwerk war ein Schmuckstück kolonialer Atmosphäre. Das zweite, unter den antiken Giebeln gelegen, die das riesige Fenster überschatteten, diente meinem Gastgeber als Arbeitszimmer.

In diesem Raum saßen wir grübelnd zusammen an jenem bitteren, ereignisreichen Abend im letzten April; hier neben dem geöffneten Fenster, das den Ausblick auf das azurblaue Meer freigab. Es war eine mondlose Nacht; ein Nebel, der die Dunkelheit mit fledermausgleichen Schatten erfüllte, ließ alles bleich und sorgenvoll erscheinen. Vor meinem geistigen Auge sehe ich immer noch den winzigen, von Lampen erhellten Raum mit dem großen Tisch und den hochlehnigen Sesseln; die Bücherregale, die die Wände säumten; die Manuskripte, die zu verschiedenen Stapeln aufgehäuft waren.

Mein Freund und ich saßen am Tisch, das Buch der Mysterien vor uns. Sein schlankes Profil warf einen beunruhigenden Schatten an die Wand, und sein wächsernes Gesicht hatte in dem fahlen Licht etwas Verschwörerisches an sich. Eine in ihrer Stärke recht beklemmende, unerklärliche Atmosphäre unheilvoller Offenbarungen umgab uns; ich spürte die Gegenwart von Geheimnissen, die darauf warteten, enthüllt zu werden.

Mein Gefährte spürte es ebenfalls. Lange Jahre voller okkulter Erfahrungen hatten seine Intuition in gar unheimlicher Weise geschärft. Es war nicht Kälte, die ihn erbeben ließ, als er so in seinem Sessel saß; es war kein Fieber, das seine Augen Funken sprühen ließ wie juwelenbesetzte Feuer. Noch bevor er den verfluchten Band öffnete, wußte er, daß es das Böse selbst war. Der modrige Geruch, der den uralten Seiten entstieg, trug den Gestank des Grabes mit sich. Die Ränder der vergilbten Seiten waren von Würmern angefressen, und Ratten hatten das Leder zernagt; Ratten, die sich vielleicht für gewöhnlich an einer weit grausigeren Speise labten.

An jenem Nachmittag hatte ich meinem Freund die Geschichte des Buches erzählt und es in seiner Gegenwart ausgewickelt. Er hatte dabei willens und begierig gewirkt, unverzüglich mit der Übersetzung zu beginnen. Nun zauderte er.

Es wäre nicht klug, beharrte er. Dies war verderbtes Wissen – wer wußte zu sagen, welch dämonische Geheimnisse diese Seiten bargen oder welches Übel den Unwisenden befallen mochte, der arglos den Inhalt zu entschlüsseln suchte? Es ist nicht gut, zuviel zu erfahren, und Männer waren gestorben, weil sie das verderbte Wissen ausübten, das diese Seiten enthielten. Er flehte mich an, von der Suche abzulassen, solange das Buch noch nicht geöffnet war, und meine Inspiration in gesunderen Dingen zu suchen.

Ich war ein Narr. Hastig überfuhr ich seine Einwände mit eitlen und leeren Worten. Ich hatte keine Furcht. Laßt uns wenigstens einen Blick auf den Inhalt unseres Schatzes werfen. Ich begann, die Seiten umzublättern.

Das Ergebnis war enttäuschend. Es war doch nichts weiter als ein ganz gewöhnlich aussehendes Buch – vergilbte, zerbröselnde Seiten, bedeckt mit den dicktintigen Lettern des lateinischen Textes. Das war alles; keine Illustrationen, keine furchteinflößenden Zeichnungen.

Mein Freund konnte der Verlockung eines solch raren bibliophilen Schatzes nicht länger widerstehen. Augenblicklich spähte er angestrengt über meine Schulter, während er hin und wieder lateinische Satzfetzen vor sich hinmurmelte. Schließlich übermannte ihn die Begeisterung. Das kostbare Buch mit beiden Händen packend, setzte er sich näher zum Fenster und begann, wahllos Absätze, teils im Original, teils in Übersetzung, daraus zu lesen.

In seinen Augen funkelte ein wildes Feuer; sein ausgezehrtes Profil wurde noch schärfer, während er über den vermodernden Runen brütete. Sätze donnerten in unheilkündender Litanei, dann senkte sich seine Stimme zu einem Flüstern, und die Töne kamen so sanft wie das Zischeln einer Viper. Ich vermochte nur noch Bruchstücke zu verstehen, denn er schien mich in seiner Versenkung völlig vergessen zu haben. Er las von magischen Sprüchen und Verzauberungen. Ich erinnere mich an Anspielungen auf solche in Prophezeiungen genannter Götter wie den Vater Yig, den schwarzen Han und den schlangenbärtigen Byatis. Ich erschauderte, denn ich kannte diese alten Namen, doch mein Schaudern wäre noch stärker gewesen, hätte ich gewußt, was noch kommen würde.

Es kam schnell. Unvermittelt wandte er sich in großer Erregung zu mir um, und seine aufgeregte Stimme war schrill. Er fragte mich, ob ich mich an die Legenden um Prinns Zauberkünste erinnerte und an die Geschichten von den unsichtbaren Dienern, die er von den Sternen herabbefahl. Ich bestätigte dies, ohne jedoch den Grund seines plötzlichen Feuereifers zu verstehen.

Dann eröffnete er mir den Grund. Hier, in dem Kapitel über Hilfsgeister, hatte er eine Gebetsformel oder einen Zauberspruch gefunden, vielleicht eben den, den Prinn benutzt hatte, um seine ungesehenen Diener von jenseits der Sterne herbeizurufen! Ich sollte nur die Ohren aufsperren, während er ihn mir vorlas.

Ich saß betäubt da wie ein tumber, unverständiger Tor. Warum schrie ich nicht, warum versuchte ich nicht zu fliehen oder ihm dieses ungeheuerliche Manuskript aus den Händen zu reißen? Statt dessen saß ich da – saß da, während mein Freund mit von widernatürlicher Erregung brechender Stimme eine lange, düsterklingende, lateinische Beschwörungsformel intonierte.

»Tibi Magnum Innominandum, signa stellarum nigrarum et bufaniformis Sadoquae sigillum ...«

Das krächzende Ritual ging weiter, bis es sich schließlich auf den Schwingen nachtgeborenen, abscheulichen Schreckens emporschwang. Die Worte schienen wie Flammen in der Luft zu züngeln und brannten sich in mein Hirn. Die donnernden Töne warfen ein Echo in die Unendlichkeit, noch jenseits des entferntesten Sterns. Sie schienen in urzeitliche und undimensionierte Regionen vorzudringen, um dort einen Zuhörer zu finden und ihn zur Erde zu rufen. War es alles nur eine Illusion? Ich nahm mir nicht die Zeit, darüber nachzudenken.

Denn jene unabsichtliche Herbeibeschwörung wurde erhört. Die Stimme meines Gefährten war kaum in dem kleinen Zimmer erstorben, als das Grauen kam. Der Raum wurde kalt. Eine plötzliche Windböe pfiff kreischend durch das geöffnete Fenster herein; eine Windböe, die nicht von dieser Welt war. Sie trug von Ferne ein böses Blöken heran, und mit diesem Laut verwandelte sich das Gesicht meines Freundes in eine kalkweiße Maske neuerwachter Furcht. Dann ertönte ein Knirschen von den Mauern, und der Fenstersims begann sich vor meinen entsetzten Augen zu wölben. Aus dem Nichts jenseits dieser Öffnung dröhnte ein Schwall geifernden Gelächters – ein hysterisches Keckern, geboren aus tiefstem

Wahnsinn. Es erhob sich zur grinsenden Quintessenz aller Schrecken, jedoch ohne daß ein Mund zu sehen gewesen wäre, aus dem es drang.

Alles Folgende geschah mit erschreckender Geschwindigkeit. Augenblicklich begann mein Freund neben dem Fenster zu schreien; zu schreien und wild um sich zu schlagen. Im Schein der Lampe sah ich, wie seine Züge sich zu einer Grimasse irrsinnigen Todesschmerzes verzerrten. Einen Augenblick später erhob sich sein Körper wie von selbst vom Boden und begann sich in einer Weise nach hinten zu beugen, daß jeden Moment sein Rückgrat nachgeben mußte. In der nächsten Sekunde ertönte das gräßliche Knirschen von brechenden Knochen. Sein Körper hing nun in der Luft, die Augen glasig, während sich seine krampfartig zuckenden Hände an etwas zu klammern schienen, das nur er sehen konnte. Abermals ertönte jenes wahnsinnige Keckern, doch diesmal kam es *aus dem Innern des Raumes!*

Die Sterne bebten in roter Qual; der kalte Wind flüsterte Sinnlosigkeiten in meine Ohren. Ich kauerte mich in meinem Sessel zusammen, die Augen starr auf die ungeheuerliche Szene in der Ecke gerichtet.

Mein Freund kreischte nun; seine Schreie verschmolzen mit jenem hämischen, scheußlichen Gelächter aus dem Nichts. Sein zusammengesackter, in der Luft schwebender Körper bog sich abermals zurück, während Blut aus seiner aufgerissenen Kehle sprudelte und spritzte wie eine rubinrote Fontäne.

Das Blut erreichte nie den Boden. Es verschwand mitten in der Luft, während das Gelächter erstarb und durch ein abscheuliches saugendes Geräusch ersetzt wurde. Mit noch unermeßlicherem Schrecken erkannte ich, daß das

Blut herausgesogen wurde, um dem unsichtbaren Wesen aus dem Jenseits als Nahrung zu dienen! Welche Kreatur des Weltenraums war hier auf so plötzliche und unwissende Weise herbeigerufen worden? Was war diese vampiristische Monstrosität, die ich nicht sehen konnte?

Noch in demselben Augenblick vollzog sich eine schreckliche Metamorphose. Der Körper meines Gefährten schrumpfte zusammen, wurde weiß, leblos. Schließlich fiel er zu Boden und blieb dort in ekelerregender Reglosigkeit liegen. Doch über ihm vollzog sich eine andere, weit grauenhaftere Veränderung.

Ein rötliches Schimmern erfüllte die Ecke beim Fenster – ein *blutiges* Schimmern. Langsam und stetig gewannen die verschwommenen Umrisse einer Gestalt Klarheit; die blutgefüllten Umrisse jenes unsichtbaren Grauens von den Sternen. Es war rot, tropfend; eine Monströsität aus pulsierendem, sich bewegendem Aspik; ein scharlachroter, wabbelnder Kloß mit tausenden von Tentakeln, die sich unablässig hierhin und dorthin streckten. An den Enden dieser Tentakel waren Saugnäpfe, die sich mit dämonischer Gier öffneten und schlossen... Das Ding war in obszöner Weise aufgedunsen; ein kopfloser, gesichtloser, augenloser Koloß mit dem gierigen Maul und den titanischen Klauen eines sternengeborenen Monstrums. Das menschliche Blut, an dem es sich genährt hatte, enthüllte die bisher unsichtbaren Umrisse des Saugers. Es war ein Anblick, der jeden normalen Menschen in den Wahnsinn treiben mußte.

Allein die Tatsache, daß die Kreatur nicht länger verweilte, vermochte meinen Verstand zu retten. Sich nicht länger um das reglose, leichengleiche Ding auf dem Boden kümmernd, griff es mit einem seiner schleimigen, schlangenartigen Fühler nach dem fürchterlichen Buch und schlurfte behende zum Fenster; dann zwängte es seinen gummiartigen, verderbten Körper durch die Öffnung. Dort verschwand es, und ich hörte aus der Ferne sein höhnisches Gelächter, das auf den Schwingen des Windes herantrieb, während das Wesen selbst in den Abgründen verschwand, aus denen es gekommen war.

Das war alles. Ich stand verlassen in dem Zimmer, den schlaffen und leblosen Körper zu meinen Füßen. Das Buch war fort; doch an den Wänden waren noch die blutigen Abdrücke, die blutigen Spuren auf dem Boden, und das Gesicht meines armen Freundes war ein blutiger Totenkopf, der zu den Sternen hinaufstarrte.

Lange Zeit saß ich schweigend da, bevor ich den Raum und alles, was sich darin befand, in Brand steckte. Danach ging ich lachend fort, denn ich wußte, daß das Feuer alle Spuren vernichten würde. Ich war erst an jenem Nachmittag eingetroffen, und da war niemand, der davon wußte, und niemand, der mich gehen sah, denn ich verschwand, bevor die züngelnden Flammen entdeckt wurden. Stundenlang taumelte ich durch die verwinkelten Gassen und Straßen, und erbebte von neuerlichem, idiotischem Lachen, wenn ich zu den glühenden, ewig hämischen Sternen hinaufschaute, die mich verstohlen durch die Schwaden eines Spuknebels betrachteten.

Es dauerte lange, bis ich mich wieder soweit beruhigt hatte, daß ich den Zug nehmen konnte. Die ganze lange Heimreise über bin ich ruhig geblieben, ebenso während ich dieses ermüdende Traktat niederschrieb. Selbst als ich von dem seltsamen Unfalltod meines Freundes bei einem Brand in seinem Hause las, blieb ich ruhig.

Nur in der Nacht, wenn die Sterne funkeln, kommen die Träume zurück, die mich in ein gigantisches Labyrinth aus verzweifelten Ängsten treiben. Dann suche ich bei Drogen Zuflucht, in der nutzlosen Hoffnung, diese grausam-höhnischen Erinnerungen aus meinem Schlaf zu verbannen. Doch eigentlich kümmert es mich nicht wirklich, denn ich werde nicht mehr lange hier sein.

Ich habe die seltsame Vermutung, daß ich jenem Grauen von den Sternen noch einmal begegnen werde. Ich glaube, daß es bald zurückkommen wird, ohne gerufen worden zu sein, und ich weiß, daß es, wenn es kommt, mich aufsuchen und hinab in dieselbe Dunkelheit tragen wird, in der auch mein Freund verschwunden ist. Manchmal sehne ich mich beinahe nach diesem Tag, denn dann werde auch ich endlich die Mysterien kennenlernen, die sich nur den Maden offenbaren.

Aus dem Amerikanischen von
Ute Thiemann

AUGUST DERLETH

Jenseits der Schwelle

August Derleth wurde 1909 in Sauk City geboren, wo er 1971 starb. Er schrieb neben Fantastik und Horror auch Detektiv- und Heimatgeschichten und hinterließ ein umfangreiches Werk von recht unterschiedlichem literarischem Wert. Nach dem Tod von H. P. Lovecraft gründete er zusammen mit seinem Kollegen den Verlag Arkham House, um das Werk des von ihm bewunderten Lovecraft in Buchform herauszubringen. Arkham House mauserte sich im Lauf der Jahre zu einem der bedeutendsten Verlage für fantastische Literatur. Derleth selbst vervollständigte zahlreiche Fragmente Lovecrafts und schrieb nach dessen Skizzen eigene Werke, die dann als ›Zusammenarbeit‹ erschienen sind. Die nachfolgende Erzählung ist ebenfalls ein Beitrag zum von Lovecraft begründeten Cthulhu-Mythos.

I

Eigentlich ist es die Geschichte meines Großvaters.

Gewissermaßen jedoch, gehört sie der gesamten Familie, und darüber hinaus der ganzen Welt; und es gibt nun keinen Grund mehr, die einzigartig grauenhaften Einzelheiten darüber zurückzuhalten, was in jenem einsamen Haus tief in den Wäldern im Norden Wisconsins geschah.

Die Wurzeln dieser Geschichte reichen zurück bis in die Nebel der Urzeiten, viel weiter zurück als die Anfänge des Stammbaums der Alwyn-Familie, doch davon wußte ich noch nichts, als ich mich auf einen Brief meines Cousins hin, in dem er mir von dem rätselhaften Verfall der Gesundheit unseres Großvaters berichtete, nach Wisconsin begab. Josiah Alwyn war mir stets irgendwie unsterblich erschienen, selbst als ich noch klein war; und er schien sich über die Jahre nicht verändert zu haben: ein vierschrötiger alter Mann mit einem fleischigen, runden Gesicht, das von einem scharf rasierten Schnurrbart und einem kleinen Bärtchen geziert wurde, um die harte Linie seines kantigen Kinns weicher erscheinen zu lassen. Seine Augen waren dunkel, nicht übergroß, und er hatte buschige Brauen; das Haar trug er lang, was seinem Haupt ein löwenähnliches Aussehen verlieh. Obgleich ich ihn in meiner frühen Kindheit nur wenig zu Gesicht bekam, hinterließ er doch bei jenen kurzen Besuchen, die er uns abstattete, wenn er auf dem Landsitz der Familie in der Nähe von Arkham in Massachusetts weilte, einen unauslöschlichen Eindruck auf mich – jenen kurzen Aufenthalten zwischen seinen Reisen in die entlegensten Ecken der Welt: Tibet, die Mongolei, die arktischen Regionen und gewisse, kaum bekannte Inseln im Pazifik.

Ich hatte ihn schon seit Jahren nicht mehr gesehen, als mich der Brief meines Cousins Frolin erreichte, der mit ihm zusammen in dem großen Haus meines Großvaters im Herzen der Wald- und Seenregion des nördlichen Wisconsin lebte. »Ich würde mich sehr freuen, wenn du dich lange genug von deinen Verpflichtungen in Massachusetts freimachen könntest, um hierher zu uns zu kommen. Es ist viel Wasser unter den verschiedenen Brücken hindurchgeflossen, und der Wind hat viele Veränderungen mit sich gebracht, seit du das letztemal hier gewesen bist. Um ehrlich zu sein, halte ich es für äußerst dringlich, daß du kommst. Unter den momentanen Umständen weiß ich nicht, an wen ich mich wenden soll, denn Großvater ist nicht er selbst, und ich brauche jemanden, dem ich vertrauen kann.« Aus dem Brief selbst sprach keine besondere Dringlichkeit, und doch war da eine seltsame Zurückhaltung; da war etwas zwischen den Zeilen, das unsichtbar, ungreifbar herausstach und nur eine Antwort auf Frolins Brief erlaubte – etwas in seiner Bemerkung über den Wind, etwas in der Weise, wie er geschrieben hatte, daß Großvater *nicht er selbst* wäre, etwas in dem von ihm ausgedrückten Bedürfnis, jemanden um sich zu wissen, dem er *vertrauen* konnte.

Ich konnte mich ohne weiteres von meiner Stelle als Bibliotheksgehilfe an der Miskatonic University in Arkam freistellen lassen und in jenem September nach Westen reisen; also fuhr ich. Ich fuhr, geplagt von der beinahe unheimlichen Überzeugung, daß große Eile geboten war: von Boston aus mit dem Flugzeug nach Chicago, und von dort mit dem Zug zu dem Städtchen Harmon, tief in den Wäldern von Wisconsin – ein Ort von großer natürlicher Schönheit, nicht weit entfernt von den Gestaden des Oberen Sees, so daß es an manchen stürmischen Tagen möglich war, das Geräusch des Wassers zu hören.

Frolin erwartete mich am Bahnhof. Mein Cousin war damals in den späten Dreißigern, doch man hätte ihn mühelos zehn Jahre jünger geschätzt, mit seinen feurigen, durchdringenden braunen Augen und dem weichen, sensiblen Mund, der nichts von seiner inneren Härte verriet. Er war von einzigartiger Nüchternheit, obgleich er immer zwischen Ernst und einer Art ansteckender Ungezügeltheit gependet hatte – ›das irische Blut in ihm‹, wie Großvater einmal gesagt hatte. Als ich ihm die Hand schüttelte, blickte ich in seine Augen, in der Hoffnung, dort einen Hinweis auf seinen unerklärten Kummer zu finden, doch ich sah nur, daß er tatsächlich von Sorgen geplagt war, denn seine Augen verrieten ihn, so wie das aufgewühlte Wasser eines Teiches eine Unruhe in der Tiefe verrät, auch wenn die Oberfläche spiegelglatt sein mag.

»Was ist?« fragte ich, als ich neben ihm im Coupé saß und in die hochaufragenden Kiefernwälder fuhr. »Ist der Alte bettlägerig?«

Er schüttelte den Kopf. »Oh, nein, nichts dergleichen, Tony.« Er warf mir einen merkwürdigen, verhaltenen Blick zu. »Du wirst es schon sehen. Warte einfach ab.«

»Was ist es dann?« drängte ich. »Dein Brief klang verteufelt dringend.«

»Ich habe gehofft, daß er das tun würde«, sagte er ernst.

»Und dennoch war da nichts bestimmtes, auf das ich meinen Finger legen konnte«, gestand ich. »Doch es war nichtsdestotrotz da.«

Er lächelte. »Ja, ich wußte, daß du es verstehen würdest. Ich kann dir sagen, es war schwer – sehr schwer. Ich habe oft an dich gedacht, bevor ich mich hinsetzte und diesen Brief schrieb, glaub mir das!«

»Doch wenn er nicht krank ist ...? Ich dachte, du hättest geschrieben, er wäre nicht er selbst.«

»Ja, ja, das habe ich. Warte es ab, Tony; sei nicht so ungeduldig; du wirst es schon selbst sehen. Ich glaube, es ist sein Verstand.«

»Sein Verstand!« Ich spürte, wie bei der Andeutung, daß der Verstand meines Großvaters verwirrt war, eine deutliche Welle von Bedauern und Erschütterung in mir aufstieg; der Gedanke, daß dieses überragende Gehirn in geistige Verwirrung gestürzt war, war unerträglich, und es widerstrebte mir zutiefst, darüber nachzusinnen. »Das kann nicht sein!« rief ich aus. »Frolin – was zum Teufel ist los?«

Abermals wandte er mir seinen sorgenvollen Blick zu. »Ich weiß es nicht. Doch ich glaube, daß etwas Schreckliches vorgeht. Wenn es nur um Großvater ginge. Doch da ist diese Musik – und dann sind da noch all diese anderen Dinge: Die Geräusche und die Gerüche und ...« Er wurde sich meines erstaunten Blickes bewußt und wandte sich ab, während er mit beinahe körperlicher Anstrengung seine Rede unterbrach. »Doch ich vergesse mich. Stell mir keine Fragen mehr. Warte einfach ab. Du wirst es mit eigenen Augen sehen.« Er lachte kurz auf, ein gezwungenes Lachen. »Vielleicht ist es nicht der Alte, der den Verstand verliert. Ich habe schon manchmal darüber nachgedacht – mit gutem Grund.«

Ich sagte nichts mehr, doch in mir keimte nun eine Art gespannter Furcht, und eine Weile saß ich neben ihm da und dachte nur an Frolin und den alten Josiah Alwyn, wie sie zusammen in dem alten Haus lebten, ohne einen Gedanken an die hochaufragenden Kiefern zu verschwenden, die sie umgaben, oder an das Geräusch des Windes und den beißenden, aromatischen Geruch von Laubfeuern, der mit dem Wind aus Nordwesten herantrieb. In dieser Gegend kam der Abend früh, eingefangen von den dunklen Kiefern, und obgleich sich im Westen noch ein schwaches Schimmern in einer großen Woge von Safrangelb und Violett zeigte, hatte die Dunkelheit schon von dem Wald, durch den wir nun fuhren, Besitz ergriffen. Aus der Dunkelheit drangen die Schreie der großen Waldohreule und ihrer kleineren Verwandten, der Schleiereule, und spannen einen unheimlichen Zauber in der Stille, die ansonsten nur noch vom Murmeln des Windes und den Geräuschen des Wagens, der über die vergleichsweise selten benutzte Straße zum Alwyn-Haus ratterte, gebrochen wurde.

»Wir sind schon beinahe da«, sagte Frolin.

Die Scheinwerfer beleuchteten kurz eine umgestürzte Kiefer, die vor Jahren vom Blitz getroffen worden war und nun zwei verdorrte Äste wie zwei knorrige Arme zur Straße hinreckte: ein altes Wegzeichen, auf das mich Frolin hinwies, da er wußte, ich würde mich daran erinnern, daß es nur eine halbe Meile vom Haus entfernt lag.

»Wenn Großvater dich fragen sollte«, sagte er dann, »so wäre es mir lieber, du würdest nicht sagen, daß ich dich herbeizitiert habe. Ich glaube nicht, daß es ihm gefallen würde. Du kannst ihm ja sagen, daß du gerade im Mittleren Westen warst und auf einen Besuch hierhergekommen bist.«

Meine Neugier war von neuem geweckt, doch ich sah davon ab, weiter in Frolin zu dringen. »Er weiß also, daß ich komme?«

»Ja. Ich sagte, ich hätte einen Brief von dir erhalten und würde dich vom Bahnhof abholen.«

Ich konnte verstehen, daß der Alte verdrossen und vielleicht verärgert wäre, wenn er vermuten würde, daß Frolin mich seines Gesundheitszustands wegen herbeigerufen hatte; und dennoch schwang noch etwas anderes in Frolins Bitte mit, mehr als nur die simple Sorge um den gekränkten Stolz unseres Großvaters. Abermals stieg in mir jene seltsame, unbestimmbare Besorgnis auf, jenes plötzliche, unerklärliche Gefühl der Angst.

Das Haus tauchte unvermittelt auf einer Lichtung zwischen den Kiefern auf. Es war in den Pioniertagen von Wisconsin, damals in den 1850ern, von einem Onkel Großvaters erbaut worden: Von einem der seefahrenden Alwyns aus Innsmouth, jener seltsamen, düsteren Stadt an der Küste von Massachusetts. Es war ein ungewöhnlich häßliches Gebäude, traulich an den Hang geschmiegt wie ein verknöchertes altes Weib in Fabeln. Im äußeren Aufbau trotzte es vielen architektonischen Standards; es schien gänzlich frei von den meisten oberflächlichen Facetten der Architektur um 1850, eiferte statt dessen den groteskesten und pompösesten Erscheinungsformen der Gebäude jener Zeit nach. Es wurde von einer breiten Veranda verunziert, die an einer Seite direkt zu den Ställen führte, wo in früheren Tagen Pferde, Kaleschen und Kutschen verwahrt wurden und in denen nun zwei Autos untergestellt waren – die einzige Ecke des Gebäudes, die Anzeichen zeigte, daß hier seit der Erbauung etwas verändert worden war. Das Haus erhob sich zweieinhalb Stockwerke über einem Kellergewölbe; vermutlich war es noch immer in demselben scheußlichen Braun gestrichen, obgleich die Dunkelheit nicht erlaubte, dies zweifelsfrei festzustellen; und danach zu urteilen, wie das Licht aus den mit Gardinen verhängten Fenstern schien, hatte sich Großvater noch nicht die Mühe gemacht, Elektrizität legen zu lassen, eine Eventualität, für die ich mich mit einer Taschenlampe, einer elektrischen Leuchte und Ersatzbatterien für beide Gerätschaften bestens vorbereitet hatte.

Frolin fuhr in die Garage und stellte den Wagen ab. Dann nahm er etwas von meinem Gepäck und führte mich über die Veranda zur Vordertür, einem klobigen, schweren Eichending, das von einem lächerlich großen Eisenklopfer geziert wurde. Die Eingangshalle war dunkel, abgesehen von einer einen Spaltbreit offenstehenden Tür am anderen Ende, durch die ein schwacher Lichtschimmer drang, der nichtsdestotrotz ausreichte, um die breite Treppe zum oberen Stockwerk gespenstisch zu erleuchten.

»Ich bringe dich zuerst auf dein Zimmer«, sagte Frolin, während er mich mit sicheren Schritten nach oben führte. »Auf dem Geländer am Treppenabsatz liegt eine Taschenlampe«, fügte er hinzu. »Falls du sie brauchen solltest. Du weißt, wie der Alte ist.«

Ich fand die Lampe und knipste sie an, dann folgte ich Frolin. Dieser hatte in der Zwischenzeit die Tür zu meinem Zimmer erreicht, das sich, wie ich feststellte, beinahe direkt über der Eingangstür befand und demzufolge nach Westen lag, genauso wie das Haus selbst.

»Er hat uns verboten, hier oben die Zimmer zu benutzen, die östlich der Halle liegen«, sagte Frolin und schaute mich eindringlich an, als wollte er sagen: Du siehst, wie seltsam er geworden ist! Er wartete auf eine Bemerkung von mir, doch da ich nichts erwiderte, fuhr er fort. »Also habe ich das Zimmer direkt neben dem deinen, und Hough ist auf der anderen Seite von mir, in der südwestlichen Ecke des Flügels. Wie du vielleicht bemerkt hast, ist Hough im Augenblick damit beschäftigt, etwas zu essen zu bereiten.«

»Und Großvater?«

»Sehr wahrscheinlich in seinem Arbeitszimmer. Du erinnerst dich sicher an das Zimmer.«

In der Tat erinnerte ich mich an jenes merkwürdige, fensterlose Zimmer, das nach ausdrücklichen Anweisungen von Großonkel Leander gebaut worden war, ein Zimmer, das den größten Teil des hinteren Hauses einnahm, die gesamte nordwestliche Ecke und die ganze westliche Breite, mit Ausnahme einer kleinen Ecke im Südwesten, wo sich die Küche befand, jene Küche, aus der bei unserer Ankunft Licht in die Eingangshalle gedrungen war. Das Arbeitszimmer war teilweise in den Hang hineingebaut worden, so daß die östliche Wand keine Fenster haben konnte, doch für die fensterlose Nordwand gab es keine andere Begründung als Onkel Leanders Verschrobenheit. In der Mitte der Ostwand, genau gesagt in die Wand eingebaut, befand sich ein riesiges Gemälde, das vom Boden bis zur Decke reichte und eine Breite von sechs Fuß hatte. Wenn dieses Bild, das offenkundig von einem unbekannten Freund Onkel Leanders, wenn nicht gar von meinem Großonkel selbst gemalt worden war, irgendein Anzeichen von Genialität oder außergewöhnlichem Talent gezeigt hätte, hätte man dieses Aushängestück vielleicht übersehen können; doch es besaß nichts dergleichen, es war eine zutiefst prosaische Darstellung einer nördlichen Landschaft, die den Hang eines Hügels zeigte, mit einer Felshöhle, deren Öffnung in der Mitte des Gemäldes lag, einem kaum erkennbaren Pfad, der zur Höhle führte, einem impressionistischen Tier, das augenscheinlich einen Bären darstellen sollte – wie er einst häufig in dieser Gegend anzutreffen war –, der sich auf die Höhle zubewegte, und darüber irgend etwas, das wie eine unglückliche Wolke anmutete, die sich beinahe zwischen den Kiefern, die überall düster aufragten, verlor. Dieses zweifelhafte Kunstwerk beherrschte das Arbeitszimmer gänzlich und vollkommen, trotz der Bücherregale, die beinahe jede verfügbare Nische an den übrigen Wänden des Raums einnahmen, trotz der absurden Sammlung von Kuriositäten, die überall verstreut waren – Teile aus seltsam gehauenem

Stein und Holz, fremdartige Erinnerungsstücke aus Großvaters Seefahrerleben. Das Arbeitszimmer hatte die Lebendigkeit eines Museums, und dennoch reagierte es merkwürdigerweise auf meinen Großvater wie etwas Lebendiges, so daß selbst das Gemälde an der Wand eine zusätzliche Frische anzunehmen schien, wenn er den Raum betrat.

»Ich glaube, niemand, der das Zimmer betreten hat, könnte es jemals wieder vergessen«, sagte ich mit einem verkniffenen Lächeln.

»Er verbringt den größten Teil seiner Zeit darin. Er geht kaum noch aus, und ich vermute, daß er nun, da der Winter naht, nur noch zu den Mahlzeiten herauskommen wird. Er hat sogar sein Bett herunterbringen lassen.«

Ich erschauderte. »Ich kann mir nicht vorstellen, wie man in dem Zimmer schlafen kann.«

»Nein, ich auch nicht. Aber weißt du, er arbeitet an irgend etwas, und ich bin der festen Überzeugung, daß sein Verstand darunter gelitten hat.«

»Ein weiteres Buch über seine Reisen vielleicht?«

Er schüttelte den Kopf. »Nein, eine Übersetzung, glaube ich. Etwas ganz Neues. Er hat vor einiger Zeit einige alte Papiere von Leander gefunden, und seitdem scheint sich sein Zustand zusehens verschlechtert zu haben.« Er zog die Augenbrauen hoch und zuckte mit den Achseln. »Komm mit. Hough müßte jetzt das Essen bereit haben, und dann kannst du es mit eigenen Augen sehen.«

Frolins kryptische Bemerkungen ließen mich einen ausgezehrten alten Mann erwarten. Schließlich war Großvater schon in den beginnenden Siebzigern, und selbst er konnte nicht erwarten, ewig zu leben. Doch körperlich hatte er sich nicht im geringsten verändert, soweit ich sehen konnte. Er saß dort an seinem Eßtisch – noch immer derselbe robuste alte Mann, sein Schnurrbart und Bart noch nicht weiß, sondern nur stahlgrau und noch immer mit sehr viel Schwarz darin; sein Gesicht hatte nichts von seiner Fleischigkeit verloren, seine Farbe nichts von ihrer Frische. Als ich eintrat, biß er gerade herzhaft in das Fleisch einer Puterkeule. Als er meiner ansichtig wurde, zog er seine Augenbrauen ein wenig hoch, nahm die Keule von seinen Lippen und begrüßte mich mit kaum mehr Erregung, als wäre ich nurmehr eine halbe Stunde von ihm getrennt gewesen.

»Du siehst gut aus«, sagte er.

»Du auch«, erwiderte ich. »Ein altes Schlachtroß.«

Er grinste. »Mein Junge, ich bin auf der Spur von etwas Neuem – einem unerforschten Land außerhalb Afrikas, Asiens und der arktischen Regionen.«

Ich warf Frolin einen raschen Blick zu. Offensichtlich war dies eine Neuigkeit für ihn; welche Bemerkungen Großvater auch immer über seine Aktivitäten gemacht haben mochte, hiervon hatte er nichts erwähnt.

Dann fragte er mich nach meiner Reise in den Westen, und den Rest des Abendessens verbrachten wir mit belanglosem Gerede über andere Verwandte. Mir fiel auf, daß der Alte immer wieder beharrlich auf seine langvergessenen Verwandten in Innsmouth zurückkam: Was war aus ihnen geworden? Hatte ich sie jemals zu Gesicht bekommen? Wie sahen sie aus? Da ich so gut wie nichts von den Verwandten in Innsmouth wußte und der festen Überzeugung war, daß sie alle bei einem seltsamen Unglück ums Leben gekommen waren, bei dem viele Bewohner jener gemiedenen Stadt ins Meer gespült worden waren, war ich keine große Hilfe. Doch der Tenor dieser bohrenden Fragen verwirrte mich ein wenig. In meiner Stellung als Bibliothekar an der Miskatonic University waren mir merkwürdige und beunruhigende Andeutungen bezüglich der Angelegenheit in Innsmouth zu Ohren gekommen. Ich hatte gehört, daß dort Männer der Bundesbehörde aufgetaucht waren, und den Geschichten von ausländischen Spionen schien nie der notwendige Klang der Wahrheit anzuhaften, der eine plausible Erklärung für die schrecklichen Geschehnisse, die sich dort ereignet hatten, abgegeben hätte. Schließlich wollte er wissen, ob ich jemals Bilder von ihnen gesehen hatte, und als ich erwiderte, daß ich das nicht hatte, war er ganz offenkundig enttäuscht.

»Weißt du«, sagte er niedergeschlagen, »es gibt nicht eine einzige Abbildung von Onkel Leander, doch die alten Leute um Harmon herum haben mir vor Jahren erzählt, daß er ein recht häßlicher Mann war, der sie an einen *Frosch* erinnert hätte.« Augenblicklich schien er lebhafter und begann, ein wenig schneller zu sprechen. »Hast du die geringste Vorstellung davon, was das bedeutet, mein Junge? Aber nein, wie solltest du auch. Das wäre zuviel erwartet...«

Er saß eine Weile schweigend da, trank seinen Kaffee, trommelte mit den Fingern auf dem Tisch und starrte seltsam abwesend ins Leere, wobei er uns einlud, in sein Arbeitszimmer zu kommen, sobald wir mit dem Essen fertig waren.

»Was hältst du davon?« fragte Frolin, als das Geräusch der sich schließenden Arbeitszimmertür zu uns herüberdrang.

»Seltsam«, erwiderte ich. »Aber ich vermag darin nichts Unnormales zu erkennen, Frolin. Ich fürchte...«

Er lächelte grimmig. »Warte. Urteile noch nicht; du bist kaum zwei Stunden hier.«

Gleich nach dem Abendessen begaben wir uns ins Arbeitszimmer und überließen das Hinaustragen des Geschirrs Hough und seiner Frau, die schon seit zwanzig Jahren in den Diensten meines Großvaters standen. Das Arbeitszimmer war unverändert, mit Ausnahme des alten Doppelbettes, das an der Wand zur Küche stand. Es war offensichtlich, daß Großvater schon auf uns oder, genauer gesagt, auf mich wartete, und wenn ich guten Grund hatte, meinen Cousin Frolin für kryptisch zu halten, so gab es keine passenden Worte, um die folgende Unterhaltung meines Großvaters zu beschreiben.

»Hast du jemals vom Wendigo gehört?« fragte er.

Ich mußte zugestehen, daß ich zwischen anderen Indianerlegenden des Nordens darauf gestoßen war: Der Glaube an ein monströses, übernatürliches Wesen, gar schrecklich anzusehen, das die großen, stillen Wälder durchstreifte.

Er wollte wissen, ob es mir je in den Sinn gekommen war, daß es eine mögliche Verbindung zwischen dem Wendigo und den Elementen der Luft gab, und als ich dies bestätigte, verlangte er zu wissen, wie überhaupt sich mein Interesse an indianischen Legenden begründete, wobei er sich größte Mühe gab zu erklären, daß der Wendigo nicht das geringste mit seiner Frage zu tun hatte.

»In meiner Stellung als Bibliothekar geschieht es des öfteren, daß mir absonderliche, abseitige Themen unterkommen«, erwiderte ich.

»Ah!« rief er aus und griff nach einem Buch neben seinem Sessel. »Dann bist du zweifelsohne mit diesem Buch vertraut.«

Ich schaute auf das schwere, schwarz eingebundene Buch, dessen Titel in Goldblatt auf den Rücken gestanzt war. *Der Außenseiter und andere Geschichten* von H. P. Lovecraft.

Ich nickte. »Wir haben dieses Buch in unseren Beständen.«

»Dann hast du es also gelesen?«

»Oh, ja. Höchst interessant.«

»Dann hast du auch gelesen, was er in seiner seltsamen Geschichte ›Der Schatten über Innsmouth‹ über Innsmouth zu sagen hat. Was hältst du davon?«

Ich dachte kurz darüber nach, während ich mich auf die Geschichte zurückbesann, und schließlich erinnerte ich mich: eine fantastische Erzählung von schrecklichen Meereswesen, Abkömmlingen von Cthulhu, einem Wesen aus den Anfängen der Urzeiten, das in den Tiefen des Meeres lebte.

»Der Mann hatte eine erstaunliche Vorstellungskraft«, sagte ich.

»Hatte! Er ist also tot?«

»Ja, seit drei Jahren schon.«

»Oh, weh! Ich hatte gehofft, von ihm zu erfahren...«

»Aber diese fiktive Geschichte kann doch nicht...« begann ich.

Er fiel mir ins Wort. »Da du selbst mit keiner Erklärung aufwarten kannst, was in Innsmouth geschehen ist, wie kannst du dann so sicher sein, daß seine Geschichte fiktiv ist?«

Ich gestand ein, daß ich das nicht sein konnte, doch der Alte schien schon das Interesse verloren zu haben. Er holte nun einen großen, vollgestopften Umschlag hervor, auf dem viele der vertrauten Drei-Cent-Briefmarken von

1869 zu erkennen waren, die Sammlern so teuer waren, und aus diesem Umschlag zog er verschiedene Papiere, die, wie er sagte, Onkel Leander hinterlassen hatte, mit der Anweisung, sie den Flammen zu überantworten. Seinem Wunsch war jedoch nicht nachgekommen worden, erklärte Großvater, und so waren sie in seinen Besitz gelangt. Er reichte mir einige Blätter und fragte mich nach meiner Meinung dazu, während er mich die ganze Zeit über durchdringend beobachtete.

Die Blätter gehörten offensichtlich zu einem langen Brief, geschrieben in unleserlicher Handschrift und mit einigen der umständlichsten Sätze, die man sich vorstellen kann. Außerdem schienen viele der Sätze überhaupt keinen Sinn zu ergeben, und das Blatt, das ich am längsten betrachtete, quoll über von Ideogrammen, die mir fremd waren. Mein Blick fing sich an Worten wie *Ithaqua, Lloigor, Hastur;* erst als ich die Blätter an meinen Großvater zurückreichte, kam es mir in den Sinn, daß ich diese Worte vor gar nicht langer Zeit an anderer Stelle gelesen hatte. Doch ich sagte nichts. Ich erklärte, daß ich mich des Eindrucks nicht erwehren konnte, daß Onkel Leanders Stil unnötig umständlich und unklar war.

Großvater gluckste. »Ich hatte geglaubt, daß dir als erstes auffallen würde, was auch mir sofort ins Auge gesprungen ist, aber nein, du enttäuscht mich! Zweifelsohne ist es doch offensichtlich, daß es sich bei der ganzen Sache um eine Geheimschrift handelt!«

»Natürlich! Das würde auch die umständlichen Satzkonstruktionen erklären.«

Mein Großvater grinste zufrieden. »Eine recht einfache Geheimschrift, doch passend – äußerst passend. Ich bin noch nicht ganz zu Ende damit.« Er tippte mit seinem Zeigefinger auf den Umschlag. »In dem Brief scheint es um dieses Haus zu gehen, und es findet sich darin die wiederholte Warnung, daß man vorsichtig sein müßte und nicht die Schwelle überschreiten dürfte, da dies entsetzliche Folgen haben könnte. Mein Junge, ich habe jede Schwelle in diesem Haus wieder und wieder überschritten, Hunderte von Malen, und ich habe keine Folgen bemerkt. Also muß es demzufolge irgendwo eine Schwelle geben, die ich noch nicht überschritten habe.«

Ich mußte über seine Erregung lächeln. »Falls Onkel Leanders Verstand verwirrt war, hast du eine ganz schöne Suche vor dir«, sagte ich.

Augenblicklich brach Großvaters berüchtigter Jähzorn hervor. Mit der einen Hand riß er die Papiere meines Onkels an sich; mit der anderen entließ er uns beide, und es war deutlich zu erkennen, daß Frolin und ich in diesem Augenblick aufhörten, für ihn zu existieren.

Wir erhoben uns, murmelten unsere Entschuldigungen und verließen das Zimmer.

Im Halbdunkel der Halle draußen schaute Frolin mich an. Er sagte nichts, sondern ließ nur seinen feurigen Blick lange auf mir ruhen, bevor er sich umwandte und mir voran die Treppe hinaufging. Oben angekommen trennten wir uns und zogen uns für die Nacht in unsere jeweiligen Zimmer zurück.

II

Die nächtlichen Aktivitäten des Unterbewußtseins waren für mich immer von größtem Interesse gewesen, da es mir schien, daß sich hier jedem aufmerksamen Menschen unbegrenzte Möglichkeiten eröffnen. So oft habe ich mich mit einem nagenden Problem zu Bett gelegt, nur um dann beim Aufwachen festzustellen, daß es gelöst war – soweit ich in der Lage war, es zu lösen. Von den anderen, teuflischeren Umtrieben des nächtlichen Verstandes verstehe ich nur wenig. Ich weiß, daß ich, als ich mich in jener Nacht in mein Zimmer zurückzog, von der Frage gequält wurde, wo ich den seltsamen Worten meines Onkels Leander schon einmal begegnet war, und ich weiß, daß die Frage noch immer unbeantwortet war, als ich schließlich einschlief.

Doch als ich einige Stunden später in der Dunkelheit erwachte, erinnerte ich mich augenblicklich, daß ich jene Worte, jene fremdartigen Eigennamen in dem Buch von H. P. Lovecraft gesehen hatte, das ich in Miskatonic gelesen hatte. Erst danach wurde ich mir bewußt, daß jemand an meine Tür klopfte, und ich antwortete mit flüsternder Stimme.

»Ich bin's, Frolin. Bist du wach? Ich komme jetzt herein.«

Ich stand auf, streifte meinen Morgenmantel über und schaltete meine elektrische Leuchte an. In der Zwischenzeit war Frolin ins Zimmer getreten. Sein hagerer Körper zitterte ein wenig, wahrscheinlich von der Kälte, denn die nächtliche Septemberbrise, die in mein Zimmer blies, hatte nichts Sommerliches mehr an sich.

»Was ist los?« fragte ich.

Er kam zu mir herüber und legte seine Hand auf meine Schulter. In seinen Augen brannte ein seltsames Feuer. »Kannst du es nicht hören?« fragte er. »Gott, vielleicht ist es *wirklich* mein Verstand ...«

»Nein, warte!« rief ich aus.

Von irgendwo draußen, wie es schien, drang gespenstische, betörende Musik herüber: Flöten, glaubte ich.

»Großvater hört Radio«, sagte ich. »Hat er es oft noch so spät an?«

Der Ausdruck in seinem Gesicht ließ mich innehalten. »Ich besitze das einzige Radio im Hause. Es befindet sich in meinem Zimmer, und es ist nicht angeschaltet. Außerdem ist auch die Batterie leer. Aber davon abgesehen, hast du jemals *solche* Musik im Radio gehört?«

Ich lauschte mit neuerwachtem Interesse. Die Musik schien merkwürdig gedämpft, und dennoch drang sie klar zu uns herüber. Außerdem bemerkte ich, daß sie aus keiner bestimmten Richtung kam; hatte es zuvor geklungen, als käme sie von draußen, so schien es nun, als käme sie unter dem Haus hervor – ein merkwürdiges, singsangähnliches Spiel von Blasinstrumenten und Flöten.

»Ein Flötenorchester«, sagte ich.

»Oder Panflöten«, sagte Frolin.

»Die spielt man heutzutage nicht mehr«, sagte ich abwesend.

»Nicht im Radio«, erwiderte Frolin.

Ich warf ihm einen scharfen Blick zu, den er ruhig erwiderte. Ich erkannte, daß sein unnatürlicher Ernst einen Grund hatte, ob er diesen Grund nun in Worte fassen wollte oder nicht. Ich umfaßte seinen Arm.

»Frolin – was ist? Ich sehe doch, daß du beunruhigt bist.«

Er schluckte schwer. »Tony, diese Musik kommt von nirgendwo aus dem Haus. Sie kommt von draußen.«

»Aber wer kann denn da draußen sein?« fragte ich barsch.

»Nichts – kein menschliches Wesen.«

Endlich war es heraus. Beinahe erleichtert stellte ich mich der Angelegenheit, vor der ich so lange die Augen verschlossen hatte. *Nichts – kein menschliches Wesen.*

»Was ist es dann?« fragte ich.

»Ich glaube, Großvater weiß es«, sagte er. »Komm mit mir, Tony. Laß die Lampe hier; wir können den Weg im Dunkeln finden.«

Draußen im Gang wurde ich abermals von seiner Hand zurückgehalten, die sich angespannt um meinen Arm legte. »Bemerkst du es?« flüsterte er zischelnd. »Bemerkst du es auch?«

»Der Geruch«, sagte ich. Der vage, flüchtige Geruch von Wasser, von Fisch und Fröschen und den Bewohnern wäßriger Regionen.

»Und jetzt!« sagte er.

Unvermittelt war der Wassergeruch wieder verschwunden, und statt dessen kam eine plötzliche Kälte, die wie etwas Lebendiges durch den Gang strich, das unbestimmbare Aroma von Schnee, die knisternde Feuchtigkeit von schneegeschwängerter Luft.

»Und da wundert es dich, daß ich beunruhigt bin?« fragte Frolin.

Ohne mir Zeit für eine Antwort zu geben, ging er mir voran die Treppe hinunter zu Großvaters Arbeitszimmer, unter dessen Tür ein schwacher, gelber Lichtschimmer hervordrang. Bei jedem Schritt, den wir weiter nach unten kamen, bemerkte ich, daß die Musik lauter, wenn auch nicht verständlicher wurde, und nun, hier vor der Tür des Arbeitszimmers, war es offenkundig, daß die Musik dort herauskam und daß die seltsamen vielfältigen Gerüche ebenfalls ihren Ursprung in diesem Zimmer hatten. Die Dunkelheit schien lebendig, von einer gefährlichen Spannung erfüllt, aufgeladen mit einem drohenden Grauen, das uns wie eine Muschel einschloß, so daß Frolin neben mir zu zittern begann.

Aus einem Impuls heraus hob ich meinen Arm und klopfte an der Tür.

Es kam keine Antwort, doch in demselben Augenblick, da ich klopfte, verstummte die Musik, und die seltsamen Gerüche verschwanden aus der Luft!

»Das hättest du nicht tun dürfen!« flüsterte Frolin. »Wenn er...«

Ich griff nach der Türklinke. Sie gab unter meinem Druck nach, und ich öffnete die Tür.

Ich weiß nicht, was ich im Arbeitszimmer vorzufinden erwartet hatte, doch mit Sicherheit nicht das, was ich sah. Es hatte sich nicht das geringste im Zimmer verändert, außer daß Großvater zu Bett gegangen war und dort nun mit geschlossenen Augen und einem leichten Lächeln auf den Lippen saß. Einige seiner Papiere und Bücher lagen aufgeschlagen vor ihm auf dem Bett, und die Lampe brannte.

Einen Augenblick lang stand ich da und starrte ihn an. Ich wagte kaum, meinen Augen zu trauen, so unglaublich prosaisch war der Anblick, der sich mir bot. Woher war die Musik gekommen, die ich gehört hatte? Und die Gerüche und Düfte in der Luft? Verwirrung ergriff von meinen Gedanken Besitz, und ich wollte mich gerade, noch immer verstört von dem Ausdruck der Ruhe auf Großvaters Gesicht, zurückziehen, als er zu sprechen begann.

»Komm schon herein«, sagte er, ohne die Augen zu öffnen. »Also hast du auch die Musik gehört? Ich hatte schon begonnen, mich zu fragen, warum niemand anders sie hören konnte. Mongolisch, glaube ich. Vor drei Nächten war sie deutlich indianischen Ursprungs – abermals die nördlichen Regionen, Kanada und Alaska. Ich glaube, es gibt noch immer Orte, an denen man Ithaqua verehrt. Ja, ja – und vor einer Woche waren es Töne, die ich zuletzt in Tibet gehört hatte, im verbotenen Lhasa, das ist schon Jahre her, Jahrzehnte.«

»Wer hat es gespielt?« rief ich aus. »Woher kam es?«

Er öffnete seine Augen und betrachtete uns, wie wir so vor ihm standen. »Es ist von hier gekommen, glaube ich«, sagte er und legte seine flache Hand auf das Manuskript vor ihm, die Seiten, die mein Großonkel geschrieben hatte. »Und Leanders Freunde haben sie gespielt. Sphärenmusik, mein Junge – traust du deinen Sinnen?«

»Ich habe es gehört. Frolin auch.«

»Und was mag Hough wohl denken?« sinnierte Großvater. Er seufzte. »Ich habe es fast, glaube ich. Es bleibt nur noch zu bestimmen, mit welchem von ihnen Leander kommunizierte.«

»Mit welchem?« wiederholte ich. »Was meinst du damit?«

Er schloß die Augen, und für einen kurzen Augenblick kehrte das Lächeln auf seine Lippen zurück. »Zuerst dachte ich, es wäre Cthulhu; schließlich war Leander ein Seefahrer. Doch nun – ich frage mich, ob es nicht eins der Wesen der Lüfte ist: Lloigor vielleicht – oder Ithaqua, den, wie ich glaube, manche der Indianer Wendigo nennen. Es gibt da eine Legende, die besagt, daß Ithaqua seine Opfer mit sich in die höchsten Regionen über der Erde trägt – doch ich vergesse mich schon wieder, meine Gedanken schweifen ab.« Unvermittelt riß er die Augen auf, und ich sah, daß er uns mit einem merkwürdig herablassenden Blick betrachtete. »Es ist spät«, sagte er. »Ich brauche Schlaf.«

»Wovon in Gottes Namen hat er gesprochen?« fragte Frolin draußen in der Halle.

»Komm mit«, sagte ich.

Doch als wir in mein Zimmer zurückgekehrt waren und Frolin begierig darauf wartete, was ich zu sagen hatte, wußte ich nicht, wo ich beginnen sollte. Wie konnte ich ihm von dem unheimlichen Wissen berichten, das in den verbotenen Texten an der Miskatonic University verborgen lag – das gefürchtete *Buch Eibon*, die geheimnisvollen *Pnakotischen Manuskripte*, die schreckliche *R'lyeh Schrift* und das abscheulichste von allen, das *Necronomicon* des wahnsinnigen Arabers Abdul Alhazred? Wie konnte ich ihm überzeugend von all den Dingen erzählen, die als Ergebnis der seltsamen Worte, die mein Großvater gesprochen hatte, in meinem Kopf umhergingen, die Erinnerungen, die tief in mir aufstiegen – Erinnerungen an die mächtigen Alten, urzeitliche Wesen von unglaublicher Verderbtheit, alte Götter, die einst die Erde und das gesamte uns bekannte Universum und vielleicht noch viel mehr darüber hinaus bewohnten – alte Götter des ewig Guten, und Mächte des ewig Bösen, von denen die letzteren nun in Gewahrsam waren und doch immer wieder ausbrachen und sich für kurze Momente in grauenhaftester Form in der Welt der Menschen manifestierten. Und ich erinnerte nun wieder ihre schrecklichen Namen, auch wenn zuvor der Anstoß, mich zu erinnern, nicht stark genug gewesen war, seine Ausnahme in den Festungen meiner ererbten Vorurteile verweigert worden war – Cthulhu, der mächtige Führer der Mächte der irdischen Wasser; Yog-Sothoth und Tsathoggua, die in den Tiefen der Erde hausten; Lloigor, Hastur und Ithaqua, das Schneewesen und der Windwandler, die die Elemente der Lüfte waren. Von diesen Wesen hatte Großvater gesprochen; und der Rückschluß, den er gezogen hatte, war zu offensichtlich, um übersehen zu werden oder auch nur eine andere Deutung zuzulassen – daß mein Großonkel Leander, dessen Heimat schließlich einst die verfluchte und nun verlassene Stadt Innsmouth gewesen war, zumindest mit einem dieser Wesen in Verbindung gestanden hatte. Und da gab es noch eine weitere Schlußfolgerung, die er zwar nicht deutlich ausgesprochen hatte, sondern nur in etwas anderem, das er früher am Abend gesagt hatte, angedeutet hatte – daß es da irgendwo im Hause – eine Schwelle gab, die kein Mensch zu überschreiten wagte, und welche Gefahr konnte jenseits dieser Schwelle lauern, als der Weg zurück durch die Zeit, der Weg zurück zu jener verderbten Kommunikation mit den Großen Alten, die mein Onkel Leander geführt hatte!

Und dennoch war ich mir noch nicht der vollen Bedeutung der Worte meines Großvaters bewußt. Obwohl er so viel gesagt hatte, gab es doch noch weit mehr, das er unerwähnt gelassen hatte, und ich konnte mir später keine Schuld dafür geben, daß ich nicht augenblicklich erkannt hatte, daß die Umtriebe meines Großvaters nur das eine Ziel hatten, jene versteckte Schwelle zu finden, von der Onkel Leander so kryptisch geschrieben hatte – *und sie zu überschreiten!* In der gedanklichen Verwirrung, in die ich mich nun ob meiner Konzentration auf die uralte Mythologie von Cthulu, Ithaqua und den Großen Alten gestürzt sah, versäumte ich, den offensichtlichen Hinweisen bis zu jenem logischen Schluß zu folgen, vermutlich, da ich mich instinktiv davor fürchtete, so weit zu gehen.

Ich wandte mich zu Frolin um und erklärte ihm alles so einfach ich vermochte. Er hörte mir aufmerksam zu, wobei er mir von Zeit zu Zeit einige nachhakende Fragen stellte, und obgleich bei einigen Einzelheiten, deren Erwähnung ich nicht vermeiden konnte, die Farbe aus seinem Gesicht wich, so schien er doch nicht so ungläubig, wie ich es vermutet hatte. Dies war in sich selbst Beweis dafür, daß es über die Aktivitäten meines Großvaters und die Vorfälle im Haus noch mehr zu entdecken gab, auch wenn ich dies im Augenblick noch nicht erkannte. Ich sollte jedoch schon bald mehr über den tieferen Grund für die bereitwillige Akzeptanz erfahren, mit der Frolin meine zwangsläufig notdürftigen Erklärungen aufnahm.

Mitten in einer Frage begriffen, hielt er unvermittelt inne, und in seine Augen trat ein Ausdruck, der verriet, daß sich seine Aufmerksamkeit von mir abgewandt hatte, sich vom Zimmer auf etwas außerhalb des Raumes gerichtet hatte; er saß in angespannter Haltung lauschend da und brachte mich durch sein Verhalten dazu, ebenfalls gespannt auf das zu lauschen, was er hörte.

Nur das Rauschen des Windes in den Bäumen das nun ein wenig stärker wurde, dachte ich bei mir. Es kommt ein Sturm auf.

»Kannst du es hören?« flüsterte er mit bebender Stimme.

»Nein«, erwiderte ich leise. »Nur den Wind.«

»Ja, ja – der Wind. Ich habe es dir geschrieben, erinnere dich. Hör doch.«

»Nun komm schon, Frolin, reiß dich zusammen. Es ist nur der Wind.«

Er warf mir einen mitleidigenden Blick zu, dann ging er zum Fenster hinüber und gebot mir, ihm zu folgen. Ich ging hinterher und stellte mich neben ihn. Wortlos deutete er in die Dunkelheit, die das Haus einschloß. Es brauchte einen Augenblick, bis sich meine Augen an den nächtlichen Ausblick gewöhnten, doch schließlich war ich in der Lage, die Baumwipfel auszumachen, die sich scharf gegen den sternenklaren Himmel abhoben. Und dann verstand ich augenblicklich.

Obgleich das Geräusch des Windes um das Haus tobte und pfiff, standen die Bäume vor meinen Augen doch vollkommen reglos da – kein Blatt, kein Baumwipfel, kein Zweig bewegte sich auch nur einen Millimeter!

»Großer Gott!« rief ich aus und stolperte nach hinten, fort von der Scheibe, als ob ich meinen Augen diesen Anblick ersparen wollte.

»Nun siehst du es selbst«, sagte er und trat ebenfalls vom Fenster zurück. »Ich habe all dies schon oft gehört.«

Er stand still da, als würde er auf etwas warten, und ich wartete ebenfalls. Das Rauschen des Windes tobte unablässig weiter; es hatte in der Zwischenzeit eine erschreckende Intensität erreicht, so daß es schien, als ob das Haus vom Hang gerissen und ins Tal geschleudert werden müßte. In der Tat verspürte ich, noch während ich dies dachte, ein leises Zittern: Ein seltsames Beben, als ob das Haus *erschauderte,* und die Bilder an den Wänden bewegten sich leicht, beinahe *verstohlen,* fast unmerklich und doch ohne jeden Zweifel sichtbar. Ich blickte zu Frolin hinüber, doch auf seinen Zügen zeigte sich keine Beunruhigung; er stand weiter lauschend und wartend da, so daß es offenkundig war, daß dies noch nicht das Ende dieser einzigartigen Erscheinung war. Das Rauschen des Windes glich nun einem schrecklichen, dämonischen Heulen, und es wurde von Musiktönen begleitet, die schon seit einiger Zeit hörbar gewesen sein mußten, jedoch so vollkommen mit der Stimme des Windes verschmolzen, daß ich sie zuerst nicht bemerkt hatte. Die Musik war ähnlich der, die ich schon gehört hatte, wie von Flöten, gelegentlich begleitet von einem Streichinstrument, doch war sie jetzt viel wilder, erhob sich mit einer schrecklichen Überschwenglichkeit, die in sich etwas unaussprechlich Böses trug. Zur gleichen Zeit traten zwei weitere Erscheinungen auf. Die erste war das Geräusch von jemandem, der umherging, irgendein großes Wesen, dessen Schritte aus dem Herzen des Windes selbst ins Zimmer zu dringen schienen; zweifelsohne kamen sie nicht aus dem Haus, obgleich das Anschwellen des Geräusches unmißverständlich verriet, daß sie sich dem Hause näherten. Die zweite war eine plötzliche Veränderung der Temperatur.

Die Nacht draußen war für einen September im nördlichen Wisconsin recht warm, und auch im Haus selbst war es durchaus behaglich gewesen. Nun begann die Temperatur unvermittelt und zeitgleich mit dem Auftauchen der Schritte rapide zu fallen, so daß die Zimmerluft schon nach kurzer Zeit eisig war und sowohl Frolin als auch ich zusätzliche Kleidung anlegen mußten, um uns warm zu halten. Trotzdem schien dies noch nicht der Höhepunkt der Manifestationen zu sein, auf den Frolin so offenkundig wartete; er stand weiter schweigend da, auch wenn seine Augen, die von Zeit zu Zeit meinen Blick suchten, beredt genug davon sprachen, was ihm durch den Kopf ging. Wie lange wir so dastanden und auf die beängstigenden Geräusche, die von draußen hereindrangen, lauschten, bevor das Ende kam, vermag ich nicht zu sagen.

Doch plötzlich packte Frolin meinen Arm und rief mit heiserer, flüsternder Stimme: »Dort! Dort sind sie! Hör doch!«

Das Tempo der unheimlichen Musik hatte sich unvermittelt vom vorherigen wilden Crescendo in ein Diminuendo verwandelt; es waren jetzt Töne von beinahe unerträglicher Süße hinzugekommen, von einer leichten Melancholie durchzogen, Musik, die so lieblich war, wie sie zuvor böse gewesen war, und dennoch ließ sich ein gewisser Klang des Schreckens nicht verleugnen. Gleichzeitig waren Stimmen zu vernehmen, die zu einer Art Singsang anschwollen und von der Rückfront des Hauses herüberdrangen – als kämen sie aus dem Arbeitszimmer.

»Großer Gott im Himmel!« rief ich aus, während ich Frolin packte. »Was ist denn das?«

»Da hat Großvater seine Hand im Spiel«, erwiderte er. »Ob er sich dessen nun bewußt ist oder nicht, dieses Ding kommt her und singt für ihn.« Er schüttelte den Kopf und schloß für einen Augenblick fest die Augen, bevor er mit leiser, eindringlicher Stimme bitter sagte: »Wenn dieser verfluchte Brief von Leander nur verbrannt worden wäre, wie es bestimmt war!«

»Man könnte beinahe die Worte ausmachen«, sagte ich und lauschte angestrengt.

Da *waren* Worte – doch Worte, die ich nie zuvor gehört hatte: Ein scheußliches, urzeitliches Wehklagen, als ob irgendeine teuflische Kreatur mit nur einer halben Zunge Silben bedeutungslosen Grauens herauspreßte. Ich ging zur Tür hinüber und öffnete sie; augenblicklich schien das Murmeln klarer, so daß deutlich wurde, daß das, was ich fälschlich für viele Stimmen gehalten hatte, in Wahrheit nur eine einzige war, die jedoch in der Lage war, die Illusion von vielen zu erzeugen. Worte – oder sollte ich besser schreiben *Laute*, animalische Laute – stiegen von unten herauf, in einer Art ehrfurchtgebietendem Klagelied:

»Iä! Iä! Ithaqua cf'ayak vulgtmm. Iä! Uhg! Cthulhu fhtagn! Shub-Niggurath! Ithaqua naflfhtagn!«

So unmöglich es scheinen mag, erhob sich der Wind doch zu einem noch schrecklicheren Heulen, so daß ich glaubte, das Haus müßte jeden Augenblick in den Abgrund geschleudert, Frolin und ich aus den Räumen gerissen und der Atem aus unseren hilflosen Körpern gesogen werden. In der Verwirrung aus Furcht und Verwunderung, in der ich mich befand, dachte ich in diesem Augenblick an Großvater unten in seinem Arbeitszimmer, und so rannte ich, nachdem ich Frolin geboten hatte, mir zu folgen, aus dem Zimmer hinaus zur Treppe, entschlossen, mich trotz meiner schrecklichen Angst zwischen den Alten und das, was ihn bedrohte, zu stellen. Ich lief zu seiner Tür und warf mich dagegen – und abermals hörten wie schon zuvor alle Manifestationen schlagartig auf: Als hätte man einen Schalter umgelegt, senkte sich Stille wie ein dunkles Tuch auf das Haus herab, eine Stille, die für einen Augenblick schrecklicher als alles vorherige war.

Die Tür gab nach, und abermals stand ich Großvater gegenüber.

Er saß noch immer da, wie wir ihn vor so kurzer Zeit verlassen hatten, nur daß seine Augen nun geöffnet, sein Kopf ein wenig zur Seite geneigt und sein Blick starr auf das überdimensionale Gemälde an der Ostwand gerichtet waren.

»In Gottes Namen!« schrie ich. »Was war das?«

»Das hoffe ich schon bald herauszufinden«, erwiderte er mit großem Ernst und Würde.

Seine unerschütterliche Gelassenheit beruhigte meine eigene Aufregung um einiges, und ich trat ein paar Schritte weiter ins Zimmer. Frolin folgte mir. Ich beugte mich über Großvaters Bett, in dem Versuch, seine Aufmerksamkeit auf mich zu lenken, doch er starrte weiter mit unerschütterlicher Konzentration auf das Gemälde.

»Was machst du denn da?« fragte ich barsch. »Was immer es ist, es liegt eine große Gefahr darin.«

»Ein Entdecker wie dein Großvater wäre kaum zufrieden, wenn es nicht so wäre, mein Junge«, erwiderte er forsch, nüchtern.

Ich wußte, daß das die Wahrheit war.

»Ich würde lieber in meinen Stiefeln sterben als hier in diesem Bett«, fuhr er fort. »Soweit es das betrifft, was ich gehört habe – ich weiß nicht, wieviel davon *du* gehört hast –, das ist etwas, was ich im Augenblick noch nicht erklären kann. Doch ich möchte deine Aufmerksamkeit besonders auf das seltsame Verhalten des Windes lenken.«

»Da war kein Wind«, sagte ich. »Ich habe nachgesehen.«

»Ja, ja«, erwiderte er ein wenig ungeduldig. »Zweifelsohne. Und dennoch war da das Rauschen des Windes, und all die Stimmen des Windes – genauso, wie ich ihn in der Mongolei singen gehört habe, über den großen, verschneiten Steppen, über dem verfluchten, geheimnisvollen Plateau von Leng, wo das Volk der Tcho-Tcho fremde, urzeitliche Götter verehrte.« Unvermittelt wandte er sich um und schaute mich an. Seine Augen funkelten fiebrig. »Ich habe dir doch erzählt vom Kult des Ithaqua, der manchmal auch der Windwandler und von manchen Indianerstämmen im nördlichen Manitoba auch der Wendigo genannt wird, und von ihrem Glauben daran, daß der Windwandler menschliche Opfer nimmt und mit ihnen über die höchsten Orte der Erde fliegt, bis er sie schließlich tot zurückläßt? Oh, da gibt es Geschichten, mein Junge, merkwürdige Legenden – und noch etwas mehr.« Er beugte sich nun voll angespannter Erregung zu mir vor. »Ich selbst habe Dinge gesehen – Dinge, die an einer Leiche gefunden worden waren, die aus dem Himmel herabgefallen war – einfach so – Dinge, die man niemals in Manitoba hätte bekommen können, Dinge, die von Leng stammten, von den Pazifischen Inseln.« Er schob mich mit einem Arm zur Seite, und ein Ausdruck des Ekels zog über sein Gesicht. »Du glaubst mir nicht. Du denkst, mein Geist sei verwirrt. Mach schon, genieße deinen erbärmlichen Schlaf und warte durch das ewige Elend eines monotonen Tages nach dem anderen auf deinen letzten Schlaf!«

»Nein! Sag es jetzt. Ich habe keine Lust zu gehen.«

»Ich werde morgen früh mit dir reden«, sagte er müde und lehnte sich zurück.

Damit mußte ich mich begnügen; er war eisern und ließ sich nicht umstimmen. Ich wünschte ihm abermals eine gute Nacht und zog mich mit Frolin in die Halle zurück. Dort blieb Frolin stehen und schüttelte langsam und erschüttert den Kopf.

»Jedesmal ist es ein wenig schlimmer«, flüsterte er. »Jedesmal heult der Wind ein wenig lauter, wird die Kälte etwas durchdringender, sind die Stimmen und die Musik klarer – ebenso wie das Geräusch dieser schrecklichen Schritte!«

Er wandte sich ab und stieg langsam die Treppe hinauf. Ich zögerte einen Augenblick, dann folgte ich ihm nach.

Am nächsten Morgen war Großvater wieder ganz das Urbild von guter Gesundheit. Als ich das Speisezimmer betrat, sprach er gerade mit Hough, offensichtlich in Antwort auf eine Bitte, denn der alte Diener stand in respektvoller Verbeugung da, während Großvater ihm sagte, daß er und Mrs. Hough natürlich eine Woche, beginnend mit heute, frei haben könnten, wenn es Mrs. Boughs Gesundheitszustand nötig machte, daß sie nach Wausau fuhren, um einen Spezialisten zu konsultieren. Frolin erwiderte meinen Blick mit einem grimmigen Lächeln; sein Gesicht hatte etwas an Farbe verloren, und er wirkte bleich und übermüdet, doch er aß sein Frühstück mit Appetit. Sein Lächeln und der kurze, vielsagende Blick, mit dem er auf den gerade das Zimmer verlassenden Hough schaute, besagten deutlich, daß der dringende Arztbesuch von Hough und seiner Gattin ihre Art war, gegen die Erscheinungen anzukämpfen, die meine erste Nacht im Haus so gestört hatten.

»Nun, mein Junge«, sagte Großvater recht wohlgestimmt, »du siehst entschieden besser aus als letzte Nacht. Ich muß gestehen, ich hatte Mitleid mit dir. Auch wage ich zu vermuten, daß du bei weitem nicht mehr so skeptisch bist wie du warst.«

Er gluckste, als ob dies ein Thema war, das zu Scherzen einlud. Leider konnte ich nicht dieselben Gefühle aufbringen. Ich setzte mich und fing ohne Appetit an zu essen, wobei ich ihn hin und wieder anschaute und darauf wartete, daß er mit seiner Erklärung der seltsamen Geschehnisse der letzten Nacht begann. Da es schon bald offensichtlich wurde, daß er mit keinen Erklärungen aufzuwarten gedachte, sah ich mich gezwungen, ihn um eine Aufklärung zu ersuchen, und tat dies mit so viel Würde, wie ich aufbringen konnte.

»Es tut mir leid, wenn du gestört worden bist«, sagte er. »Tatsache ist jedoch, das diese Schwelle, von der Leander geschrieben hat, sich in jenem Zimmer befinden muß, und ich bin ganz sicher, daß ich sie letzte Nacht schon so gut wie gefunden hatte, als du zum zweitenmal ins Zimmer gestürmt kamst. Darüber hinaus scheint zweifelsfrei festzustehen, daß zumindest ein Mitglied der Familie Verbindung mit einem dieser Wesen gepflegt hat – offenkundig Leander.«

Frolin beugte sich vor. »Du glaubst an sie?«

Großvater lächelte unwirsch. »Es dürfte offensichtlich sein, daß der Aufruhr, den ihr in der letzten Nacht gehört habt, wohl kaum von mir hervorgerufen worden sein kann, egal welche Fähgkeiten ich auch besitzen mag.«

»Ja, natürlich«, pflichtete Frolin bei. »Doch eine fremde Macht...«

»Nein, nein – es bleibt nur zu bestimmen, um wen es sich handelt. Der Wassergeruch ist das Merkmal der Abkömmlinge von Cthulhu, doch die Winde können von Lloigor oder Ithaqua oder Hastur stammen. Aber die Sterne stehen nicht richtig für Hastur«, fuhr er fort. »So bleiben uns also die anderen beiden. Da sind sie nun, oder zumindest einer von ihnen, direkt jenseits dieser Schwelle. Ich will wissen, was hinter jener Schwelle liegt, wenn ich sie finden kann.«

Es schien unglaublich, daß Großvater so gelassen von diesen urzeitlichen Wesen zu sprechen vermochte; sein prosaisches Gehabe war in sich selbst ebenso alarmierend wie es die nächtlichen Geschehnisse gewesen waren. Das momentane Gefühl der Sicherheit, das in mir aufgekommen war, als ich ihn so herzhaft sein Frühstück hatte essen sehen, war wie weggeblasen; ich wurde mir wieder jener langsam anwachsenden Angst bewußt, die ich am gestrigen Abend auf dem Weg zum Haus verspürt hatte, und ich bereute, so beharrlich nachgefaßt zu haben.

Wenn Großvater etwas von meinen Gefühlen bemerkte, so gab er es durch nichts zu erkennen. Er fuhr mit seiner Rede fort wie ein Dozent, der dem Publikum vor ihm zuliebe einer wissenschaftlichen Frage nachging. Es war offensichtlich, sagte er, daß ein Zusammenhang bestand zwischen den Geschehnissen in Innsmouth und dem nichtmenschlichen Wesen, mit dem Leander in Verbindung stand. Hatte Leander Innsmouth ursprünglich wegen jenes Cthulhu-Kultes verlassen, der dort betrieben wurde, weil auch er von diesen absonderlichen Veränderungen des Gesichts betroffen war, an der soviele des verfluchten Innsmouth litten – jene seltsamen froschartigen Züge, die die Untersuchungsbeamten der Bundesbehörde, die nach Innsmouth gekommen waren, um den Vorfall zu untersuchen, mit solchem Grauen erfüllt hatten? Vielleicht war es so. Jedenfalls war er, den Cthulhu-Kult hinter sich lassend, in die Wildnis von Wisconsin gezogen und hatte auf irgendeine Weise Verbindung mit einem anderen jener Großen Alten aufgenommen, Lloigor oder Ithaqua – alle, wie man bedenken mußte, elementare Mächte des Bösen. Leander Alwyn war offenkundig ein zutiefst verderbter Mann.

»Wenn irgend etwas Wahres daran ist«, rief ich aus, »dann sollten wir Leanders Warnungen beherzigen. Gib diese irrsinnige Hoffnung auf, die Schwelle zu finden, von der er schreibt!«

Großvater betrachtete mich einen Augenblick lang mit nachdenklicher Milde; doch es war offensichtlich, daß mein Ausbruch ihn nicht wirklich kümmerte. »Jetzt, da ich mich auf diese Suche eingelassen habe, werde ich sie auch zu Ende bringen. Schließlich ist Leander eines natürlichen Todes gestorben.«

»Doch deiner eigenen Theorie zufolge, hatte er Verbindung zu diesen – diesen Dingen«, sagte ich. »Du hast keine. Du wagst dich auf unbekanntes Terrain – so muß man es sehen – ohne dich darum zu scheren, welchen Schrecken du dort begegnen könntest.«

»Als ich in die Mongolei fuhr bin ich dort auch Schrekken begegnet. Ich hätte nie geglaubt, Leng lebend entfliehen zu können.« Er hielt nachdenklich inne, dann erhob er sich langsam. »Nein, ich werde Leanders Schwelle entdecken. Und versucht, mich heute nacht nicht wieder zu stören, egal was ihr auch hört. Es wäre eine Schande, wenn ich nach all dieser Zeit noch weiter aufgehalten würde von eurem Ungestüm.«

»Und wenn du die Schwelle gefunden hast«, rief ich. »Was dann?«

»Ich weiß nicht, ob ich sie wirklich überschreiten will.«

»Mag sein, das die Entscheidung darüber nicht dir zufällt.«

Er sah mich einen Augenblick lang schweigend an, lächelte milde und verließ das Zimmer.

III

Selbst nach so langer Zeit fällt es mir schwer, die Ereignisse jener grauenhaften Nacht niederzuschreiben, so lebendig tauchen sie wieder vor meinem geistigen Auge auf, trotz der prosaischen Umgebung der Miskatonic University, wo so viele dieser gefürchteten Geheimnisse in uralten und kaum bekannten Texten verborgen liegen. Und dennoch müssen diese Ereignisse bekannt werden, um die weitgreifenden Vorkommnisse, die danach folgten, zu verstehen.

Frolin und ich verbrachten den größten Teil des Tages damit, die Bücher und Papiere meines Großvaters zu durchstöbern, um darin die Bestätigung für bestimmte Legenden zu finden, die Großvater in seinen Gesprächen erwähnt hatte, nicht nur mir, sondern schon vor meiner Ankunft auch Frolin gegenüber. Durch sein gesamtes Werk zogen sich kryptische Andeutungen, doch nur eine Schrift war für unsere Nachforschungen von Bedeutung – eine etwas absonderliche Geschichte, deutlich legendären Ursprungs, die vom Verschwinden zweier Einwohner von Nelson, Manitoba, und einem Constable der Royal Northwest Mounted Police handelte und von ihrem späteren Wiederauftauchen, als ob sie vom Himmel gefallen wären, gefroren und entweder tot oder sterbend, in welchem Zustand sie unverständliche Worte von Ithaqua, vom Windwandler und von vielen Orten der Erde murmelten, und die seltsame Dinge bei sich trugen, Erinnerungsstücke von fernen Orten, die niemand je zuvor an ihnen gesehen hatte. Die Geschichte war bar jeder Glaubwürdigkeit, und doch bestand eine so deutliche Verbindung zu der Mythologie, die in *Der Außenseiter und andere Geschichten* niedergeschrieben war und von der in noch schrecklicherer Art in den *Pnakotischen Manuskripten*, der *R'lyeh Schrift* und dem abscheulichen *Necronomicon* berichtet wurde.

Von dieser Geschichte abgesehen, fanden wir nichts, das greifbar genug gewesen wäre, um eine Verbindung zu unserem Problem darzustellen, und so beschlossen wir schließlich resigniert, auf die Nacht zu warten.

Beim Mittagessen und Abendmahl, das in Houghs Abwesenheit von Frolin bereitet wurde, verhielt sich mein Großvater so normal, wie man es von ihm gewohnt war.

Er verlor keine Bemerkung über seine seltsamen Nachforschungen, außer das er sagte, er hätte nun den entgültigen Beweis, daß Leander das häßliche Bild an der Ostwand des Arbeitszimmers selbst gemalt hatte, und daß er, da er nun kurz vor der endgültigen Entschlüsselung von Leanders langem, verwirrendem Brief stand, hoffte, schon bald einen entscheidenden Hinweis auf die Schwelle zu finden, von der dieser geschrieben hatte und auf die er nun zunehmend häufiger anspielte. Als er sich nach dem Abendessen vom Tisch erhob, gebot er uns noch einmal eindringlich, ihn in der Nacht nicht zu stören, da dies sonst sein ausgesprochenes Mißfallen finden würde, und mit diesen Worten begab er sich ins Arbeitszimmer, das er hiernach nie wieder verlassen sollte.

»Glaubst du, daß du schlafen können wirst?« fragte mich Frolin, als wir allein waren.

Ich schüttelte den Kopf. »Unmöglich. Ich werde aufbleiben.«

»Ich glaube nicht, daß er möchte, daß wir hier unten bleiben«, sagte Frolin, und eine leichtes Stirnrunzeln stand auf seinem Gesicht.

»Dann bleibe ich eben in meinem Zimmer«, erwiderte ich. »Und du?«

»Bei dir, wenn es dir nichts ausmacht. Er will es wirklich bis zum bitteren Ende führen, und es gibt nichts, was wir tun können, bis er unserer Hilfe bedarf. Vielleicht ruft er...«

Ich war der unangenehmen Überzeugung, daß es, wenn Großvater nach uns rufen sollte, vielleicht schon zu spät war, doch ich sah davon ab, meine Ängste in Worte zu fassen.

Die Ereignisse dieser Nacht begannen wie zuvor – mit

den Tönen jener unheimlichen, wunderbaren Musik, die sich flötengleich aus der Dunkelheit um das Haus aufschwang. Kurz darauf folgten dann der Wind und die Kälte und die klagende Stimme. Und dann, angekündigt von einer Aura des Bösen, die so stark war, daß sie den Raum beinahe erstickte, kam noch etwas anderes, etwas unaussprechlich Schreckliches. Frolin und ich hatten ohne Licht dagesessen; ich hatte mir nicht die Mühe gemacht, meine elektrische Leuchte anzuschalten, da kein Licht, das wir entzünden konnten, in der Lage gewesen wäre, den Ursprung dieser Erscheinungen zu erhellen. Ich saß zum Fenster gewandt, und als der Wind anhob, schaute ich abermals auf die Baumreihe, wobei ich bei mir dachte, daß sie sich ohne jeden Zweifel unter diesem heftig heraufziehenden Sturmwind neigen müßten; doch abermals war nichts zu sehen, keine Bewegung in der Stille. Und es war keine Wolke am Himmel; die Sterne leuchteten hell, die Konstellationen des Sommers zogen hinunter zum westlichen Rand der Erde, um die Zeichen des Herbstes am Himmel erscheinen zu lassen. Das Rauschen des Windes war beständig angeschwollen, so daß es nun wie ein wütender Sturm klang, und doch war da nichts, keine Bewegung ließ die Baumwipfel erbeben, die sich dunkel gegen den nächtlichen Himmel abzeichneten.

Doch plötzlich – so plötzlich, daß ich blinzelte, um mich zu überzeugen, daß kein Traum meinen Blick beeinträchtig hatte – waren in einem großen Teil des Himmels die Sterne verschwunden! Ich sprang auf und preßte mein Gesicht gegen die Scheibe. Es war so, als hätte sich unvermittelt eine Wolke am Himmel erhoben, so hoch, daß sie beinahe im Zenit stand; doch keine Wolke hätte so schnell am Himmel aufziehen können. Darüber und zu beiden Seiten leuchteten unverändert die Sterne. Ich öffnete das Fenster und beugte mich hinaus, in dem Versuch, dem dunklen Umriß, der die Sterne verdeckte, zu folgen. *Es war der Umriß irgendeines riesigen Tieres, die scheußliche Karikatur eines menschlichen Wesens, das sich erhob, bis es einem hoch in den Himmel gereckten Kopf ähnelte, und dort, wo seine Augen hätten sein müssen, brannten die karminroten Feuer zweier Sterne!* – Waren es wirklich Sterne? Im selben Augenblick wurde das Geräusch der herannahenden Schritte so laut, daß das Haus von den Erschütterungen erzitterte und erbebte, die geballte Wut des Windes schwang sich zu unbeschreiblichen Höhen auf, und das Klagelied wurde so kreischend, daß es einen in den Wahnsinn treiben konnte, wenn man es hörte.

»Frolin!« rief ich heiser.

Ich hörte, wie er neben mich trat, und einen Augenblick später spürte ich seinen festen Griff an meinem Arm. Also hatte auch er es gesehen: Es war keine Halluzination, kein Traum – dieses riesige Ding, dessen Umrisse sich vor den Sternen abzeichneten, und das sich bewegte!

»Es bewegt sich«, flüsterte Frolin. »Oh, Gott – es kommt hierher!«

In panischer Angst stolperte er vom Fenster zurück, ebenso wie ich. Doch augenblicklich war der Schatten am Himmel verschwunden, und die Sterne leuchteten wie zuvor. Der Wind hatte an Stärke jedoch nicht abgenommen; in der Tat war er, wenn dies überhaupt möglich war, augenblicklich sogar noch ungestümer und wütender geworden; das ganze Haus zitterte und bebte, während die donnernden Schritte im Tal vor dem Haus hallten und widerhallten. Und die Kälte wurde schlimmer, so daß unser Atem in weißen Nebelschwaden in der Luft hing – eine Kälte wie aus den Tiefen des Weltalls.

Aus diesem Aufruhr der Gedanken heraus dachte ich an die Legende in den Papieren meines Großvaters – die Legende von *Ithaqua,* dessen Zeichen die Kälte und der Schnee der weitentfernten nördlichen Regionen waren. Noch in demselben Augenblick, als ich mich daran erinnerte, wurden all meine Gedanken aus meinem Kopf verscheucht von einem abscheulichen Klagechor, einem triumphierenden Gesang, der aus tausend animalischen Kehlen zu kommen schien...

»Iä! Iä! Ithaqua, Ithaqua! Ai! Ai! Ithaqua cf'ayak vulgtmm vugtlagln vulgtmm. Ithaqua fhtagn! Ugh! Iä! Iä! Ai! Ai! Ai!«

Gleichzeitig ertönte ein donnernder Knall und gleich darauf die Stimme meines Großvaters, zu einem schrecklichen Hilferuf erhoben, ein Hilferuf, der zu einem in Todesangst ausgestoßenen Schrei anschwoll, so daß die Namen, die er gerufen hätte – Frolins und meinen – ungehört blieben, zurückgetrieben in seine Kehle von der ganzen Macht des Grauens, das sich ihm offenbarte.

Und so plötzlich, wie seine Stimme erstarb, verschwanden auch alle anderen Erscheinungen, so daß nichts blieb als diese grauenhafte, unheilschwangere Stille, die sich wie eine Wolke der Verdammnis um uns legte.

Frolin erreichte die Tür meines Zimmers vor mir, doch ich war dicht hinter ihm. Er fiel einen Teil der Treppe hinunter, doch er konnte sich im Licht meiner elektrischen Leuchte, die ich im Hinauslaufen gegriffen hatte, wieder fangen, und gemeinsam warfen wir uns gegen die Tür des Arbeitszimmers, während wir den alten Mann darin anriefen.

Doch keine Stimme antwortete uns, obgleich der gelbe Lichtstreifen unter der Tür davon kundete, daß seine Lampe noch immer brannte.

Die Tür war von innen verriegelt worden, so daß es nötig war, sie zuerst aufzubrechen, bevor wir hinein konnten.

Von meinem Großvater gab es keine Spur. Doch in der Ostwand klaffte ein großes Loch, dort wo das Gemälde, das nun auf dem Boden lag, gehangen hatte – eine felsige Öffnung, die in die Tiefen der Erde hinabführte – und über allem im Raum lag das Zeichen Ithaquas: ein feiner Schneeteppich, dessen Kristalle im gelben Schein von Großvaters Lampe wie Millionen winziger Diamanten funkelten. Abgesehen vom Gemälde, war nur noch das Bett in Unordnung – *als ob Großvater buchstäblich von einer unbeschreiblichen Kraft dort herausgerissen worden war!*

Ich schaute eilig auf den Platz, an dem der Alte Onkel Leanders Manuskript aufbewahrt hatte – doch es war verschwunden; nichts davon war geblieben. Frolin schrie plötzlich auf und deutete auf das Bild, das Onkel Leander gemalt hatte, und dann auf die Öffnung, die vor uns klaffte.

»Sie war die ganze Zeit hier – die Schwelle«, sagte er.

Und ich sah es ebenso wie er – wie Großvater es zu spät gesehen hatte: *Onkel Leanders Gemälde war nichts weiter als eine Darstellung eben dieser Anhöhe, bevor das Haus errichtet worden war, um die höhlenartige, in die Tiefen der Erde führende Öffnung im Hang zu verbergen, die versteckte Schwelle, vor der Leanders Manuskript gewarnt hatte, die Schwelle, jenseits derer mein Großvater verschwunden war!*

Obwohl beinahe alles erzählt ist, bleibt noch, den erdrückendsten Beweis unter all jenen merkwürdigen Tatsachen zu enthüllen. Nach diesem Vorfall wurde die Höhle von Bezirksbeamten und gewissen unerschockenen Abenteurern aus Harmon einer gründlichen Durchsuchung unterzogen; man fand heraus, daß sie mehrere Zugänge besaß, und es war offensichtlich, daß jemand oder *etwas*, das das Haus mittels der Höhle erreichen wollte, sie durch eine der unzähligen Felsspalten betreten mußte, die in den umliegenden Hügeln entdeckt worden waren. Welcher Art Onkel Leanders Umtriebe gewesen waren, wurde nach Großvaters Verschwinden aufgedeckt. Frolin und ich wurden wieder und wieder von mißtrauischen Bezirkspolizisten verhört, doch schließlich entließ man uns, als die Leiche meines Großvaters trotz aller Anstrengungen nicht gefunden wurde.

Doch seit jener Nacht sind gewisse Fakten zutage getreten, Fakten, die im Licht der Andeutungen meines Großvaters betrachtet und in Zusammenhang mit den grauenhaften Legenden, die in den verfluchten Büchern enthalten sind, die hier in der Bibliothek der Miskatonic University hinter Schloß und Riegel liegen, eine unausweichliche und erdrückende Beweislast darstellen.

Das erste Fakt war eine Reihe von gigantischen Fußabdrücken, die man an der Stelle fand, an der sich in jener folgenschweren Nacht der Schatten in den sternenübersähten Himmel erhoben hatte – unglaublich breite und tiefe Eindrücke, wie von einem prähistorischen Monstrum, das dort entlanggegangen war, Schritte, die eine halbe Meile auseinanderlagen, Schritte, die am Haus vorbeiführten und an einer Felsspalte aufhörten, die in jene verborgene Höhle hinabführte. Die Spuren waren identisch mit denen, die man an jener Stelle im Norden Manitobas im Schnee gefunden hatte, wo die unglücklichen Reisenden und der Constable, den man dorthin entsandt hatte, um sie zu suchen, vom Angesicht der Erde verschwunden waren!

Das zweite Fakt war die Entdeckung der Tagebücher meines Großvaters, die zusammen mit Teilen von Onkel Leanders Manuskript eingeschlossen in Eis tief in den verschneiten Wäldern von Sasketchewan gefunden wurden und alle Anzeichen trugen, daß sie aus großer Höhe herabgefallen waren. Der letzte Eintrag datierte vom Tag seines Verschwindens Ende September; das Tagebuch wurde erst im folgenden April entdeckt. Weder Frolin noch ich wagten, die Erklärung für das seltsame Auftauchen der Notizen zu geben, die uns als erste in den Sinn kam, und gemeinsam verbrannten wir jenen schrecklichen Brief und die unvollständige Übersetzung, die Großvater angefertigt hatte, die Übersetzung, die, so wie sie niedergeschrieben war, mit all ihren Warnungen vor dem Schrecken jenseits der Schwelle, allein ausgereicht hatte, von außerhalb der Erde ein Geschöpf herbeizurufen, das so grauenhaft war, daß niemand je versucht hatte, es zu beschreiben, nicht einmal jene alten Schriftsteller, deren schreckliche Erzählungen über das Angesicht der Erde verstreut sind!

Und schließlich der entscheidendste, der erdrückendste Beweis – das Auffinden der Leiche meines Großvaters sieben Monate später auf einer kleinen Pazifikinsel nicht weit südöstlich von Singapur, und der merkwürdige Bericht über ihren Zustand: Vollkommen erhalten, *als wäre sie in Eis eingeschlossen gewesen*, so kalt, daß sie nach ihrer Entdeckung noch fünf Tage lang niemand mit bloßen Händen anfassen konnte, und die einzigartige Tatsache, daß der Körper halb in den Sand eingegraben gefunden wurde, als ob *›er aus einem Flugzeug gefallen wäre‹!* Weder Frolin noch ich konnten noch länger Zweifel hegen; dies war die Legende von Ithaqua, der seine Opfer zu weitentfernten Orten der Erde trug, durch Zeit und Raum, bevor er sie zurückließ. Und die Beweise waren unumstößlich, daß mein Großvater für einen Teil jener unglaublichen Reise am Leben gewesen war, denn selbst wenn wir noch einen Zweifel gehegt hätten, so legten die Dinge, die in seinen Taschen gefunden wurden, die Erinnerungsstücke, die er von seltsamen verborgenen Stätten, an denen er gewesen war, mitgebracht hatte, und die man uns zusandte, endgültiges, erdrückendes Zeugnis ab – die goldene Spange, die Dr. Rackham von der Miskatonic University als ein Stück identifizierte, das von einer Stätte kam, die jenseits des Erinnerungsvermögens der Menschheit lag; das widerwärtige Buch in Burmesisch, in dem abscheuliche Legenden von jenem verfluchten, verborgenen Plateau von Leng, der Heimstatt des gefürchteten Tcho-Tcho-Volkes, niedergeschrieben waren; und schließlich *die abstoßende, scheußliche Steinminiatur einer höllischen Monstrosität, die auf den Winden über der Erde einherwandelte!*

Aus dem Amerikanischen von
Ute Thiemann

ANHANG I

Zur weiteren Lektüre empfohlen

BLOCH, ROBERT (* 1917)
Wurde in diesem Band vorgestellt.
Zur weiteren Lektüre empfohlen:

Die besten SF-Stories von Robert Bloch (The Best of Robert Bloch), Rastatt 1980
Der Besucher aus dem Dunkel (Bloch and Bradbury) (Mit Ray Bradbury), München 1972
Boten des Grauens (The Living Demons), München 1970
Das Haus der Toten (American Gothic), München 1976
15 Gruselstories (Originalzusammenstellung), München 1964
Horror-Cocktail (Tales in a Jugular Vein), München 1971
Kennwort Psycho (Psycho), Wien/Basel 1960
Nachdruck unter dem Titel *Psycho:* München 1966
Nacht der Schrecken (Blood Runs Cold/The Nightwalker, Auswahl), München 1968
Die Pension der verlorenen Seelen (Dragons and Nightmares), München 1973
Psycho II (Psycho 2), München 1983
Der Ripper (The Night of the Ripper), München 1987
Die Schreckenskammer (Originalzusammenstellung), Reinbek 1981
Ein wirklich schlechter Freund (The King of Terror), Reinbek 1979
Unheimliche Schattenlichter (Twilight Zone – The Movie), Bergisch Gladbach 1983

BOWEN, ELIZABETH (1899–1973)
Die irische Schriftstellerin Elizabeth Bowen schrieb eine Reihe subtiler Gespenstergeschichten, deren Gespenster, wie der Fantastik-Kenner Rein A. Zondergeld schreibt, ›oft nur erahnbar sind‹. Ihr erster Band erschien 1923 unter dem Titel *Encounters*, doch sind ihre überzeugendsten Geschichten in *The Demon Lover* (1945) gesammelt.
Zur weiteren Lektüre empfohlen:
Der Liebhaber als Dämon (The Demon Lover), 1947
Der dämonische Liebhaber (The Collected Short Stories of Elizabeth Bowen, Auswahl), Stuttgart 1984

BUSSON, PAUL (1873–1924)
Das Werk des österreichischen Schriftstellers ist überwiegend von einer Beschäftigung mit dem Okkulten geprägt, so auch sein wohl bedeutendster Roman, *Die Wiedergeburt des Melchior Dronte*, die Geschichte einer Seelenwanderung. Neben dem Kurzgeschichtenband *Seltsame Geschichten* sollte man den Roman *Der Schuß im Hexenmoos* und den Band *Arme Gespenster* erwähnen.
Zur weiteren Lektüre empfohlen:
Arme Gespenster (1909)
Die Wiedergeburt des Melchior Dronte (1921)
Der Schuß im Hexenmoos (1923)

DERLETH, AUGUST (1909–1971)
Wurde in diesem Band vorgestellt.
Zur weiteren Lektüre empfohlen:
Auf Cthulhus Spur (The Trail of Cthulhu), Frankfurt am Main 1972
Die dunkle Brüderschaft (The Dark Brotherhood) (mit H. P. Lovecraft), Frankfurt am Main 1987

Das Grauen vor der Tür (The Lurker on the Treshold) (mit H. P. Lovecraft), Bergisch Gladbach 1979

DU MAURIER, DAPHNE (* 1907)
Die englische Schriftstellerin verfaßte eine große Zahl populärer Romane, von denen einige übernatürliche Elemente enthalten und durchaus der Fantastik zuzurechnen sind. Für das Horror-Genre besonders interessant ist zum Beispiel *Rebecca* (1938), ein Roman, der nicht fantastisch ist, aber ein Beispiel für einen späten Schauerroman ist, der den Einfluß einer Ann Radcliffe (auf die wir in einem späteren Buch des Horrors noch zu sprechen kommen werden) nicht verkennen läßt. Einige ihrer Erzählungen wurden erfolgreich verfilmt, darunter ›The Birds‹ (1972) und ›Don't Look Now‹, das die Vorlage zu Nicholas Roegs brillantem Film *Wenn die Gondeln Trauer tragen* lieferte.
Zur weiteren Lektüre empfohlen:
Rebekka (Rebecca), Bern 1949
Ein Tropfen Zeit (The House on the Strand), Bern 1970
Der Apfelbaum (The Apple Tree), Frankfurt am Main 1988

ENDORE, GUY (1900–1970)
Der amerikanische Schriftsteller und Drehbuchautor Endore arbeitete u. a. auch als Übersetzer und übertrug *Alraune* von Hanns Heinz Ewers ins Amerikanische. Sein erfolgreichster Beitrag zur Horror-Literatur, der Roman *The Werewolf of Paris*, erschien 1933 und beschäftigt sich vornehmlich mit den dunklen Seiten der menschlichen Sexualität.
Zur weiteren Lektüre empfohlen:
Der Werwolf von Paris (The Werewolf of Paris), Wien/Hamburg 1978

FINNEY, CHARLES G. (1905–1984)

Der Roman *The Circus of Dr. Lao* (1935) des amerikanischen Autors und Journalisten ist strenggenommen der Fantasy zuzuordnen. Er schildert, wie ein Wanderzirkus mit seltsam mythischen Lebewesen, Göttern usw. in eine amerikanische Kleinstadt kommt und wie die Wesen des Zirkus die Zuschauer beeinflussen. Man sollte das Buch vorwiegend wegen seines Einflusses erwähnen, den es auf einige spätere Horror-Autoren ausgeübt hat. Speziell Ray Bradbury dürfte Finney viel verdanken.

Zur weiteren Lektüre empfohlen:

Dr. Laos großer Zirkus (The Circus of Dr. Lao), Stuttgart 1984

FORTUNE, DION (1890–1946)

Dion Fortune hieß bürgerlich Mary Firth und gründete u. a. einen okkulten Orden, der auch heute noch in London existiert. Ihre erste unheimliche Geschichte erschien 1922: ›The Secrets of Dr. Taverner‹ bildete den Auftakt einer ganzen Reihe von Erzählungen um einen Detektiv, der okkulte und übernatürliche Fälle aufklärt. Diesem Zyklus gehören viele ihrer besseren Geschichten an, so etwa ›Blood Lust‹, in der ein unsichtbarer Vampir auftritt. Gesammelt wurden die Geschichten 1926 in dem Band *The Secrets of Dr. Taverner*. Ihr erster Roman *The Demon Lover* erschien 1927, gefolgt von weiteren Romanen und Sachbüchern okkulter Natur. *The Sea-Priestess* und die von Anne Greig vollendete Fortsetzung *Moon Magic* weisen starke Fantasy-Elemente auf.

Zur weiteren Lektüre empfohlen:

Liebe aus dem Jenseits (The Demon Lover), München 1927

Mondmagie (Moon Magic), Köln 1989

Die Seepriesterin (The Sea Priestess), Köln 1989

GRABINSKI, STEFAN (1887–1936)
Wurde in diesem Band vorgestellt.
Zur weiteren Lektüre empfohlen:
Das Abstellgleis (Originalzusammenstellung), Frankfurt am Main 1971
Dunst (Originalzusammenstellung), Frankfurt am Main 1974
Das graue Zimmer (Originalzusammenstellung), Berlin 1985
Der Schatten des Satans (Cien Bafometa), Berlin 1989

HARVEY, W. F. (1885–1937)
Der englische Schriftsteller wurde berühmt durch die mit Peter Lorre verfilmte Geschichte ›The Beast With Five Fingers‹ (1928), die Geschichte einer zum Leben erwachten abgehackten Hand, die in ihrer Verwendung grausamer Motive aber für den ›letzten bedeutenden Vertreter der klassischen psychologischen Gespenstergeschichte‹ (Zondergeld) eigentlich eher untypisch ist.
Zur weiteren Lektüre empfohlen:
Die Bestie mit den fünf Fingern (The Beast With Fife Fingers and Other Midnight Tales), Zürich 1964

HOWARD, ROBERT E. (1906–1936)
Der amerikanische Autor erlangte Berühmtheit mit der von ihm geschaffenen Figur des Barbaren Conan, die bis heute in den USA von der populären Unterhaltungsindustrie vermarktet wird – vor allem durch Verfilmungen mit Arnold Schwarzenegger. Er gehörte zu den Stammautoren des Magazins *Weird Tales* und schrieb neben Western-, Fantasy und Kriminalerzählungen auch eine Reihe unheimlicher Geschichten, die stets handwerklich gekonnt und spannend (wenn auch inhaltlich manchmal fragwürdig) sind und ihn als typischen Autor der Pulp-Ära ausweisen.

Zur weiteren Lektüre empfohlen:
Degen der Gerechtigkeit (Originalzusammenstellung), Rastatt 1975
Das Haus des Grauens (Wolfshead/The Dark Man & Others, Auswahl), Rastatt 1977
Rächer der Verdammten (Originalzusammenstellung), Rastatt 1976
Das Ungeheuer aus dem Sumpf (Black Canaan), Rastatt 1981
Daneben liegen zahlreiche Bände mit Fantasy-Stories vor, die teilweise ebenfalls übernatürliche bzw. Horror-Elemente enthalten.

LONG, FRANK BELKNAP (* 1903)
Wurde in diesem Band vorgestellt.
Zur weiteren Lektüre empfohlen:
Es kam aus der Tiefe (Monster from Out of Time), München 1977

LOVECRAFT, H. P. (1890–1937)
Wurde in diesem Band vorgestellt.
Zur weiteren Lektüre empfohlen:
Azathoth (Originalzusammenstellung), Frankfurt am Main 1989
Berge des Wahnsinns (Originalzusammenstellung), Frankfurt am Main 1970
Cthulhu. Geistergeschichten (Originalzusammenstellung), Frankfurt am Main 1968
Das Ding auf der Schwelle (Originalzusammenstellung), Frankfurt am Main 1969
Die dunkle Brüderschaft (The Dark Brotherhood) (mit August Derleth), Frankfurt am Main 1987
Ex Oblivione (Originalzusammenstellung), Haan 1989

Der Fall Charles Dexter Ward (Originalzusammenstellung), Frankfurt am Main 1971
Das Grauen im Museum (The Horror In the Museum and Other Revisions) (mit anderen Autoren), Frankfurt am Main 1984
Das Grauen vor der Tür (The Lurker on the Reshold) (mit August Derleth), Bergisch Gladbach 1979
In der Gruft und andere makabre Geschichten (Originalzusammenstellung), Frankfurt am Main 1982
Die Katzen von Ulthar (Originalzusammenstellung), Frankfurt am Main 1980
Die Literatur des Grauens (Supernatural Horror in Literature), Linkenheim 1985
Stadt ohne Namen (Originalzusammenstellung), Frankfurt am Main 1973
Die Traumfahrt zum unbekannten Kadath (The Dream-Quest of Unknown Kadath), Stuttgart 1980
12 *Gruselgeschichten (Originalzusammenstellung),* München 1965

QUINN, SEABURY (1889–1969)
Wurde in diesem Band vorgestellt.
Zur weiteren Lektüre empfohlen:
Die Braut des Teufels (The Devil's Bride), Baden-Baden 1971

RAY, JEAN (1887–1964)
Wurde in diesem Band vorgestellt.
Zur weiteren Lektüre empfohlen:
Eine böse kleine Nachtmusik (Visions Nocturnes) (als John Flanders), Düsseldorf 1988
Die Gasse der Finsternis (Originalzusammenstellung), Frankfurt am Main 1972
Malpertuis (Malpertuis), Frankfurt am Main 1974

Das Storchenhaus (Originalzusammenstellung), Frankfurt am Main 1986
Das Tor im Meer (Originalzusammenstellung), Bergisch Gladbach 1982

RENKER, GUSTAV (1889–1967)
Schweizer Schriftsteller, der neben Berg- und Heimatromanen auch einige durchaus beachtenswerte utopische und unheimlich-fantastische Romane und Erzählungen verfaßt hat. Renker ist heute leider weitgehend vergessen, doch wäre eine Neuentdeckung zumindest seines fantastischen Œuvres wünschenswert.
Zur weiteren Lektüre empfohlen:
Der Herold des Todes, Leipzig 1923
Irrlichter. Seltsame Geschichten, Leipzig 1924
Das Tier im Sumpf, Leipzig 1932
Das Geheimnis des Simon Hard, Zürich 1943

SEIDEL, WILLY (1887–1934)
Willy Seidel stand stets im Schatten seiner berühmten Schwester Ina und seines Onkels Heinrich – zu Unrecht, denn seine fantastischen Romane und Erzählungen sind durchaus lesenswert und können als Klassiker der deutschsprachigen Fantastik gelten. Am berühmtesten dürfte seine Erzählung ›Das älteste Ding der Welt‹ (1923) sein, die Parallelen zu Lovecrafts ›The Colour out of Space‹ aufweist.
Zur weiteren Lektore empfohlen:
Der Gott im Treibhaus, München 1925
Das älteste Ding der Welt, München 1923
Der Käfig, Berlin 1925

Alarm im Jenseits, Berlin 1927
Larven, München 1929
Die magische Laterne des Herrn Zinkeisen, München 1930
Der Uhrenspuk und andere Geschichten, Berlin 1928

SMITH, CLARK ASHTON (1893–1961)
Wurde in diesem Band vorgestellt.
Zur weiteren Lektüre empfohlen:
Der Planet der Toten (Originalzusammenstellung), Frankfurt am Main 1971
Poseidonis (Poseidonis), Rastatt 1985
Saat aus dem Grabe (Originalzusammenstellung), Frankfurt am Main 1970

SPUNDA, FRANZ (1890–1963)
›Franz Spunda‹, urteilt Franz Rottensteiner im *Bibliographischen Lexikon der utopisch-phantastischen Literatur*, ›gehört wie Egmont Colerus oder Paul Busson zu den weniger bekannten deutschsprachigen Autoren der Hochblüte der phantastischen Literatur in den zwanziger Jahren.‹ Er verfaßte vier Romane, die man der unheimlichen Fantastik bzw. der okkulten Literatur zurechnen kann und gab mit *Magische Erzählungen aus Frankreich* eine nicht uninteressante Anthologie heraus.
Zur weiteren Lektüre empfohlen:
Das ägyptische Totenbuch, Wien/Leipzig/München 1924
Baphomet, München 1928
Devachan, Wien 1921
Der gelbe und der weiße Pabst, Wien/Leipzig/München 1923

WAKEFIELD, H. R. (1988–1964)
Der britische Autor gilt als einer der letzten Vertreter der englischen Gespenstergeschichte in der Tradition seines Vorbilds M. R. James, dessen literarische Qualitäten er freilich nie erreichte. Als seine beste Geschichte gilt allgemein ›Death of a Bumble Bee‹.
Zur weiteren Lektüre empfohlen:
Der Triumph des Todes und andere Gespenstergeschichten (Originalzusammenstellung), Frankfurt am Main 1975

WEATHLEY, DENNIS (* 1897)
Der erfolgreiche britische Unterhaltungsschriftsteller, der auch Kriminalromane und Spionagethriller verfaßte, beschäftigt sich in seinen fantastisch-unheimlichen Romanen stets mit dem Thema der schwarzen Magie, etwa in *The Devil Rides Out* (1935). Kenner schätzen den literarischen Wert seiner Bücher gering ein, doch mit der ›D. W. Library of the Occult‹ gab er eine bemerkenswerte Anthologienreihe heraus, in denen er viele verschollene Schätze der unheimlichen Fantastik ausgrub.
Zur weiteren Lektüre empfohlen:
Diener der Finsternis (The Devil Rides Out), Bergisch Gladbach 1978
Die Hölle ruft (Gateway to Hell), Bergisch Gladbach 1979
Meer der Angst (Uncharted Seas), Bergisch Gladbach 1979
Der schwarze Pfad (To the Devil A Daughter), Bergisch Gladbach 1979

WHITEHEAD, HENRY S. (1882–1932)
Amerikanischer Autor, der von 1921–1929 Erzdekan der Episkopalkirche auf den Jungferninseln war. Der größte Teil seiner unheimlichen Geschichten spielt vor diesem

Hintergrund und befaßt sich mit dem Voodoo-Kult der Eingeborenen. Whiteheads literarischer Ausstoß war gering, doch seine wenigen Geschichten gehören sicher zu den originellsten in *Weird Tales*.

Zur weiteren Lektüre empfohlen:

Der Zombie und andere westindische Geistergeschichten (Originalzusammenstellung), Frankfurt am Main 1986

ANHANG II

Quellen- und Rechtenachweis

VORWORT

STEFAN GRABINSKI

Der Blick (Spojrzeme)

erschien 1922. Aus dem Polnischen von Klaus Staemmler; entnommen aus dem Band *Dunst*, erschienen 1974 im Insel Verlag. Copyright © der deutschen Übersetzung 1974 by Insel Verlag, Frankfurt am Main. Mit freundlicher Genehmigung des Insel Verlags.

JEAN RAY

Die weiße Bestie (La bete blanche)

erschien 1925. Aus dem Französischen von Willy Thaler; entnommen aus dem Band *Die Gasse der Finsternis*, erschienen 1972 im Insel Verlag. Copyright © der deutschen Übersetzung 1972 by Insel Verlag, Frankfurt am Main. Mit freundlicher Genehmigung des Insel Verlags.

SEABURY QUINN

Der Poltergeist (The Poltergeist)

Copyright © 1927 by Popular Fiction Publishing Company. Für die vorliegende Ausgabe erstmals ins Deutsche übersetzt von Ute Thiemann. Copyright © der deutschen Übersetzung 1991 by Wilhelm Heyne Verlag, München.

H. P. LOVECRAFT
Cthulhus Ruf (The Call of Cthulhu)
erschienen 1928. Copyright © 1963 by August Derleth. Aus dem Amerikanischen von H. C. Artmann; entnommen aus dem Band *Cthulhu. Geistergeschichten*, erschienen 1968 im Insel Verlag. Copyright © der deutschen Übersetzung 1968 by Insel Verlag, Frankfurt am Main. Mit freundlicher Genehmigung des Insel Verlags.

FRANK BELKNAP LONG
Die Dämonen von Tindalos (The Hounds of Tindalos)
Copyright © 1929 by Popular Fiction Publishing Company. Für die vorliegende Ausgabe erstmals ins Deutsche übersetzt von Ute Thiemann. Copyright © der deutschen Übersetzung 1991 by Wilhelm Heyne Verlag, München.

CYNTHIA ASQUITH
Gebe Gott, daß sie in Frieden ruht (God Grante that She Lye Still)
erschienen 1931. Vor die vorliegende Ausgabe zum erstenmal ins Deutsche übersetzt von Ute Thiemann. Copyright © der deutschen Übersetzung 1991 by Wilhelm Heyne Verlag, München.

DAVID H. KELLER
Das Ding im Keller (The Thing In the Cellar)
erschienen 1932. Copyright © 1952 by David H. Keller für den Band TALES FROM UNDERWOOD. Für die vorliegende Ausgabe erstmals ins Deutsche übersetzt von Joachim Körber. Copyright © der deutschen Übersetzung 1991 by Joachim Körber.